瑾有獨鍾

4

完

風文創 614

半卷青箋 著

目錄

第八十五章

北澄鎮。

秦錦峰扮成一位鬚髮皆白的佝僂老者，踩著落日餘暉，行走在喧囂的小鎮集市裡。

他走著走著，不由放緩步子，皺起眉，感覺有人在跟蹤他。

經過井字形小巷交叉口時，秦錦峰借助一輛馬車，迅速隱藏身影，鑽進另一條狹窄逼仄的寂靜小巷。

孰料，入酒竟抱著胳膊立在小巷盡頭，笑著看向秦錦峰。

「秦大人真是讓我入樓找得好辛苦。」

秦錦峰迅速轉身，鑽進另一條巷子。

宋辭已經在那裡等著他了。

秦錦峰回身，顧希出現在他背後。

秦錦峰見狀，暗暗思考逃脫的可能。他很清楚自己只是一介書生，今日既然被他們找到，就跑不掉了，索性慢慢直起背脊，扯掉黏在嘴邊的白鬍子。

從他選擇幫楚懷川的那一天起，便猜到會有這樣的結果。

「秦大人，你好歹也是狀元郎出身，怎麼玩起易容術來這麼厲害？再抓不到你，我可性命不保了。」宋辭咧嘴，笑呵呵地說。

入酒躍上牆頭，皺眉反駁宋辭。「分明是我先找到他的，你搶什麼功？」

「是我先抓到人，他現在也在我手裡！」宋辭仔細綁好秦錦峰，把他交給顧希，又小聲囑咐顧希。「看緊了，若讓他跑掉，可就在入樓面前丟了臉。」

顧希看看立在牆頭上、怒氣沖沖的入酒，應了聲是。

入酒咒罵一句，紅色的身影轉瞬從牆頭上消失。

宋辭看著她遠去，臉上流露出勝利者的笑容。

然而，在宋辭和顧希押著秦錦峰回皇城的路上，夜裡忽然中了迷藥，隔天一早醒來時，同在客棧裡的秦錦峰竟不見蹤影。

宋辭大驚，以為秦錦峰溜了。

「這裡有封信。」顧希拿起壓在茶盞下的信。

宋辭急忙接過拆開，只見上面寫著：嘿，老娘先找到的人，休想搶功！

宋辭氣得將信揉成一團，擲到地上，大聲問：「那個婆娘是不是瘋子？」

顧希沈默立在一旁，沒敢接話。

另一邊，秦錦峰被入酒押回宮，交給楚映司。

楚映司下令，直接將他關進天牢，令手下逼問楚懷川的下落。

天牢那種地方，什麼刑罰沒有？得令的獄卒按照慣例問口供，秦錦峰緊抿著唇，一個字都沒說，獄卒遂不再與他廢話，直接把人吊起來，毒打一頓。

「昔日的狀元郎，你說還是不說？」

秦錦峰本就是讀書人出身，一頓鞭子下來，只剩下半條命。

他費力睜開眼，看著眼前手握著鞭子的獄卒，昏迷過去。

而昏迷前一刻，他正想著，這個月沒去海島給楚懷川和陸佳蒲送糧食，他們怎麼辦？

「這人怎麼這般不耐打？」獄卒拍拍昏厥的秦錦峰，頓時傻了。

另一個獄卒撓撓頭。「這……陛下吩咐，沒問出來之前，不能讓他死。算了，先把人關進去吧，等他醒了再繼續問。」

秦錦峰被關進天牢的消息傳回秦家時，把秦家人嚇得不輕，恍若天瞬間塌了。

天牢那樣的地方，進去了，斷無再出來的道理。

秦老夫人更是又驚又急，竟當場暈過去。

秦家在秦錦峰這輩共有五子，長子前幾年病故，二子、三子、五子都是庶出，嫡子唯有秦錦峰一個。如今他出事，等於斷了秦家的頂梁柱。

姜晗梓也聽說了，驚懼之後，竟泛出一絲欣喜。

她慢慢解開衣服，把纏在腹部的白綢一層一層解下，小心翼翼地撫摸自己的肚子。

她已經有六個月的身孕。

平日，姜晗梓不用給陸佳茵請安，身為妾室，無事更不用去見秦老夫人，便深居淺出，躲在自己的院子裡，甚至在別家女眷相邀聚會時，稱病婉拒。等到月份大了，便用層層白布裹起日漸鼓脹的肚子，除了貼身丫鬟，整個府裡沒人知道她懷孕。

她不敢說出去，是怕被陸佳茵知道。依陸佳茵的性子，絕不允許她肚裡的孩子活下去。

姜晗梓對著銅鏡，輕輕摸著自己的臉頰。過去這麼久，她臉上仍舊有兩道淺淺的白印子，即使搽了很厚的胭脂水粉，仔細看還是能清楚可見。每當她對鏡看見兩道疤痕時，那日的恐懼記憶便頃刻襲來，讓她發顫。

她不願意去賭陸佳茵的那一丁點善心。

當初秦錦峰親自發話，待年後便要與陸佳茵和離，更命她住在自己的院子，不可亂闖他處，不可再去欺凌秦家人。

但是，自過年後，秦錦峰便再也沒有回家。

之後，陸佳茵不管不顧，又回溫國公府哭訴，姚氏親自來秦家，又是發脾氣，又是威懾。秦老夫人本就顧慮溫國公府權勢滔天，偏偏秦錦峰不在家，更不敢直接把陸佳茵送回去。她曾令庶子秦錦崖去找秦錦峰，但那時秦錦峰正忙著與楚懷川共謀大計，根本無暇顧及。

姜晗梓等啊等啊，盼著秦錦峰早日回來。只要他回來，定能護住她腹中的孩子。

她的肚子一天一天大起來，沒等到秦錦峰歸家，卻等到他被關進天牢的消息。

按規矩，陸佳茵只要用秦錦峰尚無嫡子為由，便可輕易殺掉她肚裡的孩子。

如今秦錦峰身陷天牢，生死難料，那是不是代表她腹中孩子可能成為他唯一的血脈？就算秦老夫人再軟弱，也會保下他！

姜晗梓心中忽然生出一股希望，且越發強烈。她嫁給秦錦峰，自然需要仰仗他的庇護才能過活，可她對他，卻是沒有感情。和秦錦峰的死活相比，她更在意自己的死活，更在意腹中孩子的死活。

更何況，她的身孕已經六個月，再也瞞不下去了。

姜晗梓終於下定決心，喚來貼身丫鬟。「桃子，幫我更衣，我要去見老夫人。」

桃子滿臉喜色，問道：「姨娘，您打算把懷孕的事說出去了？」這段日子，為了瞞住這個秘密，她整日擔驚受怕。

姜晗梓點點頭，隨即垂首輕輕撫摸著鼓起的小腹，低聲說：「孩子，你要保佑咱們。」

因為一直束著肚子的緣故，姜晗梓雖有六個月的身孕，身量卻比一般的孕婦小些，便讓桃子服侍著換上貼身些的衣服，才帶著她出橘灣院，去見秦老夫人。

一路上，下人一看姜晗梓的模樣，便知她有了身孕。

此時，秦老夫人正歪在床上，拿著帕子擦眼淚。

秦雨楠偎在她身邊，也紅著眼睛。

大丫鬟匆匆進屋稟告姜晗梓來時，秦老夫人擺擺手，不悅地說：「都這個時候了，她想做什麼？讓她回去吧！」

大丫鬟小心翼翼道：「老夫人，依奴婢瞧，姜姨娘像……有了身孕。」

秦老夫人一愣，有些不相信地又問一遍。「妳說的可是真的？」

「奴婢哪敢說假話，正是因為看見姜姨娘挺著肚子，才敢在這個時候進來稟報。」

「快，快把人扶進屋！」秦老夫人匆匆下床。

秦雨楠扶著她。「母親，您慢點。」

姜晗梓進來時，秦老夫人的目光直接落在她的肚子上。

「姨娘給老夫人請安。」姜晗梓被桃子扶著，跪下行禮。

「快起來。」秦老夫人急忙讓大丫鬟扶住她，免了這一禮。

秦老夫人細瞧姜晗梓的肚子，不由皺眉。秦錦峰有好一段時間沒歸家，她這肚子大小可不像六個月的身子。

姜晗梓垂著眉眼，未曾開口，安安靜靜地任由秦老夫人打量。

秦老夫人見狀，吩咐大丫鬟。「給姜姨娘搬張椅子來，再去請大夫。」

大夫很快過來，為姜晗梓診了脈，確定她腹中孩子的確已有六個月。

算算日子，秦老夫人才安下心。

姜晗梓這才小聲地說：「妾不敢聲張，一直用腹帶裹著，肚子才比尋常孕婦小。」

姜晗梓沒說為何不敢聲張有孕，但秦老夫人立刻就懂了，略一尋思，即想明白她這麼做的緣由。

想通是因秦錦峰如今被關在天牢裡，姜晗梓才敢把懷孕的事說出來，秦老夫人心裡不由又開始為兒子難過，低著頭，用帕子擦眼淚。

「母親，您別哭，再哭就要傷眼睛了……」秦雨楠在一旁勸著。

秦老夫人拭去眼角的淚，嘆口氣，對姜晗梓說：「妳回去好好養身子，缺什麼東西，只管跟府裡要。」又吩咐身邊的大丫鬟送補品給她，還派兩個有經驗的婆子去橘灣院伺候。

看著眼前比兩個她還要壯的婆子，姜晗梓略微鬆了口氣。

可是，姜晗梓依然太低估陸佳茵了。陸佳茵不會因她肚裡的孩子可能是秦錦峰唯一的血脈而放過。

陸佳茵得知秦錦峰被抓進天牢的消息，本就一肚子氣，氣天牢的人不給溫國公府顏面，連陸家女婿都敢抓！

阿春和阿夏看著她發脾氣，什麼都不敢說，心裡明白，下令抓秦錦峰的是當今女帝楚映司，陸家女婿的身分怎麼也大不過皇命呀！

陸佳茵正在氣頭上，這時讓她得知姜晗梓懷孕，還跑到秦老夫人面前去說，氣得將姚氏送的一對價值連城的碧玉掛飾砸個粉碎。

之前有姚氏震懾，這幾個月，陸佳茵也比往常收斂許多。因為秦錦峰一直不在家，她不想看見姜晗梓，便沒再去欺侮她。

孰料，今日得知姜晗梓居然懷了秦錦峰的血脈，陸佳茵恨自己沒早點發現，弄死那個孩子。

不！她更後悔沒早日弄死姜晗梓！

陸佳茵咬牙切齒地喊道：「走！跟我去收拾那個賤人！」有秦錦峰的吩咐，秦家僕傭不會聽陸佳茵的使喚，陸佳茵就從陪嫁莊子裡找了幾個家僕來，跟她去了橘灣院。

陸佳茵帶人衝進姜晗梓的屋子，姜晗梓提心吊膽地站在幾個下人後面。

桃子見她來勢不善，趁亂去找秦老夫人救命。

姜晗梓試著跟陸佳茵講道理。「夫人，妾什麼都不要，只求您看在四郎如今境況，饒了妾腹中孩子一命！」

「妳作夢！就算秦錦峰死了，也是我的夫君，我絕不允許別人幫他生孩子！」

陸佳茵命家僕把護住姜晗梓的下人扯開，抓住姜晗梓，隨即抬腳狠狠踹在她的肚子上。

她絕不允許別的女人生出秦錦峰的孩子！

秦老夫人與秦雨楠趕到時，仍慢一步，看見陸佳茵抬腳踹上姜晗梓的肚子，急忙令人把陸佳茵拉開。

劇烈疼痛讓姜晗梓立即跪倒在地，捂著肚腹。原來痛不欲生是這種感覺。

生而為庶，嫁而為妾，便定是這樣任人欺凌、踐踏的命運嗎？她什麼都不想爭搶，只想好好活著而已！

冰冷的淚順著姜晗梓的臉頰滾落，滴在地上。

那瞬間，她甚至覺得腹中孩子這樣死了也好，萬一是女兒，又要重複這樣的命運。

姜晗梓疼得發暈，覺得好像有人拉著她，又在她耳邊說話。

昏倒前，她隱約聽見秦雨楠一聲聲地喊，可到底說什麼，卻沒有聽清，便癱倒了。

向來軟弱溫柔的秦老夫人見狀，忍無可忍，終於震怒，命下人將陸佳茵關起來，派人把守，不許她踏出房門半步。

當陸佳茵踹中肚子時，姜晗梓本以為，孩子保不住了。

但不知是不是因為福氣降臨，雖然見紅，動著胎氣，最後竟保下來。

姜晗梓摸著自己的肚子，覺得不可思議。

桃子高興地說：「老夫人守了好一會兒才離開，交代讓您好好安胎，又撥了四個婆子給咱們院子呢！」

姜晗梓的臉上卻無喜色。「夫人還在府裡嗎？」

桃子微愣，忙安慰她。「夫人還在。不過，老夫人發話，不許她踏出院子半步，她再也不能害姨娘了！」

姜晗梓應聲，卻不相信陸佳茵會就此安分，平靜眸子裡藏了再也化不開的仇恨。

她只是想活著而已，縱使懷了身孕，也從未有爭寵的想法，可陸佳茵卻不放過她。

既然如此，哪裡還有繼續避讓的道理？

姜晗梓慢慢勾起一抹冷笑。若不把一切折磨雙倍奉還，簡直枉為人，更枉為人母！

第八十六章

入樓裡，方瑾安醒過來時正是黎明時分，她是被疼醒的。
不甚明亮的光從窗紙稀稀落落地灑進屋裡，帶著點冷意。
方瑾安忍著劇痛，艱難地轉頭向左望去，卻沒有如以前每天醒來時那樣，看見方瑾平。呆怔許久，才慢慢反應過來，她已經和方瑾平分開了。
她慢慢低下頭，目光落在自己被包紮得很厚很厚的左肩頭。
她的左臂沒了。
從此以後，她的左臂不再屬於她，已經完完全全成為方瑾平的右臂。
方瑾安望著左邊許久。床位空了，心裡好像也跟著空，竟然莫名難過起來，有種從這一刻起，她的身體不再完整的感覺。
她張嘴，想喊「瑾平」，不習慣醒來時見不到方瑾平，可是一個音都發不出來。閉著眼睛想了好一會兒，才把這一切理清楚。
方瑾平呢？她還好嗎？會不會像顧希當初那樣疼？
顧不得自己的傷口也痛，她擔心起方瑾平，想見到她，想知道她現在好不好？
心裡一慌，方瑾安的傷更疼了。
方瑾安緩慢地轉過頭，望向右側，不由愣住。

劉明恕伏在旁邊的方桌上睡著，桌上擺滿各種各樣的草藥和瓶瓶罐罐。

其實，方瑾安是有些怕劉明恕的。

她的性子本來就膽小，多年到處藏匿的日子讓她不敢接觸生人，面對生人時總帶著警惕和畏懼。

偏偏，劉明恕又是個老冷著臉的人。

但此時劉明恕安安靜靜地睡著，冷傲的感覺似乎少了許多。

方瑾安小心翼翼地看劉明恕一眼，怕他忽然醒來，立刻收回目光。隨即心想，他睡著了，也不會發現，又去瞧他熟睡的側顏。這好像是她第一次認真打量劉明恕的模樣。

熟睡中的劉明恕忽然睜開眼睛。

方瑾安一驚，立刻死死閉上眼，不想被他發現。

不對！劉明恕是個瞎子，他看不見呀！

方瑾安忽然聽到一陣衣料窸窣的聲音，剛睜開眼，一片青色布料隨即遮住她的眼睛，緊接著，一隻溫涼的手掌覆在她額頭上。

方瑾安的雙頰立刻飄上淡淡紅暈，這才反應過來，拂在眼睛上的布是劉明恕的衣袖，小心翼翼地輕嗅一下。

劉明恕咦了一聲。

這下，方瑾安驚得連喘息都不敢。她怎麼忘了劉明恕敏銳得可怕！

覆在她眼睛上的袖子移開，劉明恕的手掌順著她的右肩慢慢下滑，不經意間劃過她的胳膊，最後摸索著握住她的右手手腕，搭在脈搏上。

因為包紮傷口的緣故，方瑾安的左臂是裸著的，覺得劉明恕手掌劃過的地方帶出一陣酥麻，又有一點辣。

她不敢再轉頭，只將眼珠移到右側，悄悄打量劉明恕。

劉明恕立在床邊把脈，微微彎腰，眉心緊蹙，忽然抬頭，虛無目光落在她的眼睛上。

明知劉明恕看不見，對上那雙眸子時，方瑾安的心跳還是如斷弦般，停了一瞬。

「方瑾安？」劉明恕低喚一聲。

方瑾安第一次發覺自己的名字竟是有些好聽。

劉明恕沒聽見她回答，微微側耳，更仔細地去聽。

方瑾安多想回答他一聲，可是她張了張嘴，什麼聲音都發不出來。

劉明恕站直身子，轉身往外走。

看著他離開，方瑾安心裡一急。

「劉……」她的嗓音微弱而細小，可喘息聲卻加重許多。

劉明恕猛地停住腳步。

見他止步，方瑾安心裡竟生出莫名其妙的欣喜。

劉明恕隨即喊來入醫餵方瑾安喝水，又吩咐入毒去向方瑾枝和方瑾平稟報。

入毒小跑著衝到後院，把好消息告訴方瑾枝和方瑾平。

此時，方瑾枝正陪著方瑾平練習走路。

自方瑾平和方瑾安學會走路那天起，便是用兩人相連的身子行走。如今分開，方瑾平竟有些不適應，一時間掌握不好，走得歪歪倒倒，方瑾枝便每日都陪著她練習。

聽入毒說方瑾安醒來，方瑾枝和方瑾平心中生出狂喜，姊妹倆相互攙扶著上樓，疾步衝到方瑾安的房間。

「安安！」

望著木床上臉色蒼白如紙的方瑾安，方瑾枝與方瑾平瞬間熱淚盈眶。

「姊……」方瑾安很努力才發出微弱的聲音。

兩人衝到床邊，緊緊握住她的手。

「醒來就好、醒來就好……」方瑾枝和方瑾平不斷地重複這句話。

入醫端著湯藥，笑著說：「這是劉先生熬的藥，交代要讓瑾安姑娘喝下，再睡一會兒。瑾安姑娘剛醒，不能太勞累。」

「知道了。」方瑾枝忙拭淚，接過入醫手裡的湯藥，親自餵方瑾安喝。

方瑾平仍舊握著方瑾安的手，咬著嘴唇，什麼都不說，含淚望著她。

方瑾安對她露出笑臉。

她們是憑一個眼神、一個表情，或者只是一道直覺，便能曉得對方心意的雙生子，就算方瑾平一句話都不說，方瑾安也懂她的心。

方瑾平想說的是：不管過去還是未來，不管是相連還是分開，我們永遠都在一起。

對方瑾枝來說，方瑾安的甦醒簡直是天大喜事。

這段時日，她沒有一天不擔心兩個妹妹。雖然劉明恕坦言過，即使方瑾安清醒，也不代表她日後會徹底好全，還是讓方瑾枝萬分歡喜。

方瑾枝餵方瑾安喝了湯藥，又餵她吃些清粥，方瑾安便沈沈睡去。

等方瑾安睡著以後，方瑾平壓低了聲音說：「姊姊，這段時日妳也累了，回去休息吧，我陪著安安就好。」

方瑾枝還想留下來照顧方瑾安，可是看見方瑾平那張和方瑾安一模一樣的臉，就把話收回去。

「好。妳的傷口也還沒好全，不許太累了。」方瑾枝柔聲說。

方瑾平抿唇點頭。這是她甦醒以後，第一次露出燦爛的笑。

方瑾枝走後，方瑾平一直守在床邊，靜靜望著方瑾安。她的妹妹終於清醒，沒有什麼比這個更令她開心了。

她小心翼翼地握住方瑾安放在身側的手。

方瑾安不僅是她的妹妹，還是她的另一半，即使她們的身體分開，但牽絆和情誼卻是永遠都分不開。

門外忽然響起一道輕微的輕咳聲。

是顧希。

方瑾平微愣，輕輕放下方瑾安的手，又為她仔細蓋好被子，才輕手輕腳地退出去。

方瑾平帶著顧希離開方瑾安的房門口，走到樓下。

「你怎麼來了？」

「聽說瑾安醒了？」顧希抬頭看看樓上。

提到方瑾安，方瑾平的臉上立刻又浮現燦爛笑容，重重點頭，開心地說：「是呢，今早醒的。不過她現在睡著了，不能吵著她。」

顧希點點頭，垂下眸，看向方瑾平的右臂，問道：「還疼嗎？」

方瑾平咬唇，輕輕搖頭，小聲說：「劉先生配的藥很好用，已經沒有以前那麼疼了。」

「那就好……」

顧希沈默一會兒，才開口囑咐：「不要逞強，不要用右手提東西；晚上睡覺時，別壓著胳膊。沒有必要，不要出門，別去人多的地方，才不會磕碰，上下樓梯時也得留神。

「陰雨天時，穿暖些，千萬不能著涼。若是手臂疼了，用暖爐溫著，能減緩疼痛。那些止痛的藥少喝點，對身體不好。」

方瑾平本是垂著眉眼安靜聽顧希說話，聽到這裡，才慢慢抬起頭，望著他。

「顧希，你……要去別的地方嗎？」

顧希沈默一瞬，道：「明天隨大軍出征。」

方瑾平愕然，呆了一會兒，才問：「什麼時候回來？」

「遼軍大勝時。」

方瑾平聞言，藏在袖裡的手悄悄握緊，努力撐住臉上的笑容，叮囑他。「照顧好自己，平安回來。」

「我會的。」顧希點頭，深深看方瑾平一眼，轉身離開。

方瑾平望著顧希走遠的背影，向前邁出一步，卻不再邁出第二步，只靜靜望著他的身影越走越遠，在心裡默默為他祝福。

顧希也沒有回頭。

若朝中形勢不變，陸無硯日後將會登臨帝位。等到那時，方瑾平就是皇后的妹妹，她又是方家女兒，自帶驚天嫁妝。

而他無父無母，身為出樓一小卒。

顧希握緊手中的佩劍，本有句話想告訴方瑾平，他唸了很多遍，可是見到她時，卻完全說不出口。

罷了，今日說不出口的話，他日凱旋為證。

待他戰功累累、衣錦還鄉時，十里紅妝，餘生相濡。

這段時日，方瑾枝替肚裡的孩子著想，才逼迫自己吃東西。今日方瑾安醒來，讓她心情大好，好像餓了幾個月一樣，突然胃口大開，吃得開心極了。

晚上陸無硯回來時，看著她滿臉喜氣地大口吃飯，詫異挑眉。

「安安醒過來了？」

方瑾枝急忙嚥下嘴裡的吃食，驚訝地問：「你怎麼知道？」

「都寫在妳臉上了。」陸無硯笑著說，心裡徹底鬆了口氣。這段日子，方瑾枝的擔憂，讓他跟著心疼。

陸無硯脫去外衣，隨手掛在黃梨木衣架上，然後坐進藤椅，從旁邊的書架裡抽出一本書來看。

方瑾枝盯著他一會兒，發現他久久沒翻到下一頁，這可不像向來一目十行的陸無硯。

方瑾枝放下筷子，走到陸無硯身邊，拿開他的書，拉住他的手。

「怎麼了？有什麼麻煩事嗎？軍情？陸家？還是母親那邊？」

陸無硯攬著方瑾枝的腰，將她抱到腿上。「是有兩件事情。」

方瑾枝望著他，等他說下去。

「曾祖父獻上表書，請願將爵位傳給二兒子。」

方瑾枝愣了一下，才想通陸無硯說的話是什麼意思，有些疑惑地問：「為、為什麼呀？爵位不都是傳給嫡長子嗎？」

「老爺子用的理由是大兒子早亡，是二兒子撐起溫國公府；又說嫡長孫長年在外征戰，已有累累戰功，不差一個爵位。」

陸無硯說著，嗤笑一聲。「都是藉口，老爺子是看不上我。」

他的臉有點黑。雖不在意爵位，但這樣被人明顯地嫌棄，還是挺不爽。

「那……曾祖父問過父親嗎？母親允了嗎？」方瑾枝急忙問。

「他寫信去問父親的意思，但信是在上表書那天同時寄出去的；至於母親那邊，她看到表書後，直接告訴我，我讓母親准了。」陸無硯頓了下。「不過是個爵位，誰稀罕。」

方瑾枝歪頭看看陸無硯的臉色，重重點頭，然後有些誇張地說：「就是！不過是個破爛爵位，大不了咱們從溫國公府裡搬出來！」說著，她拍拍自己的胸脯。「不怕，你夫人有的是錢，將來給你廣建庭院府邸，蓋一座比溫國公府更大的宅子！以後你跟著夫人吃香的、喝辣的就成！」

陸無硯被方瑾枝誇張的樣子逗得笑出聲，輕咳一下，收起笑，頗為認真地對她拱拱手。

「那他日多仰仗夫人照拂了。」

「應當的！應當的！」方瑾枝一本正經地說。

兩人相視，立即笑出來。

等笑夠了，方瑾枝伏在陸無硯懷裡，問道：「那另一件事呢？」

陸無硯收起笑，沈吟片刻，才說：「最近這個月，朝中每日都在請立太子。」

方瑾枝認真想了下，又問：「那些臣子的意思是想立你當太子，還是要母親在親王之子中挑個人？」

「都有。」陸無硯皺眉。「不過那些臣子的意思是，若立我為太子，要改姓楚。」

方瑾枝思索著讓陸無硯改姓楚是否可行，但不知怎的，腦海中竟浮現陸申機憤怒拔刀的樣子。

陸嘯上書的事，已經夠不給陸申機臉面，現在朝臣又逼著他兒子改姓，陸申機估計要氣壞啊……

「無硯，那你是怎麼打算的？」

陸無硯蹙眉，一時無言。

上輩子，他在大遼風雨飄搖時登基，那些臣子哪裡顧得上讓他改姓楚；而如今坐在皇位上的是他母親，眼下要立太子，情況自然與前世不同。

他本不是個循規蹈矩、視禮法大於天的人，不覺姓氏有什麼大不了。但此番情景倒像被人逼著改姓一樣，他極厭惡這種被迫、無奈的感覺，而且，他不得不考慮陸申機的感受。

陸無硯沒說話，方瑾枝便曉得他沒拿定主意，不再追問，笑著說起別的事，不讓他繼續傷神。

第二日一早，陸無硯命人將準備好的十二個奶娘請來。

這些奶娘是入茶精心挑出來的，不過實在用不到這麼多人，今日要由陸無硯和方瑾枝決定用哪些人？

入茶把人帶到正廳，陸無硯輕輕一掃，就讓長得醜、瞧著凶、愁眉苦臉的出去。

如此，還剩下六個。

「瑾枝，剩下這些讓妳挑吧。」陸無硯看向坐在身側的方瑾枝。

聽了陸無硯的話，剩下的六個奶娘挺直腰桿，任由方瑾枝打量，心裡明白，陸無硯那關最難過，但方瑾枝卻是沒那麼挑剔。

果然，沒多久，她們就聽見一道甜甜軟軟的聲音說：「我瞧著都挺好呀。」

「那都留下吧！」陸無硯發話。

六個奶娘鬆了口氣，臨走時，又忍不住偷偷打量方瑾枝。

這一看，奶娘們全愣住了。

女人懷孕時，身子大多臃腫，可是方瑾枝除了大著肚子，身量竟還是那般窈窕！她從袖裡探出的一小截皓腕纖細如少女，鮮紅細鐲更映襯得她膚白似雪，托著茶盞的纖纖玉指白皙如玉，瞧著也覺得能嫩出水來。更別說她不施粉黛的嬌嫩雙頰吹彈可破，精緻五官一望驚豔，再望驚嘆，整個人恍若靜靜坐在大師繪成的仕女圖裡。

風從半開小窗吹進來，一綹鬢邊烏髮拂在方瑾枝的臉頰上。

她放下手裡的茶盞，將鬢角髮絲輕輕攏至耳後，絕美中便多了一層溫柔，一點一點地逸出來。這幅令人沈醉的仕女圖，便活了。

入茶輕咳一聲，六個奶娘急忙收回目光，抬腳離開，卻暗暗稱奇。她們早聽聞陸無硯將方瑾枝寵到手心裡，料到這位夫人定是美人，可見著本尊，還是被驚豔了。

等奶娘們走遠，陸無硯伸出指尖輕叩桌沿，道：「下午我要進宮，這一趟，可能要過個六、七日再回來。」

「到底六日還是七日？」方瑾枝追問。

陸無硯笑了下。「七日內定回。」

方瑾枝也笑起來。「我知道現在戰事四起，你必然有事要忙，不用顧慮我。若是往常，我倒可以跟你一起進宮，只是如今是真折騰不動了。」嘟起嘴，低頭瞅瞅自己的肚子。

陸無硯見狀，湊過去，把手搭在方瑾枝的肚子上，一本正經地對裡面的小傢伙說：「我不在家時，可要聽話，照顧好你娘親。」

「又胡說，他還沒出生呢！」方瑾枝笑著推開他。

一會兒後，兩人一起用了午膳，才前往皇宮。

陸無硯到宮中時，已是傍晚，楚映司正在用晚膳。

陸無硯看看她的吃食，說句太簡單了，又吩咐宮女去御膳房傳話，重新做晚膳送來。

「如果知道你要來，就不會是這些了。」楚映司不甚在意地繼續吃。

陸無硯知道楚映司不重視這些，便說：「等會兒母親陪兒子一起吃吧。」

他的用意，楚映司如何看不出來？

楚映司笑著說：「如今誰還能苛待朕？實在是吃素習慣了。」但還是放下筷子，等御膳房重新上菜。

陸無硯問：「父親那邊來信沒有？」

自楚映司登基後，為讓她放心，陸申機又領軍去了邊疆鎮守，極少回皇城。

楚映司指指身後的長案，上面擺著一封拆開的信。

陸無硯過去看，瞥一眼就笑了。

那麼大一張紙，只潦草地寫了兩個字——分家！

下筆很重，墨跡暈開。

瞧著粗粗大大的兩個字，陸無硯彷彿能感覺到陸申機的憤怒。

「看來父親是真的生氣，居然要分家。」陸無硯說著，把信紙翻過來，咦了聲，又問楚映司。「就這個，沒別的了？」

「嗯。」楚映司點頭。

對於需要陸無硯改姓後再立為太子一事，陸申機竟隻字未提。

陸無硯放下手中的信，走回座位，垂眸想一會兒，才說：「母親，如果我不想當這個太子，您會如何？」

楚映司抬眸凝視陸無硯，等他說下去。

陸無硯屈指叩叩桌子，道：「其實母親早已看透兒子，所以曾言懷川比我更適合坐上帝位，若是必須，兒子願以性命誓死捍衛大遼每一寸土地。然而……」

陸無硯頓了下。「並不是因為國家大義，只因我的母親心繫大遼，我的父親堅守在邊境寸土不讓。這是你們的志向，兒子當然義無反顧追隨你們的腳步。

「可是在兒子眼中，這個國家、這片江山毫無意義。什麼是善？什麼是惡？正義或是大義，這些東西都可以輕易被我踩在腳下。」

楚映司嘆口氣，有些無奈地道：「你就非說這些母親不愛聽的話？」

「不過，倘若母親希望兒子做這個太子，兒子自然從命。」陸無硯勾起嘴角，表情卻帶了一絲悵然。「誰做皇帝又怎麼樣？百姓朝拜的帝王姓甚名誰，又怎麼樣？百年之後都是一抔黃土，英名或惡名，不過是後人茶餘飯後的笑談。」

楚映司聽了，沈默好一會兒，開口道：「你乾脆承認自己是要美人，不要江山罷了！」

陸無硯起身，站在楚映司身後，笑著摟住她的肩。「是啊，兒子懷裡便是天下排行第一的大美人。」

「嗤，你是看瑾枝不在這裡，才這麼說吧。」楚映司嫌棄地把陸無硯推開。

陸無硯認真地說：「妳們兩個並列第一！」

楚映司用鼻子輕哼一聲。「等你有了女兒，是不是三個女人並列天下第一美人了？」

陸無硯皺眉。他還沒想過這個問題。

楚映司慢慢收起臉上的笑，有些疲憊地說：「無硯，你說懷川消氣了沒有？」

陸無硯坐回椅子，思索一下，才道：「母親以為他在生氣？」

「他當然生氣了。」楚映司揉揉額角。「這孩子攪了個天翻地覆，不就是想讓我知道他有多生氣，偏偏我還找不到他！」苦笑著搖頭。「這孩子的氣性實在太大了。」

「兒子倒覺得，懷川不是在跟母親置氣。他和母親一樣多疑敏感，大概從知道母親暗中做了那些事後，便有了離開的打算。他拋下皇位，不過是為在衝突發生之前，把一切掐斷。皇位，是引起爭端的一切。」

楚映司怔怔地凝視陸無硯，細細想著他說的話。

陸無硯又道：「當然了，懷川也定是生氣，才會什麼都不說，直接把皇位砸過來。」

「是啊，直接把皇位砸到我臉上，真是……響亮的一巴掌。」

「母親，他想證明，您的防備多麼多餘，還想讓您一直惦記著他。」

楚映司心思複雜，默然不語。

這時，宮女端著重新做的晚膳進來，陸無硯和楚映司便不再提及此事，開始用膳。

用完晚膳，兩人研究軍事圖，直到夜深方散。

是夜，陸無硯便宿在宮中。

第八十七章

第二日，陸無硯醒來時，已是下早朝的時辰，剛出殿門，就被幾位官員攔下來。

陸無硯蹙眉看著面前的官員，他們都是來替補對女帝登基不滿而辭官的舊臣的人，想來巴結他。

聽完一通奉承的話後，陸無硯不耐煩地說：「幾位大人若無事，便先回去吧。」

幾個官員對視，其中一位走出來，在陸無硯面前彎腰。「臣聽聞夫人有孕，您又沒有妾室，所以臣……」

陸無硯涼涼瞥他一眼，臉色瞬間冷下來，抬腳離開。

那位官員被陸無硯的目光掃過，冷汗瞬間滴下來，在他旁邊的官員忙拉拉他袖子，小聲地說：「你不要命了，居然打這個主意！這位想要什麼樣的女人得不到？那是他根本不想收，你居然還想送女人！」

「我這不是看他夫人有孕嗎？就算夫妻感情再好，也是一年沾不得，所以才想……」

「嗤，你知不知道上一個給他送女人的官員是什麼下場？」

「什、什麼下場？」

那位官員抬手，在自己的脖子上一橫，使個警告的眼色。

想送妾的官員轉頭望向陸無硯離開的背影，嚇得腿都軟了……

溫國公府離皇宮稍遠，這次陸無硯會在宮中住幾日，朝臣才起了心思，想要巴結他。偏生陸無硯什麼都不缺，而且性子古怪，還有令人咂舌的嚴重潔癖，討好他可不容易。不過兩、三日，送過來的禮物就堆積成一座小山。

孰料，陸無硯還真在這堆禮物之中，挑出一件十分中意的東西。想巴結陸無硯的臣子知道，他的孩子快出生，所以送來的東西裡有不少是給孩子的。

陸無硯看中的禮物，勉強算得上是木馬。因為它雖然是木頭做的，卻不是馬，而是一隻醜醜的四不像。

「嘿，這個不錯！等我回府時，提醒我帶上。」陸無硯笑著吩咐身後的小宮女。

小宮女看看那個醜到可以嚇哭小孩子的東西，低聲應道：「奴婢遵命。」

另一邊，自從清醒以後，大多數工夫，方瑾安都沈沈睡著，每日只會醒來兩、三次。

方瑾枝擔心地問入醫為何如此？入醫只轉達，劉明恕說是無礙。

方瑾枝想了想，下樓去後院找劉明恕。

劉明恕正合著眼，坐在藤椅上曬太陽。

方瑾枝尚未走近，他便睜開眼睛。

「不好意思，是我吵醒你了。」方瑾枝停下步子，沒再上前。

「無事，我本來就沒睡。」劉明恕稍稍坐直身子。「妳是要問方瑾安的事？」

方瑾枝點點頭，忽想起劉明恕看不見，又嗯了聲。「安安總是這麼睡著，我有些擔心。我聽入醫說，這是無礙的，所以想來問問，安安什麼時候才能徹底醒來，不用一直昏睡？」

「我幫她加了助眠的藥才如此。」

劉明恕說完這句，本不打算再解釋，忽想起上次方瑾枝的質問，遂道：「她睡著時，會比清醒時更感覺不到疼痛。」

方瑾枝一想，隨即明白劉明恕的意思，鬆了口氣，感激地說：「多謝劉先生。」

「不過是因為妳們的哥哥罷了，不必言謝。」劉明恕的口吻一如既往的平淡無波。

方瑾枝卻是堅持。「哥哥是哥哥，我是我，就算你是因為哥哥的緣故才出手相助，我還是要鄭重謝謝你。」

劉明恕本就不善言詞，便沒再多說。

「還有……」方瑾枝的表情浮上歉意。「上次是我太著急，才那樣說話，請劉先生不要責怪。」

「妳已經道過歉了。」劉明恕站起來，不想再多言，淡淡地說：「把妳哥哥欠我的十萬兩黃金，加上醫治妳妹妹的十萬兩黃金給我就成。」說完，直接轉身，往小閣樓走去。

方瑾枝愣愣看著他的背影，心想這人的脾氣的確古怪。不過他既然開口要二十萬黃金，自當欣然答應，忙轉身吩咐米寶兒讓吳嬤嬤準備。

二十萬兩黃金……唔，不能說是小數目，但對她來說，還是付得出來。

劉明恕回到閣樓裡時，方瑾安剛醒，入醫正在餵她喝水。

「劉先生來了。」入醫急忙讓開位置，如今她對劉明恕的醫術，可是佩服得五體投地。

「今天左邊身子有知覺了嗎？」劉明恕一邊問，一邊摸起方瑾安的脈。

「沒有……」方瑾安小聲說。

劉明恕並不意外，放開方瑾安的手，轉身走到一旁的長桌，繼續配藥。他時常站在那張長桌前，一立就是一個下午。

「還要喝水嗎？」入醫彎下腰，在方瑾安的耳邊問。

方瑾安微笑著搖搖頭。

入醫便把水端到旁邊，站在劉明恕身邊，看他配藥。

起初，入醫還擔心劉明恕不喜歡別人偷師，小心翼翼地問可不可以幫忙？

孰料，劉明恕直接點破了她的小心思。「無須幫忙，留下也可。」

入醫大喜，從此以後，但凡劉明恕配藥時，她就在一旁靜靜瞧著，偶爾幫他拿個東西。

方瑾安躺在床上，偏著頭，偷偷望著劉明恕。她不敢被人發現，每次入醫轉過頭時，都會立刻閉上眼睛。

「劉先生，有寄給您的信。」入樓侍女匆匆跑上樓，把信交給劉明恕。

「我的信？」劉明恕皺眉。

「是，從宿國寄來的。」

劉明恕摸摸信封，蹙起的眉頭霎時舒展開。

入醫正打算問劉明恕需不需要她替他讀信，劉明恕已經把信拆了。

信封裡裝的不是紙張，而是一片片形狀古怪的薄木板。大小不一、穿著不一的小人兒，還有鳳凰、馬車和其他零零碎碎的木片。

劉明恕小心翼翼地一個一個摸過去，等到他將最後一塊薄木板放下時，嘴角慢慢流露出帶著溫柔的笑。

方瑾安呆呆望著他，以為自己看錯了。這是她第一次見到劉明恕笑。原來，這個人是會笑的！

方瑾安睜大眼睛，想看清那些薄木板是什麼東西，為何會讓劉明恕有了笑容？可是離得太遠，她什麼都看不清，心裡又是欣喜，又是悵然，又是焦急。

劉明恕走到床邊，對她說：「瑾安，我不能再用以前那種緩慢的方法治妳的傷了。我很快就要離開大遼，所以要加緊醫治，妳可能會更疼、更難熬一些。」

方瑾安沒聽見他說什麼會更疼、更難熬，只聽見他說要離開。

「什麼時候回來呢？」她小心翼翼地問。

「應該不會再來大遼了吧。」劉明恕隨意地道，隨即轉身走向長桌，開始研製新的藥。

方瑾安緊緊抿唇，望著忙碌的劉明恕，有點想哭。

是呀，大遼不是他的家，何來「回來」一說？他那麼忙碌，是因為急著離開吧？

劉明恕幫方瑾安換了藥方，方瑾安再不像以前那樣整日沈睡，取而代之的，是撕心裂肺的疼痛。

一半身子疼痛，一半身子卻是毫無知覺。方瑾安疼得冷汗如雨，卻連蜷縮著抱緊自己都不能。

「別、別讓姊姊看見……」她咬唇忍著劇烈疼痛，下唇早就被她咬爛了。

「罷了。」劉明恕嘆口氣。「若是忍不了就告訴我，換回以前的藥方。」

冷汗流進方瑾安的眼睛裡，她費力睜開眼，看著立在床邊的劉明恕，努力擠出聲音。「不疼，一點都不疼！」

她知道他急著離開，不想絆住他的腳步，耽誤他的事情。

劉明恕沈默，轉身走回長桌，從盒子裡翻出樣東西來，折回床邊，餵進方瑾安嘴裡。

方瑾安以為又是藥，但絲絲縷縷的甜味在她嘴裡蔓延開，不由咂嘴，小聲呢喃：「這藥是甜的……」

「那是糖。」

方瑾安睜大眼睛，有些驚訝地望著劉明恕。

他……他餵她吃糖？

方瑾安慢慢地紅了臉。

劉明恕走回長桌，摸摸裝著糖塊的盒子，陷入回憶。

裡面的糖，只剩下一半了。

曾經有個小姑娘只要吃藥就會哭，卻又能被糖豆哄得開開心心。從那以後，他的藥箱裡永遠放著一盒糖。

「明恕哥哥，我以後生病，都要你來醫！」小姑娘扮個鬼臉。「我連父皇都信不過！」

此後，他跟著她父皇學醫時，更加努力。

她自小體弱，他想為她調理好身子，讓她可以像她想要的那樣爬樹、下水、騎馬……

因為早產的緣故，他自出生起就什麼都看不見，長到五歲還不會說話。

直到有一天，一個剛會走路的小姑娘一口一個「明恕哥哥」，拉著他鑽進花圃裡，一字一字地教他說話，即使她自己還不能把話說完整，也耐心地教。

她不僅教他說話，還握著他的手，一筆一畫教他寫字。

那封信是她寄來的，也只有她會給他寄信，她會把想說的話刻在小木板上，他便知道她要告訴他的事。

明恕哥哥，我的舊疾又犯了。宿國的太醫都是庸醫，我不要他們診治，你快來救我！

即使她已經嫁人，只要她需要，他當然會不辭萬里去找她。

雖然，他一直都知道，她只把他當成哥哥……

劉明恕蓋上手裡的糖盒，放到方瑾安枕邊。「若是再疼，便吃一顆吧。」

「好……」

等劉明恕出去後，方瑾安使出全部力氣握住那個盒子，小心翼翼地挪到枕頭下，枕著它，默然不語。

陸無硯出宮時，把那隻四不像帶回來了。

方瑾枝愣愣看著那東西，轉頭問陸無硯。「你覺得咱們的孩子會喜歡這個？」

「一定會。」陸無硯十分認真地說。

方瑾枝瞥他一眼，扶著米寶兒的手，直接進屋，完全不想再看那醜東西。

九月初十，方瑾枝坐在後院，一邊吃著入茶點的茶，一邊欣賞花圃裡爭先怒放的鮮花。

她突然感覺到一陣腹痛。

那腹痛來得極快，瞬息之間，就有股熱流弄濕她的裙子。

她呆愣片刻，偏過頭，望著坐在她身邊、閉目養神的陸無硯，說道：「無硯，我好像要生了……」

陸無硯合著眼，一會兒後，忽然驚醒。「妳說什麼?!」

方瑾枝沒再重複，而是靜靜望著他。

陸無硯瞬間反應過來，從藤椅裡跳起身，抱著方瑾枝就往屋裡跑。

自方瑾枝為兩個妹妹分開的事搬來入樓後，她和陸無硯便在入樓住下來。後來陸嘯又鬧了將爵位傳給二兒子的戲碼，陸無硯更是沒有帶方瑾枝回溫國公府，想到方瑾枝肚子的月份大了，早早便請好產婆備著。至於分家的事，則被他往後推遲，等方瑾枝平安生產後再說。

陸無硯抱著方瑾枝回到屋中，吩咐丫鬟趕快去請產婆。

方瑾枝一直很平靜，被陸無硯抱著時，還伸手摸了摸自己的肚子。

等到陸無硯把她放到床上時，她卻慌了，急忙抓住他的手。

「別怕，我在這兒陪著妳。」陸無硯反手握住方瑾枝。

兩個產婆趕進門，還有之前挑好的六個奶娘也跑來幫忙。

「不……」方瑾枝搖搖頭，想推開陸無硯。「你還是出去吧。」生孩子的場景，說不定又要引得他不適，想起以前那些事。

一想到這裡，原本慌亂懼怕的方瑾枝忽然有了勇氣，硬是不讓陸無硯留下陪著。

產婆和奶娘也勸陸無硯離開。

陸無硯卻是堅持，坐在床頭的位置，握住方瑾枝的手。「不要多想，我在這裡陪著妳。」語氣堅決。

方瑾枝當然了解陸無硯的執拗，既然他這般說了，想勸他出去，恐怕還要費一番口舌。

方瑾枝還沒來得及再勸，劇痛忽然襲來，淹沒她所有的理智，只能死死抓著陸無硯的手，索取力量。

「羊水已經破了，夫人用點力氣，很快就會生出來！」

產婆反反覆覆說著這樣的話，有些能傳進方瑾枝的耳朵裡，有些卻不能被她聽見。

方瑾枝忍著一陣又一陣排山倒海般的疼痛，努力配合產婆的話使勁，疼得無法忍受時，便抓著陸無硯的手，哭著說：「我不要生了……我再也不要生了！」

「好好好，再也不生……」

平日裡，陸無硯見不得方瑾枝受一丁點委屈，連她皺眉頭都要擔心。此時此刻親眼看著她忍受這樣的痛苦，又完全幫不上忙，恍若自己也經歷了一遭撕心裂肺的劇痛。

「都是那個小東西惹的禍，等他出來，看我不狠狠揍他一頓！」陸無硯生氣地說。

方瑾枝一邊嚷疼、一邊哭著搖頭。「不許……不許揍他……我、我生一個孩子，可不容易了，不能隨便揍的……」

「好，不揍、不揍。」

幾個產婆和奶娘聽著方瑾枝和陸無硯的對話，在一片緊張的氛圍下，心中卻暗覺好笑。女子生產時，男人本就要避開，若說夫妻感情和睦，女子難產，做丈夫的倒還可能進來陪著，哪有像陸無硯這樣，一開始就留在屋裡的？更何況，陸無硯不是有潔癖嗎？看起來不像啊！

方瑾枝懼怕生產，已經做好生個三天三夜的準備，但讓她沒想到的是，不過半個時辰，她的肚子就空了。

孩子清脆的哭聲響起時，她還有些沒反應過來。

別說是她，連陸無硯也呆住，皺眉看著產婆懷裡的小不點，不能接受那是他的孩子。

「恭喜少爺，恭喜夫人，是位小少爺！別的嬰孩剛出生時，都皺巴巴的，咱們的小少爺竟這般好看！」

產婆連連道喜，見陸無硯和方瑾枝都沒什麼反應，又重複兩遍。

過了好一會兒，陸無硯才淡淡地說：「喔，知道了。」

他低下頭，用帕子擦拭方瑾枝額上的汗珠，心疼地說：「那個小東西總算出來了。等會兒想吃什麼？我讓入熏去準備。」

方瑾枝茫然地望著陸無硯，吶吶地報了幾個菜名。

陸無硯讓下人記下，交代入熏立刻去做。

陸無硯點頭，這才看向抱著陸鍾瑾的產婆，責備的目光掃向屋子裡僵住滿臉喜色的六個奶娘，質問：「妳們怎麼還不把孩子抱走？」

六個奶娘齊唰唰愣住。這還是她們頭一遭遇見孩子出生，父母連看都不看，直接讓奶娘把孩子抱走的。

怔了一會兒，她們終於回過神，急忙應下，抱起剛剛用溫水洗過、裹上襁褓的陸鍾瑾走出去。

奶娘抱著陸鍾瑾走到門口時，方瑾枝才從疼痛中反應過來，竟是掙扎著要坐起來。

「孩子！我的孩子！抱來給我。」

陸無硯立刻按住方瑾枝的肩膀。「妳別動，讓她們抱過來就是。」

奶娘們見狀，應了聲，心想還是孩子的娘惦記孩子，忙把陸鍾瑾抱到床邊，小心翼翼地放在方瑾枝身旁。

「是位極漂亮的小少爺呢！」

方瑾枝看見陸鍾瑾的那一刻，心裡好像被什麼東西撞擊一下，整顆心都軟了。

「鍾瑾……」方瑾枝費力抬起手，想去摸孩子的臉頰。

嬰兒的臉蛋白白嫩嫩，嫩得讓方瑾枝不敢碰，指尖還沒觸到陸鍾瑾的臉，隨即畏懼地縮回手。

可是她想靠近他，想要抱著他。

方瑾枝再次小心翼翼地伸手，終於碰到孩子嬌嫩的臉蛋，落下眼淚。

陸鍾瑾的小拳頭揮啊揮。

方瑾枝輕輕握住他的小拳頭，手竟是微微發顫。

「怎麼又哭了？」陸無硯皺眉，不悅地用指腹抹去方瑾枝眼角的淚珠，這才低頭，看向襁褓裡的陸鍾瑾。

陸鍾瑾忽然睜開眼，黑葡萄般的眼睛好奇地盯著陸無硯看。

陸無硯瞬間僵住了。

縱使是他這般性子孤冷的人，在看見陸鍾瑾的第一眼時，整個人亦恍若被擊中，陌生情愫在他心裡撬開一個角，飛快滋生蔓延。

「他睜開眼睛了！」方瑾枝欣喜地驚呼。

陸鍾瑾盯著陸無硯的黑溜溜眼珠子在眼眶裡微微轉動，望向方瑾枝，突然咧嘴笑了。

不知是不是錯覺，方瑾枝總覺得陸鍾瑾好像聽懂了她的話，在瞧著她看。

小孩子剛出生時，眉眼尚未長開，甚至長相都差不多，但陸鍾瑾的輪廓卻隱約有了陸無硯的樣子。等他睜開眼睛時，更與陸無硯有七、八分相似。

「小無硯，真的是小無硯！」方瑾枝激動得又落淚，湊過去，親吻陸鍾瑾的額頭。

陸無硯這才回神，看著母子倆緊緊相貼的樣子，嘴角慢慢揚起溫柔的笑容。

他微微彎下腰，輕輕將方瑾枝和陸鍾瑾擁在懷裡。方瑾枝染著汗水的手，握住陸鍾瑾小小的拳頭，他則把兩人的手全握在寬大掌中，慢慢收緊。

產婆和奶娘們相視一眼，都笑了出來。

對嘛！這才是初為人父、初為人母該有的樣子嘛！

一會兒後，陸無硯吩咐人把孩子抱出去，餵方瑾枝喝下一大碗藥膳湯。

方瑾枝喝完，就沈沈睡著了。

陸無硯吻吻她的額頭，替她把被子蓋好，這才輕手輕腳地出門，去了陸鍾瑾的房間。

第八十八章

陸鍾瑾剛剛讓奶娘餵了奶，此時正安安靜靜地睡在小床裡。

見陸無硯過來，幾個奶娘急忙向他行禮，難得見他臉色柔和，遂大著膽子說：「小少爺可乖了，奴婢們頭一遭見到這麼乖巧漂亮的孩子！」隨即妳一句、我一句地誇起陸鍾瑾。

陸無硯向來不愛聽那些奉承的話，這回可是他頭一遭聽著那些嘰嘰喳喳的好話後，變得有些飄飄然。雖然什麼都沒說，心裡卻想——哼，也不看看是誰的兒子！

陸無硯大步邁向小床，立在床邊看著熟睡中的陸鍾瑾。

他兒子可真好看！

自豪的感覺油然而生，陸無硯伸手把孩子抱起來。

陸鍾瑾皺眉，哼唧兩聲，睜開眼睛，大眼睛忽閃忽閃，揮舞著小拳頭，往自己嘴裡塞。

「不許亂咬。」陸無硯一邊說，一邊移開他的小拳頭。

陸鍾瑾的小拳頭離開嘴邊，帶出一絲透明的口水。

陸無硯盯著口水，忍了半天，才沒把懷裡的小東西扔下去，拚命在心裡安慰自己，陸鍾瑾還是個小孩子，小孩子流口水是正常的！

他抱著陸鍾瑾，走到旁邊的三足高腳桌，從桌上的竹筐裡取出新帕子，幫他擦口水。

陸鍾瑾哼唧兩聲，竟含住擦口水的帕子。

「髒！鬆開！」陸無硯立刻說。

他的聲音有些大，嚇著陸鍾瑾，陸鍾瑾立刻張開嘴，哇的一聲哭起來。

「這有什麼好哭的？」陸無硯嘴裡說著指責的話，心裡卻慌了。怎樣才能讓他不哭啊？聽見他的訓斥，陸鍾瑾哭得更凶，一聲賽過一聲，似要聲嘶力竭。

陸無硯懵了，看向立在一旁的奶娘，不悅地說：「妳們杵在那裡幹什麼？還不快來哄！」

「是……」奶娘們急忙上前，從陸無硯懷裡接過陸鍾瑾，輕輕搖晃。不久，陸鍾瑾的哭聲便逐漸小了。

其中一個奶娘去拿繪著小老虎的撥浪鼓，在陸鍾瑾眼前轉呀轉。

「小少爺不哭啦，不哭啦……」

陸鍾瑾聽著呼啦呼啦的聲音，慢慢止住哭泣，睜大眼睛，努力去看眼前紅色的撥浪鼓，費了好大力氣，才看清撥浪鼓上的小老虎。

陸無硯驚訝地瞪著陸鍾瑾，又看看奶娘手中不斷晃動的撥浪鼓，暗驚這麼個玩意兒居然有這麼大本事，能把他兒子哄好！

另一個奶娘拿來乾淨的雪白棉帕，小心翼翼把陸鍾瑾嘴邊和小拳頭上的口水全擦乾淨。抱著陸鍾瑾的奶娘這才把陸鍾瑾還給陸無硯。「小少爺不哭啦！」

陸無硯收回凝在神奇撥浪鼓上的目光，接過陸鍾瑾，低頭認真盯著他看。

前一刻，陸鍾瑾被奶娘抱著時還乖乖的，可是一到陸無硯懷裡，好像隱隱又要哭出來。

陸無硯皺起眉頭。

幾個奶娘生怕陸無硯再發脾氣，忙笑著說：「您抱他的姿勢不對，應該這樣……」說著，乾脆抱著長枕頭做一遍，讓陸無硯瞧。

陸無硯看著奶娘的動作改過來。姿勢對了，他懷裡的陸鍾瑾也跟著舒服一點。

「他怎麼不笑？」陸無硯不高興地問。

奶娘們又忙解釋。「剛出生的孩子不會笑，還要再等一段日子咧！」

陸無硯轉頭問仍舊握著撥浪鼓的奶娘。「他怎麼不看那玩意兒了？」

奶娘轉轉手裡的撥浪鼓，笑著說：「小少爺還看不見那麼遠的地方呢！現在能看見貼在眼前的東西就不容易嘍。孩子長大是一步一步來，哪能一蹴可幾呢！」

陸無硯嘟囔一聲麻煩，又低下頭，看向懷裡的陸鍾瑾。

陸鍾瑾合眼，又睡著了。

「醒醒，別睡了。」陸無硯晃晃他。「你爹在這兒呢，睡什麼睡？」

奶娘小聲說：「還沒出月子的嬰兒，睡著的時候多些……」

陸鍾瑾被陸無硯晃得睜開眼睛，又癟了嘴，哼哧哼哧，眼看著又要哭出來。

陸無硯咬牙。「不許再哭了，麻煩——」話還沒說完，臉色就變了。

他托著陸鍾瑾屁股的手濕了，還有一股十分難聞的氣味從他懷裡飄出來。

陸無硯的臉色越來越臭，手掌原本只是微濕，現在……越來越濕了。

「憋回去！」陸無硯惡狠狠地瞪著陸鍾瑾。

陸鍾瑾哇的一聲哭出來。

「哎唷喂！小少爺嚇不得，嚇不得啊！小少爺這是尿了！」奶娘們急忙從陸無硯懷裡抱過陸鍾瑾，放到小床上，匆忙解開襁褓，幫他換尿布。

「小少爺乖，不哭不哭……」有奶娘在旁邊低聲哄著。

陸無硯瞪著被六個奶娘圍住的陸鍾瑾，黑著臉轉身，瞧瞧濕漉漉的手掌，走向屋門前的架子盆旁，將手放進清水裡洗了又洗，還是覺得沒洗乾淨。小丫鬟已換了四次水，他還是反覆地洗。

等陸無硯終於勉強把手洗乾淨時，陸鍾瑾已經換好尿布，趴在奶娘懷裡睡著了。

陸無硯看著縮在奶娘懷裡的小團子，又氣又怒，暗道一句：小子，長大了等著瞧！

這時，入茶匆匆趕來，向陸無硯行禮，說：「三少奶奶醒了，讓奴婢把小少爺抱過去。」

陸無硯點點頭，看著入茶動作輕柔地把陸鍾瑾從奶娘懷裡抱起來，不由皺眉。入茶沒嫁人，更沒生產過，居然會抱孩子？

這下，他更疑惑了……

陸無硯和入茶往方瑾枝房間走，陸鍾瑾靜靜趴在入茶懷裡睡著。

陸無硯忍不住開口問：「入茶，妳帶過孩子？」

入茶笑著回答：「當然沒有，奴婢自小就在垂鞘院伺候呢。」

陸無硯瞥向入茶抱著的陸鍾瑾，不說話了，深深覺得，這一比較，剛剛被奶娘教著怎麼抱孩子的他，簡直愚蠢至極。

「妳說瑾枝醒了？她吃過東西沒有？」想起方瑾枝已經醒來，陸無硯這才把心思從陸鍾瑾身上移開。

「三少奶奶只喝點溫水，說不想吃東西，叫奴婢抱小少爺過去。」入茶怕吵了懷裡的陸鍾瑾，低聲細細稟著。

聽入茶這麼說，陸無硯不由加快步子，越過入茶，比她先進了寢屋。

這時，方瑾枝正倚著好幾個軟枕坐著，低頭瞧手裡的東西，沒有束綰的長髮垂下，遮住小半邊臉頰。

「這麼早就醒過來了？」

陸無硯疾走兩步，坐在床邊，看向方瑾枝手裡的東西，瞧見紅繩上繫著一塊小小的桃木符，和一只小木馬。

他認得這兩件，一個是當年靜憶繫在菩提樹上的，一個是方瑾平和方瑾安親手雕出來，要送給孩子的。

「想把這個繫在鍾瑾身上？」陸無硯問。

方瑾枝笑著搖搖頭。「怕硌著他不舒服，長大些再給他。」說著，把東西放回枕頭旁邊的小小鎏金方盒裡。

說話間，入茶抱著陸鍾瑾進來。

方瑾枝略直起身子，朝陸鍾瑾伸出手，想早些將他抱在懷裡。

「小少爺睡著了呢。」入茶壓低聲音道，擔心悶著孩子，先將圍在陸鍾瑾襁褓外的小被子解下，才放進方瑾枝懷裡。她也極喜歡這孩子，自是小心翼翼。

方瑾枝抱著陸鍾瑾，溫柔地望著他，這輩子所有的溫柔似乎都在這一刻凝聚成團。

陸無硯盯著方瑾枝抱陸鍾瑾的胳膊，更疑惑了。不僅入茶會抱孩子，連方瑾枝都會？

「妳怎麼會抱孩子？」

方瑾枝驚訝地抬頭。「什麼？抱孩子還有會不會的嗎？」

陸無硯聞言，別開臉，不大自然地輕咳一聲，目光落在還留在屋裡的入茶身上，吩咐她。「妳先下去吧，吩咐入熏準備晚膳，要做些少奶奶喜歡吃的。」

「是。」入茶笑著應了，又看陸鍾瑾一眼，才轉身離開，不忘把門關好，如今方瑾枝可是不能受涼的。

入茶離開後，方瑾枝又垂下頭，溫柔地望著陸鍾瑾，目光連一瞬都捨不得移開。

陸無硯盯著她的臉瞧了許久，忍不住問：「他有那麼好看嗎？」

方瑾枝頭也沒回地答：「好看呀，全天下沒有比鍾瑾更好看的孩子了。」將陸鍾瑾伸在外面的小拳頭輕輕捧在手裡，視若珍寶。

陸無硯欠身湊過去，抬手捏住方瑾枝的下巴，讓她看向他。

「那我呢？」

方瑾枝這才仔細打量陸無硯，發覺他的臉色不是一般的臭，微怔一瞬，道：「我說的是孩子呀，你又不是小孩子，和他比什麼？」
陸無硯把方瑾枝的話放在心裡重複一遍。她說得也對。這才鬆開手。
方瑾枝沒忍住，一下子笑出來。
「有什麼好笑的？」陸無硯仍舊皺著眉。
方瑾枝鬆開握著陸鍾瑾的手，去撫平陸無硯擰起的眉頭，笑著說：「全天下最好看的孩子，是我的鍾瑾；全天下最好看的人，是我的無硯呀。」
陸無硯挑眉。「這還差不多。」
方瑾枝無奈，推陸無硯一下，哭笑不得。「你怎麼像個孩子似的……」
陸無硯聞言，收起臉上的笑意，仔細打量起方瑾枝，突然發現他的小姑娘是真的長大了，此時垂眸望著陸鍾瑾的模樣，簡直溫柔得膩人了。
方瑾枝全副心思都放在陸鍾瑾上，沒注意陸無硯的變化。
陸無硯等了好一會兒，發現方瑾枝還是一直望著懷裡的孩子，完全忽略他，又有些不大高興。
都睡著了，有什麼好看？
於是，他勉強裝出隨意的樣子，問道：「妳讓入茶把他抱來做什麼？」
這話提醒了方瑾枝，微微一愣，表情生出幾分尷尬和不自然。
陸無硯瞧見，擔心她身子不適，急忙問：「怎麼了？是不是哪裡不舒服？」

方瑾枝微微張開淡粉檀口，望著陸無硯，欲言又止。

「妳倒是說啊！」

見方瑾枝不發一語，陸無硯不由急了，拔高聲音，竟把陸鍾瑾吵醒了。

陸鍾瑾揮舞著一雙小拳頭，哼哼唧唧。

「沒事了，沒事了，鍾瑾不要怕。」

方瑾枝哄著他，將他的小拳頭放回襁褓裡，免得著涼。看他又流口水，忙讓陸無硯去拿棉帕來。

不用方瑾枝說，陸無硯瞧見陸鍾瑾嘴角的口水，立刻嫌棄地去拿帕子。看著方瑾枝幫他擦口水，頗為嫌棄地說：「這孩子怎麼髒兮兮的？」

「小孩子都會流口水，怎麼能算是髒兮兮呢？」方瑾枝不愛聽這話，瞪陸無硯一眼。

陸無硯也覺得自己理虧，不再多說，用食指和中指挾起擦過口水的帕子，丟到一旁的花簍裡，還不忘甩甩手。

「你捏的地方又沒沾到鍾瑾的口水。」方瑾枝哭笑不得。

話音剛落，她忽然哎喲一聲。

陸無硯急忙追問：「怎麼了？哪裡不舒服了？我去請大夫。」說著就要往外走。

「不用！」方瑾枝抓住他的手腕，搖搖頭。

「沒有不舒服……只是、只是有點……」她的聲音越來越低，說到最後時，陸無硯已經聽不見了。

「什麼？」陸無硯低頭湊過去，想聽清楚些。

可是方瑾枝摀著自己的嘴，不肯再說。

陸無硯拍方瑾枝的手背，輕斥她：「再不說，我打妳屁股！」見完全唬不住她，又接了句。「不，打他屁股！」指指她懷裡的陸鍾瑾。

方瑾枝的神色果然變了。「陸無硯，你可不能這麼賴皮！我……我只是脹奶……」

陸無硯聞言，愣了一下，目光慢慢下移，落在方瑾枝的胸口，這才注意到寢衣胸部的位置，好像有點濕。

「你轉過頭去，不許看！」方瑾枝瞪陸無硯一眼，然後慢慢解開寢衣的繫帶，將衣襟朝側邊拉開。

她生產時流了一身的汗，如今又不能洗澡，只用棉帕擦過身子，便直接套上乾淨寢衣，裡面沒有穿肚兜。

陸無硯怎麼可能轉過頭去，目光停在方瑾枝的胸前，根本移不開。

陸鍾瑾在方瑾枝懷裡不安分地動了動，被塞回襁褓裡的小拳頭又探出來，胡亂揮舞著，不小心碰到方瑾枝露出衣襟的胸口。好軟呀！

陸無硯的臉色瞬間冷下，想也不想，直接抓起陸鍾瑾。

他的動作太大，嚇著陸鍾瑾，陸鍾瑾又開始哭。

方瑾枝大急。「無硯，你幹麼呀？嚇著他了！」

陸無硯沒搭理方瑾枝，抱著陸鍾瑾轉身，繞過屏風，喊道：「入茶！奶娘！趕緊來人把他抱走！」

入茶聽見陸無硯的聲音，急忙走進來。

「這是怎麼了？」她一邊問，一邊從陸無硯手中接過陸鍾瑾。

陸鍾瑾還在可憐巴巴地哭。

隔著屏風，方瑾枝看不見陸鍾瑾，又不能下床追過去，心裡急得不得了。

陸無硯皺著眉說：「讓他別哭了。把他抱走！」

幾個奶娘也匆匆趕來，從入茶手中抱過陸鍾瑾，輕聲地哄，又怕冷著他，拿來小被子，裹在襁褓外。

她們都聽見陸無硯的話，雖然知道他說得沒道理，可也不敢跟他講理，等陸鍾瑾安靜下來，便抱著他退出去。

屋裡安靜下來，陸無硯心裡卻有點古怪。他說不上來這感覺緣於何，只覺得自己對那個小東西似乎不大好啊……

幸好陸鍾瑾終於不哭了，他才悄悄鬆口氣。

陸無硯繞過屏風，回到床邊時，果然看見方瑾枝滿臉的不悅。

「你鬧什麼脾氣？鍾瑾又沒惹你！」方瑾枝不高興地說。

「怎麼沒惹？他真惹我不高興了！」陸無硯比她更不高興。

方瑾枝歪著頭，仔細打量陸無硯的神情。「到底怎麼了？」

陸無硯看她一眼，扯開她已經合上的衣襟，在胸口位置使勁擦了下，正是剛剛陸鍾瑾碰過的地方。

方瑾枝愣愣望著陸無硯，不可思議地問：「就因為他剛剛碰我一下？」

陸無硯沒有回答，目光卻是肯定至極。

「他是我兒子呀！」方瑾枝傻住。

陸無硯忽然覺得這句話有些耳熟。哦，他想起來了！

當年，楚映司的胳膊受傷，他親自替她上藥，卻惹得陸申機不高興，責怪他為何不讓丫鬟伺候楚映司？

那時，他覺得陸申機簡直無理取鬧。

可是現在……他好像有點明白那種感受了。

「我不管，他也不能碰妳。」陸無硯說得斬釘截鐵。

方瑾枝長長呼出一口氣，無奈地說：「他只是不小心碰了一下呀。再說了，我脹奶脹得厲害，還要給他餵奶呢！」

「我不准！」陸無硯冷冷地道。

方瑾枝摸出靠在身後的軟枕，使勁地砸到陸無硯身上，沒好氣地說：「我脹得難受！疼死了！」

陸無硯接住枕頭，放在一邊，忽然將方瑾枝的衣襟拉得更開些，低頭湊過去。

方瑾枝微微張著嘴，因為震驚，僵在那裡。

陸無硯吮了好一會兒，才抬起頭。

這下，方瑾枝的三魂七魄才歸位，慢慢找回神智，結結巴巴地開口。「無、無硯……」她的話還沒說完，陸無硯又重新低下頭，扯開她的另一邊衣襟，大力吮吸。

方瑾枝的雙頰慢慢浮上一抹不自然的紅暈。她懷孕之後，十分辛苦，陸無硯體諒她，不過分親近，讓她快忘了他的吻，還有他的貪……

方瑾枝的手慢慢抓緊被子，腦海中不由浮現還沒懷孕之前，那些床榻間的旖旎時光。

「還脹得難受嗎？」陸無硯抬起頭，溫柔地問著方瑾枝，唇上還沾了幾滴白色乳汁。

方瑾枝沒吭聲，匆忙別開眼，隨即又轉過頭，用手指一點點抹去他唇上的濕潤。

陸無硯握住她纖細的手腕，舔了嘴唇，低聲說：「以後，每天都有別樣消夜。」頓了下，又加一句。「十分美味。」

「不正經……」方瑾枝低眸，嗔笑著捶陸無硯的肩。

陸無硯輕輕拉好方瑾枝的衣襟。「別著涼。」

「嗯。」方瑾枝點頭，打了個哈欠。

陸無硯便扶著她躺下，為她蓋好被子，欠身吻上她的額角。「好好歇著，到了用膳的時辰，我再叫妳。」

「好。」方瑾枝笑著點點頭，合眼睡去。她的確又倦又乏，是因胸口脹得難受，才醒過來。如今身子舒暢，沒一會兒就沈沈睡著了。

陸無硯見她睡沈，才起身繞過屏風，走到炭盆邊，又加了幾塊煤炭。現在才九月，但他怕方瑾枝著涼，已讓下人在房裡燃起火盆。

接著，他又挑幾塊金絲炭擱進銅鎏金鏨花白鷺戲圖暖手爐，放在方瑾枝窩在被子裡的腳旁，讓她的被窩也溫暖起來。

打點妥當，陸無硯才抱著胳膊立在床邊，頗為自豪地喃喃自語：「誰都不能跟我搶妳，妳兒子也不行。」

第八十九章

這日，陸佳蒲坐在小溪旁的石頭上，正漿洗衣裳。嬌嫩素手放進清澈溪水裡，隨著洗衣的動作，纖細十指在衣物間若隱若現。

過了九月，海島上的天氣逐漸變冷，小溪裡的水也有些涼。陸佳蒲洗一會兒，把手放在唇邊呵口氣，搓了搓，再伸進冰涼溪水裡，繼續洗衣服。

「陸佳蒲！陸佳蒲！」楚懷川揹著竹筐找過來。

陸佳蒲急忙把衣裳放在一旁，站起身。

「陛下怎麼來了？」她望向楚懷川背上的竹筐。「筍？」

楚懷川放下竹筐，指著裡面的竹筍，道：「雅和喊著要吃嘛。為了找這幾枝竹筍，朕可費了老大的勁兒！」

「是，陛下辛苦了。」

雖然已經離宮，稱呼也該改了才是。可不僅小孩子喊習慣了，連大人也難改，楚懷川乾脆一笑置之，不改就不改，他仍舊是這海島之帝。

陸佳蒲想了想，反正這海島上只有他們一家人，無隱姓埋名的必要，索性也不在意了。若以後去別處居住，再改也不遲。

陸佳蒲瞧見楚懷川染了血跡的手，趕緊拉到眼前細看，見他右手食指上有道很深的傷口，心狠狠一跳，急忙扶他走到溪邊，用清澈溪水為他清洗，再撕下衣襟包紮。

她一邊替楚懷川包紮，一邊說：「陛下為何又這麼不小心？那鐮子不好用，您就慢慢來，不著急的。」這已經不是楚懷川第一回做事弄傷自己了。

「沒事，這麼點傷，一點都不疼！倒是那鐮子的確不好用，回去得磨一磨。」楚懷川笑嘻嘻地說，全然沒把手上的傷當回事。

陸佳蒲把布條綁好，才道：「妾身還沒洗完呢。陛下是等會兒與妾身一起回去，還是先回家？」

「朕等妳。」楚懷川說著，蹲在一旁的石頭上，歪頭看陸佳蒲洗衣服。

陸佳蒲拿起洗了一半的衣服，放進溪水裡搓揉。

「陸佳蒲，朕有件事要跟妳說。」楚懷川忽然開口。

「什麼事呀？」陸佳蒲側首，疑惑地望向楚懷川。

楚懷川拉開自己的衣襟給她看，裡面居然有一大塊污漬。

「瞧瞧，妳又沒把衣服洗乾淨。」楚懷川打趣地看陸佳蒲。

陸佳蒲臉上一紅，站起來去扯楚懷川身上的衣服，嘴裡說著：「誰知道是妾身沒洗乾淨，還是陛下剛剛弄髒來冤枉人？沒洗乾淨，妾身重新洗便是，昨天陛下還把家裡的鍋燒壞了呢！」說著，扒下楚懷川身上的外衣。

楚懷川皺眉看她，有些好笑地說：「陸佳蒲，以前妳可不會這麼跟朕這麼說話啊，現在居然還會頂嘴！哈哈哈哈……」

陸佳蒲咬唇，將楚懷川的衣服泡進水裡，小聲嘟囔：「你現在又不是皇帝了……」又略微拔高聲音，道：「陛下別在這裡等著了，還是回去陪雅和跟享樂吧。家裡沒人照看他們，妾身心裡不踏實。」

「那好，妳慢慢洗，朕先回去。」楚懷川想了下，揹起竹筐，轉身回家。離開之前，他又看了陸佳蒲浸在溪水裡通紅的手一眼，心情複雜。

楚懷川剛回到家，就喊：「雅和、雅和！」

「雅和在呢！」雅和從屋裡歡快地跑出來，撲進楚懷川懷裡，抱著他的腿。

楚懷川彎腰，笑著抱起她，問道：「今天雅和在家裡乖不乖？有沒有照顧好弟弟？」

「有！」楚雅和很認真地點頭。「弟弟都沒哭，雅和還幫弟弟換了尿布呢。」

楚懷川看看小小的女兒，抬手揉揉她的頭，低聲說：「雅和真懂事。」

「父皇，您的手！」楚雅和驚呼一聲，捧起楚懷川的手，眼眶裡瞬間湧出淚珠。

「嘿，沒事。父皇故意包著手，假裝受傷，嚇唬妳母妃玩呢。」楚懷川抱著楚雅和進屋，才放下揹在身上的竹簍。

「嚇死我啦！」楚雅和長長舒了口氣，又歪著頭想一會兒，拉著楚懷川的袖子，一本正經地說：「母妃教過雅和，騙人是不對的，父皇也不能騙母妃。」

楚懷川輕拍楚雅和的小腦袋。「是是是，雅和說得對，父皇再也不騙人了。」

楚雅和點點頭，這才去看竹筐，立即睜大眼睛，驚喜道：「哇！有筍吃！」又拉拉楚懷川的大掌。「父皇，母妃什麼時候回來？」

楚懷川忽然想起陸佳蒲浸在溪水裡發紅的手，輕嗤一聲，笑道：「妳母妃的廚藝實在太差，今天父皇給妳做好吃的！」

「好！」楚雅和笑著拍起手。

在女兒崇拜的目光中，楚懷川抱著新挖回來的竹筍，去了廚房。

陸佳蒲洗好衣服回來時，隔得老遠便瞧見家裡升起濃濃黑煙，慌忙跑進院子裡，發現煙是從廚房裡冒出來的，廚房的牆壁也被染黑了。

楚懷川和楚雅和滿臉黑灰地坐在院子裡，望著廚房。

「母妃回來了……」楚雅和扯扯楚懷川的袖子。

楚懷川回頭看陸佳蒲，訕笑一下。「那個……廚房裡最後一口鍋，也被我燒壞了……」

陸佳蒲盯著他染了黑灰的臉，忍不住笑出來。

楚懷川瞪她。「不許笑！」

陸佳蒲努力憋住，道：「沒關係，庫房裡還有鍋子，妾身這就去拿。」將竹籃裡的衣服放在石桌上，轉身去庫房。

楚懷川想了想，急忙起身，要幫忙晾那些衣服。剛拿起竹籃裡最上面那件衣服掛好，楚雅和就拉拉他的衣襬。

「父皇……」

「怎麼了？」楚懷川轉過頭。

楚雅和眨巴眼睛，指指晾起來的衣服。

楚懷川順著她的目光看去，發現陸佳蒲剛洗完的衣服上，竟染了一大片黑灰。抬起手，才發現自己的手是黑的！

楚懷川猛地看向庫房，陸佳蒲還沒出來，匆忙跑到井邊打水，將手放進木桶裡仔細洗乾淨，又跑回來將那件染髒的衣服拿到清水裡搓兩下，還好上面的黑灰遇到水就掉了。

楚懷川舉著洗乾淨的衣服，跑回來重新掛好。

他剛停手，陸佳蒲就抱著鍋子出來，看見楚懷川在晾衣服，輕輕笑了一下，鑽進還冒著黑煙的廚房。

楚懷川回頭，看著陸佳蒲進去，鬆口氣，站直身子，才發現身邊還站著個目睹一切的小傢伙。

楚雅和眨巴眼睛，驚訝地望著楚懷川，結結巴巴道：「父、父皇的動作真快……」

楚懷川輕咳一聲，決定拿出做為父親的威嚴，板著臉，認真地說：「不許把這件事告訴妳母妃，聽見沒有？」

「如果母妃問雅和呢？」楚雅和歪著頭，表情疑惑。

「那也不許說！」

「不能撒謊。剛才父皇答應雅和，不騙人的……」楚雅和低下頭，嘟起嘴，小聲嘟囔。

楚懷川想想，轉身翻翻竹筐，拿出一捧果子。

「來來來，這可是為雅和摘的呢！」

「哇！」楚雅和雙眼亮晶晶，急忙扯著自己的衣襬，把果子兜起來。

楚懷川笑咪咪地問：「那雅和還會說出衣服被弄髒的事嗎？」

楚雅和的小腦袋搖得像撥浪鼓一樣，壓低了聲音道：「噓……」

楚懷川笑著揉揉她的頭。「去把手洗乾淨再吃。」

楚雅和使勁點頭，往裝水的木桶走去。「等會兒給弟弟吃！」

楚懷川凝視她的背影，倒是時時刻刻記著弟弟啊……

「弟弟還小，不能吃這個。」

楚雅和想了想，眨眨眼睛，瞅著懷裡的野果子，一本正經地說：「那雅和給弟弟留著，弟弟長大了再吃！」

楚懷川聞言，慢慢收起笑，輕嘆口氣，走過去重新打水，拉過女兒的手，仔細幫她清洗。

「雅和，等弟弟能吃時，果子都爛了，妳自己吃就好。」

楚雅和苦惱地搖頭。「可是有好東西，就應該留給弟弟。」

楚懷川看著楚雅和放在小石桌上的野果，笑著說：「要不然這樣吧，雅和吃完果子，把果核留下來，種在院子裡，等果樹長大結果，弟弟也可以吃果子了。」

「哇！父皇的主意好棒，雅和要替弟弟種更大、更好的果子！」楚雅和歡快地拍起手，可手還是濕的，水濺了楚懷川一臉。

她吐吐舌頭，扯著袖子往楚懷川的臉上蹭。「雅和幫父皇擦！」但是她忘了，她和楚懷川一樣，在廚房裡弄髒衣服，反而讓他的臉沾上一大塊黑灰。

「呃……」楚雅和瞧見，自知闖禍，小心翼翼地瞅著楚懷川。

看著她這副認錯的模樣，楚懷川有些納悶，再看她黑漆漆的袖子就明白了。

他轉過頭，映著木桶裡的水，擦去污漬，對楚雅和說：「行了，妳回屋吧，在妳母妃做完晚飯前，把這身髒兮兮的衣服換下來，別讓她操心。」

「好！」楚雅和甜甜地應了，抱起放在小石桌上的果子，往屋裡走，走沒兩步又停下來，轉身看向楚懷川。「父皇也要換衣服！」

楚懷川看看身上被弄髒的衣裳，又看看晾起來的那堆，陸佳蒲被冰冷溪水泡得發紅的那雙手，頓時浮現在他眼前。

陸佳蒲在閨中時也會一點廚藝，但學得不多，而且還是精緻糕點，身邊丫鬟已先將食材準備好。如今讓她對著大鐵鍋炒菜，著實難為了。

她走進廚房後，將窗戶打開，讓濃煙散去，又收拾狼藉的地面、灶臺，才開始做飯。

蔬菜所剩不多，她炒竹筍、青菜與臘肉，還煮了鍋鮮菇湯。

以前她經常一個不注意就把菜炒糊，如今不敢再馬虎大意，一直守在灶臺邊，握著鍋鏟翻炒，沒過多久便滿頭大汗。

最後，今天的飯菜居然都沒有糊。陸佳蒲著實鬆了口氣，心裡生出幾分自豪。

讓楚懷川和楚雅和吃上可口的飯菜，就是她最近最大的願望。

她端著飯菜，剛邁出廚房，就看見楚懷川坐在院子裡洗衣服，楚雅和蹲在一旁，小小的手指著沒洗乾淨的地方。

「父皇，您會不會洗衣服呀？這兒、這兒，還有這兒，都沒洗乾淨。」

楚懷川不耐煩地說：「妳的話怎麼這麼多啊？」忍不住嘟囔：「笨一點，晚兩年再會說話多好？真聒噪。」

楚雅和聞言，立刻耷拉了小腦袋，委屈得想哭。

楚懷川看她一眼，拿起她吃了一半的紅果子塞進她嘴裡。

楚雅和這才看著他，開心地格格笑出來。

落日光暈照在父女倆身上，竟帶著幾分和樂融融的味道。

陸佳蒲立在廚房門口，望著他們，眸光漸柔。

「該吃飯了。雅和要來幫忙嗎？」陸佳蒲淺淺地笑著。

「要！」楚雅和急忙放下果子，跑向陸佳蒲，踮起腳，伸手要拿她端著的菜。

陸佳蒲彎下腰，溫柔地對她說：「不用雅和拿這個，雅和去拿筷子好不好？」

「好！」楚雅和一溜煙跑進廚房裡拿筷子。

楚懷川覺得，讓陸佳蒲看見他洗衣服有點尷尬，輕咳一聲。「洗衣服還滿好玩，哈哈哈……」

陸佳蒲忍住笑，柔聲說：「先吃飯吧，等會兒再一起洗。」

「也好。」楚懷川伸出濕漉漉的手，在褲子蹭了蹭，疾步走來，幫陸佳蒲端飯菜。簡單的兩菜一湯，還有香噴噴的米飯，一家三口吃得十分滿足。

楚雅和咂咂嘴，驚訝地說：「母妃，今天的飯菜居然沒有糊，沒有忘記放鹽，也沒有亂七八糟的東西！」

陸佳蒲被小丫頭說得有點不好意思，大口吃下一筷子米飯。

楚懷川抬眼，看著陸佳蒲低頭的樣子，敲敲楚雅和的頭，一本正經地訓斥：「不許瞎說，妳母妃做的飯菜比全天下的廚子都好吃！」

楚雅和剛要反駁，楚懷川挾了塊鮮筍塞進她嘴裡。

坐在一旁的陸佳蒲望著他們，抿唇而笑。

吃過晚飯，楚懷川幫陸佳蒲把碗筷拿去廚房，立在門口看她洗碗。

「咳，朕還沒洗過碗呢，好玩嗎？」楚懷川故作好奇地問。

如今，陸佳蒲早已摸透楚懷川的性子，也不拆穿他的嘴硬好面子，笑著說：「陛下可以試試。吶，這些沒洗完的碗就交給陛下，妾身去洗衣服。」說著，放下碗筷，往外走去。

「行！」楚懷川擼起袖子，開始洗碗。

剛走出廚房的陸佳蒲回頭望他一眼，笑著搖搖頭。

剛來這座小島時，陸佳蒲哪敢讓楚懷川做一丁點事情？偏生他性子彆扭，又是好面子，又是嘴硬，時日久了，更是總皺著眉，臉色越來越不好。

慢慢地，陸佳蒲明白了，楚懷川是覺得自己沒用。

於是，她這才試著忘記宮中歲月，只把楚懷川當成尋常丈夫來相處，開始把一些簡單的家務交給他做，也從不拆穿他那些口是心非的話。

兩個人，誰也不明說，只是逐漸改變。

一個是九五之尊的皇帝，一個是嬌生慣養的妃子，做起家事，都糊塗得不成樣子。可縱使衣服總洗不乾淨，縱使飯菜時常難吃，縱使日子過得艱難，再不似過去享樂，一家人在一起，卻不會彼此指責，更不會因為搞砸事情而自暴自棄，十分怡然滿足。

第九十章

陸佳蒲將楚懷川泡在水裡、洗到一半的衣服洗好後，已經天黑了。她將發紅的手放在嘴邊哈口氣，讓手沒那麼涼，才回屋去。想了想，擔心楚懷川沒把碗洗乾淨，轉身進廚房。

陸佳蒲檢查楚懷川洗過的碗，竟然都洗乾淨了，不禁有些詫異。

楚懷川抱著胳膊站在門口，不高興地問：「陸佳蒲，妳這是在懷疑朕嗎？」

陸佳蒲沒想到被他逮個正著，正不知怎麼回話呢，目光掃到旁邊的大鐵鍋，頓時一怔。

「你怎麼沒把鍋刷了？」

「妳只讓我洗碗，沒讓我刷鍋啊！」楚懷川大聲反駁。

陸佳蒲被他堵得啞口無言，只好點點頭。「是妾身沒說清楚，不怪陛下。」說著，就去刷鐵鍋。

她刷了一半，忽然抬頭望向走到她身邊的楚懷川。「那筷子有洗嗎？」

楚懷川不吭聲。

陸佳蒲抿唇，在灶臺角落找到晚上用過的筷子，果然是髒的，便一併拿過來刷洗。

楚懷川嘟嘟囔囔：「洗碗就洗碗，居然還要刷鐵鍋和筷子……」

陸佳蒲忍著笑，假裝沒聽見。

楚懷川等陸佳蒲忙完，才跟她回屋。

兩人還沒走到屋裡，忽然聽見撲通一聲鈍響，然後是楚享樂的哭聲。

楚懷川和陸佳蒲立刻變了臉色，跑進楚雅和與楚享樂的房間。

楚享樂躺在床上哇哇大哭，而楚雅和捂著肚子，蜷縮在地上。

「雅和！」陸佳蒲忙跑過去，把楚雅和抱在懷裡。

小姑娘的額頭沁滿冷汗，小小身子不停發抖。

「疼，雅和疼，肚子……肚子好疼……」楚雅和斷斷續續地小聲哭著。

「肚子疼？怎麼會肚子疼呢？哪裡疼？是這裡還是那裡？」陸佳蒲萬分焦急，摸著楚雅和的肚子，問她究竟是哪裡疼？

可畢竟才那麼點大，楚雅和只哭著喊疼，也說不清到底是哪裡疼？

楚懷川杵在原地，呆了一會兒，才後知後覺地過去抱起楚享樂，哄了一會兒，直到楚享樂不哭，才放下來。

楚懷川走到陸佳蒲身邊，接過楚雅和，把她抱上床。

「會不會是那些野果子有問題？」楚懷川有點自責。他不應該隨便摘果子給女兒吃。

「那、那怎麼辦？」陸佳蒲無措地望著楚懷川。這裡可請不到大夫！

「上次秦錦峰送來一批藥材，還有對應各種病症的方子，我去看看。」

「好。」陸佳蒲只能把希望寄託在楚懷川身上。

楚懷川匆匆趕到庫房，將幾道藥方從盒子裡翻出來，對照方子去找藥材。幸好當初秦錦峰送來的藥材都針對了不同病症分開包好，並不難尋。

楚懷川找到看似對症的那包藥，急忙去煎了。

楚懷川忙了小半個時辰，才把藥煎好，端進屋子裡。

在他去煎藥的工夫裡，陸佳蒲摟著楚雅和，不停哄著，和她說話，又給她唱了一段家鄉的小曲兒。

楚懷川捧著湯藥，餵楚雅和喝。

楚雅和喝一口，立時癟起嘴。「苦！苦！」

楚懷川親自去嚐。「哪裡苦了？雅和可不許嬌氣。」

「雅和不嬌氣！」

楚雅和說著，伸手搶過楚懷川手裡的藥碗，大口大口喝藥，竟一口氣喝光了。喝完湯藥，還自豪地挺起小胸脯，得意洋洋。

「哇，雅和真棒！父皇都不能一口氣喝光呢，輸嘍，輸嘍！」

楚懷川誇張地唉聲嘆氣，惹得楚雅和格格直笑。

躺在床裡側的楚享樂歪著頭，望望自己的父皇和姊姊，也跟著笑起來。

不過，楚雅和喝了藥以後，還是覺得肚子疼。

楚懷川不由皺眉。「那藥到底好不好用啊？」

「或許沒那麼快見效吧？我們再等等。」陸佳蒲也沒什麼把握。

幸好，一個時辰後，楚雅和的肚子就不疼了，打個哈欠，有些睏倦。

陸佳蒲輕聲哄她，等她睡著，才和楚懷川輕手輕腳地回了他們的房間。

離開前，楚懷川轉頭看看床上的一雙兒女。

今日治好楚雅和的腹痛是僥倖，若他日再有誰病了，可怎麼好？

一絲憂慮浮上他的心頭……

被楚雅和這麼一攪和，已經是下半夜了。

楚懷川和陸佳蒲有些疲憊，沈默地簡單梳洗後，熄燈上床。

一片寂靜裡，楚懷川摸到陸佳蒲放在身側的手，便拿起塞進自己的衣襟內。

陸佳蒲的雙手冰涼，而楚懷川胸口是滾熱的。

「妾身的手涼著呢！」陸佳蒲急了，想把自己的手抽回來。

楚懷川握住她的手腕。

陸佳蒲又掙兩下，仍沒能把自己的手抽回來。望著合起眼睛的楚懷川，忽然明白了，便安分躺好，任由他幫她暖手。

過了好一會兒，直到陸佳蒲的手不那麼冰了，楚懷川才開口。「天冷了，以後在家裡洗衣服吧，我替妳燒水。」

陸佳蒲本想說算了吧，怪麻煩的，還費柴火，而且上次楚懷川劈柴時就傷了手。

但她知道楚懷川是好意，更知道他好強，便答應下來。「好，妾身記著了。」大不了日後背著楚懷川去小溪邊洗衣服就好。

「睡吧。」楚懷川打哈欠。

陸佳蒲卻想起另一件事，囁嚅著開口。「陛下，秦大人已經好久沒過來了……」

前幾日她就想說了，可她和秦錦峰曾有婚約，不想讓楚懷川生出一絲一毫的誤會，便忍著沒出聲。

楚懷川並未介意，沈思一會兒，道：「許是被皇姊的人抓住了。」

陸佳蒲聞言，不由擔心。無論如何，秦錦峰是因他們的緣故才斷送仕途，若再連累他送命……心裡頓時愧疚。

「再等等，若兩日後仍是沒消息，便送消息出去。」楚懷川道。

聽楚懷川這麼說，陸佳蒲有些驚訝。難道除了秦錦峰，他還和別人有聯繫？卻沒有多問，依偎著他沈沈睡去。

這幾日，方瑾安已經可以下床，不過傷口還是沒長好，每日都疼得很；也不能長久站立，更別說走很遠的路了。

劉明恕讓她多練習走路，可也只能從屋子的這一側走向那一側。

過去十四年裡，她的身子一直和方瑾平相連，打從學會走路時，便和方瑾平一起行動。

如今她變成一個人，而且只剩下一條胳膊，竟是不能平衡，走起路來歪歪倒倒，好像隨時都能跌跤。

方瑾安好不容易走到門口，鬆了口氣，站著朝隔壁房間的窗戶望去。那是劉明恕的配藥間，此時他正在裡面配藥。

方瑾安有些累了，倚靠在門框上，靜靜望著隔壁房間裡的劉明恕，看著他熟稔地將不同種藥材放在不同盒子裡，好像只要聞一下，或者摸一下，便能在頃刻間分辨出來。

她悄悄望著劉明恕許久，才鼓起勇氣，用右手撐著牆壁，一步步往配藥間走去，在窗前停下，怯生生地喊。「劉先生。」

「嗯。」劉明恕應聲，手中動作卻絲毫沒有停頓。

方瑾安抿唇，低著頭，小聲說：「我可以跟著您學醫嗎……」聲音很小很小，說到最後，悄悄帶了一分顫音，臉頰上也泛起幾許緋紅。

方瑾安的聲音小得尋常人不能聽見，但劉明恕自幼聽覺敏銳，連那一絲細微的顫抖都聽見了，卻只當方瑾安內向，並未多想，道：「可以。」

「真的嗎？」方瑾安抬頭，狹長鳳眼裡瞬間湧上欣喜。

劉明恕抬手。「後面架子上有些醫書，妳可以挑簡單的先看看，若有不懂的地方，問我就是。」頓了下。「妳識字吧？」

「識字！多謝劉先生！」方瑾安忙不迭地點頭，右手扶著牆壁，匆忙朝門走去，因為太著急，還踉蹌一下，差點摔倒。

她磕磕絆絆地走進屋裡，再次小聲向劉明恕道謝。

劉明恕沒回頭，只是略微頷首。

方瑾安又悄悄看他一眼，才去架上翻找醫書。

劉明恕沒停下手裡的事，也沒有轉身，對方瑾安說：「不過我只有接下來的六、七日有空教妳了。」

「沒關係，劉先生肯教我，我就很高興了……」方瑾安取下一本最薄的醫書。「之後劉先生要忙了嗎？」

「倒不是，只是該離開大遼了。」劉明恕隨意道。

方瑾安翻著書頁的手僵在那裡。

「喔，這樣啊……」方瑾安低下頭，慢慢翻開書。

她想認真地讀，但不知是不是醫書太過晦澀的緣故，總是忍不住走神，抬頭看向坐在窗口、背對著她的劉明恕。

接下來幾日，方瑾安總是來配藥間，擇角落安靜看書，間或抬頭望望配藥的劉明恕。

第一個發現方瑾安異樣的是方瑾平。

方瑾安從配藥間出來，回到房間時，方瑾平正在門口等著，和她一起進去。

方瑾安把懷裡的醫書放在一邊，然後湊到方瑾平身旁。

兩個小姑娘緊緊靠在一起，好像還是彼此相連的樣子，往床榻走去。

無論是方瑾平還是方瑾安，在分開以後，都遇到走路無法平衡的難題。此時她們好像又完整、又堅穩了。

兩人坐在床邊，方瑾平偏頭望向方瑾安，有些擔心地說：「瑾安，他快要離開了。」

方瑾安心裡瞬間慌了，胡亂將鬢邊髮絲掖到耳後，小聲道：「妳說什麼呢……」

「妳想騙過我嗎？」方瑾平把手搭在方瑾安的手背上。

當初只是一個目光，方瑾安便能看出方瑾平喜歡顧希，方瑾安對劉明恕的在意，又怎麼可能瞞得過方瑾平。

方瑾安咬唇，有些頹然地低下頭。

「我知道他要走了，而且不可能回來……」方瑾安紅起眼眶。

「別難過，妳別哭呀……」方瑾平也跟著難過了。

方瑾安伏在方瑾平的膝上，小聲啜泣。「最後幾日，我只想多在他身邊待一會兒……」

「要不然，我們去找姊姊幫忙吧，想辦法把劉先生留下來好不好？」方瑾平出主意。

方瑾安輕輕搖頭。「他要去找重要的人，不會留下的。」坐起來，拉著方瑾平的手。「明天姊姊就要回溫國公府幫鍾瑾辦滿月宴，聽說這次回去還有好多事要忙，不要拿這些小事來麻煩姊姊。」

方瑾平聞言，只好點頭，瞧著方瑾安紅紅的眼圈，輕嘆一聲，把她摟在懷裡。

進入十月，天氣開始變冷，一場秋雨過後，涼氣更重。

不過，入樓屋裡的炭火燒得很足，暖烘烘的。

方瑾枝抱著陸鍾瑾，小傢伙已經睡著，小拳頭卻依然握住她的手指。

陸無硯進來，脫下外衣，驅逐外面的冷意。

他立在炭火盆旁烤手，說道：「這傢伙怎麼整日都在妳這裡，那群奶娘上哪兒去了？」又回頭看看被方瑾枝抱在懷裡的陸鍾瑾，皺著眉。「他太沈了。」

方瑾枝瞪他一眼。「不許胡說，我的鍾瑾才不沈。」彎下腰親親陸鍾瑾的小臉蛋，笑著說：「我喜歡抱著他，恨不得一直把他放在身邊才好。」

陸無硯聞言，立刻走到床邊，也不說話，把臉湊過去。

方瑾枝想笑話他跟個孩子爭寵，仍是什麼都沒說，只在他臉上使勁親了一口。

「好嘛，這下不偏心啦。」方瑾枝敷衍完陸無硯，伸手想把人推開。

他擋著她看兒子了！

陸無硯黑了臉。

方瑾枝瞧著陸鍾瑾，想起滿月宴的事，問道：「無硯，東西都收拾好了嗎？請柬都已經送到了？」

陸無硯無奈，攬著她重歸纖細的腰身，抱進懷裡。「放心，都安排好了。」

方瑾枝想想，又問：「明天我們真要回溫國公府？然後呢？如果分家，要搬出來嗎？」

聽方瑾枝問起分家的事，陸無硯的眉宇間便添了幾分嚴肅。

「本來早就打算分家，之前妳待產，後來坐月子，我就把事情壓下去。這次雖然回溫國公府辦鍾瑾的滿月酒，可結束以後，便分家。」

方瑾枝點頭。「那我們要搬來入樓，還是去別的地方？方家也有很多處府邸可以住。」

「住的地方，哪裡還用妳擔心。」陸無硯順勢把方瑾枝壓到身下。「瑾枝，我想妳，好想，好想……」聲音漸低，漸柔情。

陸無硯頷首，吻上方瑾枝的眼睛，又舔她的眼睫，將濕潤的眼睫含在嘴裡。

熟悉而陌生的感覺回來了，方瑾枝輕顫，雙手抵在他胸前，小聲說：「還不行呢……」

陸無硯聞言，頓住手，長長嘆口氣。

他從方瑾枝身上翻下來，臉埋在她胸前，無奈地低聲說：「瑾枝，咱們別再要孩子了吧？一年好難熬，再來一年，我要瘋啊，而且生出來還要纏著妳……」說著說著，心裡又多了幾分沈悶。

「可是鍾瑾孤單怎麼辦？你真不想再要個女兒嗎？好不公平，鍾瑾長得那麼像你，一點都不像我，我也想要個長得像我的女兒。」方瑾枝鼓起腮幫子，難得一副小女兒姿態。

自從方瑾枝生產後，陸無硯已經很久沒見過她這樣可愛的憨態了，不由伸出手，用指尖戳戳她的腮幫子，笑話道：「當初不知是誰說再也不生了。」

「我說了嗎？我才沒說過！」方瑾枝裝糊塗，硬是耍賴不承認。

陸無硯無言，苦笑著搖搖頭。

第九十一章

第二天一早，方瑾枝在陸無硯還沒睡醒前就悄悄下床，去了陸鍾瑾的房間。

陸鍾瑾剛剛被奶娘餵過奶，正在小床上酣睡，睡夢中還咂嘴，瞧著可愛極了。

方瑾枝拉他的小手，陸鍾瑾動動小嘴，把手抽回去。

方瑾枝微笑，輕聲吩咐，讓奶娘小心地抱起他，又讓人拿來剪刀，親手剪下胎髮，仔細收進懷孕時就做好的荷包裡。

「咱們小少爺真是越來越漂亮嘍！」

「這才剛滿月呢，五官就長開啦，比別家滿幾個月的孩子都要水靈！」

幾個奶娘壓低聲音誇著陸鍾瑾，心裡明白，做奶娘的想討好主子，就是誇獎孩子漂亮、健康、聰明。更何況，陸鍾瑾的確是她們見過最漂亮的孩子。

方瑾枝不在意六個奶娘說的話是不是奉承，愛聽極了，甚至覺得她的鍾瑾比她們誇的還要好呢！

奶娘們把陸鍾瑾照顧得不錯，方瑾枝滿意，吩咐道：「收拾東西，準備回溫國公府。」

為首的奶娘笑著說：「哪用少奶奶吩咐，昨兒就收拾好嘍！」

方瑾枝聞言，多看她一眼，點點頭。「這次回去許是不會久住，妳們不必全跟去。」

聽方瑾枝這麼說，六個奶娘沒有不緊張的，立刻挺直背脊，生怕自己被留下，好像被留下的就是伺候小少爺不力的那個。

方瑾枝自然瞧了出來，柔聲說：「平日妳們都很盡心，這次回去，我暫且帶兩個奶娘跟著，其他四個先留在這裡，之後再接過去。」

聽方瑾枝這麼說，幾個奶娘鬆口氣，被留下來的也沒有太失落。

這六個奶娘的確一個比一個盡心，但世間不會有兩片完全相同的葉子。一個月來，她們的表現被方瑾枝看在眼裡，雖然口中說都做得很好，還是挑了最滿意的兩個奶娘跟她回去。

方瑾枝坐月子的時日，天氣不好，陸鍾瑾被養在屋裡沒有出去過，今日還是他第一次出屋。

前幾日秋雨連綿，今兒卻是豔陽高照的好天氣。

方瑾枝親自抱著陸鍾瑾下樓，走到院子裡，暖暖陽光灑在孩子如羊脂白玉般的小臉蛋上，映照出一層柔和的光。

「我的鍾瑾比剛出生時更好看了！」方瑾枝歡喜地親親他的小臉蛋。

走在方瑾枝身邊的陸無硯蹙起眉頭。「這輛馬車太擠了，把孩子交給奶娘帶著，坐後面的車吧。」

方瑾枝聞言，瞥他一眼，想想還是把陸鍾瑾交給身後的奶娘，跟著陸無硯上車。

方瑾枝剛登上馬車，陸無硯便捏著她的下巴，轉過她的頭。

「來，看我。」

方瑾枝湊過去，很認真地說：「陸無硯，你給我等著！等鍾瑾長大，定會為我做主，看你還敢不敢再這麼隨意地欺負我！」

陸無硯立時呆住，不知是不是被方瑾枝一本正經的樣子唬住，竟怔怔鬆開了手。

原本按照陸無硯的意思，陸鍾瑾的滿月酒一切從簡。但他母親楚映司如今可是大遼皇帝，就算不送請柬，朝臣和皇城顯貴也會不請自來。

不過，不需要陸無硯親自操勞，溫國公府裡當家的二房已把一切安排妥當。其實，自從陸鍾瑾出生後，他們就開始準備這場滿月宴了。

雖然陸嘯上表把爵位傳給二老爺陸文歲，可陸文歲哪裡敢得罪大房？不管陸申機有沒有與楚映司和離，陸無硯都是楚映司唯一的子嗣，極有可能成為下一位帝王。

陸文歲帶著幾個兒子親自等在大門外，看見陸無硯的馬車停下來，立刻迎上去。

陸無硯看出他的緊張。倘若前世，就算他不在意錢財，也會計較。但經歷兩世，如今見溫國公府裡的人依然安好，便已釋然。

「已經入冬了，二叔公何必親自出來？」陸無硯在心中輕聲嘆氣。

陸文歲聞言，頗為驚喜，忙道：「今天天氣好，不冷、不冷。」

陸無硯略點頭，回身扶下方瑾枝，奶娘也抱著陸鍾瑾從後面的馬車下來。

陸文歲望著陸鍾瑾，連聲誇了幾句。

陸無硯沒有多言，和方瑾枝一併往府裡走去。女眷早就聚在後院，等著看陸鍾瑾。

陸無硯剛把方瑾枝送到後院主屋，守在那裡的丫鬟就上前稟報，說陸嘯找他。

陸無硯囑咐方瑾枝。「若覺得累就回垂鞘院歇著，別太勉強。」

方瑾枝笑著答應，在他身邊小聲提醒。「曾祖父年紀大了，有話好好說，別輕易動怒。」

「不用擔心。」陸無硯看看奶娘懷裡的陸鍾瑾，便去見陸嘯了。

陸無硯還沒跨進門檻，就聽見陸嘯不停的咳嗽聲。

「啊，無硯過來了。」陸嘯有些僵硬地緩緩抬手，把陸無硯招到身邊坐下。未語，他先嘆了口氣。

陸無硯抬眼打量陸嘯。陸嘯今年已經七十九歲，如今消瘦得顴骨顯露，背脊佝僂，曾經精光鑠鑠的眸子，也慢慢染上渾濁之色。

知曉自己的曾祖父即將辭世，會是怎般滋味？前世，陸嘯就是在這個月月末去的，而今天已經初十了。

陸嘯沈默一會兒，才說：「想把爵位交給二房，不是一天、兩天的念頭。在你小時候，我就有了這個想法。」

長長一句話說完，陸嘯又咳了兩聲。

陸無硯神色不變。「家業和爵位都是您的，您想給誰就給誰。」

見陸嘯還是咳個不停，陸無硯忍不住將桌上的茶碗朝他推去。

陸嘯喝口茶，略微舒服了些，才看向陸無硯。「這次回來，你是打算分家吧。」許是之前說得太快才咳嗽不止，陸嘯再開口時，就慢些了。

「分家是父親的意思。」陸無硯把陸申機抬出來。不過依他的性子，就算陸申機沒寄那封信，也打算分家。

又是一陣長久的沈默。

陸嘯道：「陸家人口眾多，當家人得對一大家子老老小小負責，無論是與別的世家相交，還是管著府裡，都不容易。」

「現在才說這話，好像有點虛情假意，可是，你並不想做這些事情。」陸嘯說得很肯定。「你不想，我又不放心這一大家子的人，才出此下策。」

陸嘯渾濁的眼中流露出幾分歉意，卻不完全是因為陸無硯。

「我知道我活不久了，想到會在九泉下遇見你年少時戰死沙場的祖父，心裡愧疚。」他握著拳，敲了敲胸膛。

「無硯，如果你要怪，就怪我這個老人家，不要記恨你二叔公。你二叔公沒什麼野心，也沒立下什麼功業，可是他這個人啊，膽子小，又念舊，還心軟，是你幾個長輩裡最在乎家人的，把陸家交到他手裡，是圖個安穩。」

陸嘯一口氣說了這麼多話，慢慢脹紅了臉，又是一陣咳嗽。

陸無硯見陸嘯還想說下去，忙阻止他。「您多慮了，無硯並沒有打算報復陸家，更不會為難二叔公。今日分家，日後橋歸橋、路歸路便可。」

他這話的意思，是分家以後要和溫國公府斷了關係。
聽陸無硯這麼說，陸嘯有點難受，但這已經是最好的結果，遂緩緩點頭。
「曾祖父對不起你們，但分家時不會委屈大房。這宅子是當年我被封為溫國公時，先帝賞賜下來的，我帶著大家搬到這裡，咱們陸家的祖宅就空了。」
陸嘯歇口氣，才繼續說：「從五年前開始，我已讓人重新修葺祖宅。曾祖父知道你習慣垂鞘院的布置，祖宅裡全仿了垂鞘院的樣子。」
陸無硯挑眉，頗為驚訝地看向陸嘯。
陸嘯的眉頭仍然緊蹙著。「至於家財，曾祖父自然不會虧待你。你們是大房，多分一些也是應當。」又加一句。「你二叔公和三叔公都是願意的。」
陸無硯說不出心裡是什麼滋味，並非因為陸嘯多替他考慮這些就感動，而是覺得悵然。
他沈默了好一會兒，才道：「都是一家人，這種事，不必太過計較。」隨即告辭離去。
直到陸無硯走遠，陸嘯還沒反應過來。
剛剛他說什麼？一家人？陸嘯難掩心中震驚，居然能從陸無硯嘴裡聽到這樣的話。
另一邊，待在後院主屋裡的方瑾枝，被女眷們團團圍住，大家妳一言、我一語地誇陸鍾瑾漂亮、可愛。
孫氏見狀，笑著說：「都散開些，小心悶著孩子。」又打量方瑾枝的神情，想從她臉上瞧出對陸文歲承爵這件事的看法。

可方瑾枝的心思全在陸鍾瑾身上，臉上一直掛著笑容，什麼都瞧不出來。

「我來遲了！」

隨著聲音傳來，陸佳萱匆匆進屋，在方瑾枝身邊坐下，頗為稀奇地看她懷裡的陸鍾瑾。

「這孩子長得真像三哥！」

話落，陸佳萱忙讓丫鬟把準備好的對鐲拿過來。本來想親自幫陸鍾瑾戴上，卻發現陸鍾瑾沒有戴任何項圈、長命鎖、手鐲。這一屋子的人，哪個不會送禮給他？想來是方瑾枝不想掛在他身上，便只吩咐丫鬟把東西拿來。

方瑾枝忙謝過，讓入茶收下對鐲。

「妳怎麼現在才過來呢？」方瑾枝打量陸佳萱，發現她的臉色有些蒼白，衣服雖是新的，卻忘了佩帶相襯的首飾，想必來時很匆忙。

「今兒一早，妳二哥跟著大軍離開皇城，我先送他才過來，所以遲了些。」陸佳萱笑著說，臉上的笑意帶了愁思。

夫君出征，身為妻子，哪有不掛心的。

「二哥居然從軍了……」方瑾枝有些驚訝，隨即拉著陸佳萱的手，笑著道：「那可要提前說聲恭喜。等二哥回來，妳就變成將軍夫人啦！」

方瑾枝的聲音很甜，說著討巧話時，顯得格外動聽。

屋裡其他人聞言，都學著方瑾枝，向陸佳萱道喜，一口一個「將軍夫人」喊著她。

陸佳萱被她們說得不好意思了，知道今日是陸鍾瑾的滿月宴，不好再說打仗的事，忙摸摸他的小拳頭，連聲誇著他可愛，把話轉回孩子身上。

這時，丫鬟進屋稟告，說陸佳茵回來了。

方瑾枝皺眉。她並不想看見陸佳茵，平白無故地添了幾分不開心。

陸佳茵不是獨自回來，是與秦老夫人及秦雨楠一起。陸鍾瑾的滿月宴，皇城裡有頭有臉的人都上門來賀，秦家也不例外。

到溫國公府前，秦老夫人特意囑咐陸佳茵，今天是喜慶日子，要有喜色，不能愁眉苦臉。

但陸佳茵看見方瑾枝時，還是立刻收起裝出來的笑臉，露出厭惡和不耐煩的神色。

秦老夫人看她一眼，嘆口氣，便不管她，任由她去找姚氏了。

這次她帶女兒上門，自是有讓陸佳茵求情的想法，但沒想到，陸佳茵竟是這副態度。

秦老夫人已知陸佳茵是什麼樣的人，不再多說，只在心裡又為秦錦峰嘆息一聲。

姚氏沒注意到秦家母女及陸佳茵的異色，把女兒拉至身邊噓寒問暖，又小聲地說：「佳茵，如今錦峰一直關在天牢裡，也不是法子，母親覺得，妳可以去求求瑾枝，讓她在陛下面前說情……」

「您讓我去求她？」陸佳茵睜大眼睛，聲音有點高，惹得旁邊的人瞧過來。

姚氏忙掐她的胳膊，壓低聲音說：「甭管怎麼說，服軟求情，總比守寡強吧？難道妳真的希望夫君死在牢裡？」

陸佳茵哼了聲，轉過頭。

姚氏嘆氣。「我不管妳了。」竟起身走到秦老夫人面前說話，把陸佳茵晾在一旁，不再搭理。

陸佳茵不甘心地抬頭望向方瑾枝。

不知道是不是因為成婚生子的緣故，方瑾枝原本的稚氣盡除，容貌越發精緻，舉手投足間，帶了一股優雅的韻致。那麼多人圍著她、奉承著她，簡直是眾星捧月！

陸佳茵攪著手裡的帕子，不甘心，又嫉妒，覺得上天太不公平，把一切好的都給方瑾枝，而她什麼都沒有！

此時，外面傳來太監的稟報聲——

「陛下駕到——」

屋子裡所有人起身跪拜。

陸佳茵跪在地上，微微抬頭，瞧見身著龍袍的楚映司拉住方瑾枝的胳膊，免了她的禮。

一屋子的人，老老小小，偏偏只有方瑾枝不用跪。

憑什麼！

陸佳茵跪在人群裡，覺得獨立在楚映司身邊的方瑾枝好像不是站在地上，而是站在了她的臉上。

「之前朝事繁忙，鍾瑾出生時，實在沒工夫去看望他。」楚映司凝視窩在方瑾枝懷裡的陸鍾瑾。

「今日母親能來，鍾瑾就很高興、很高興了！」

楚映司伸手摸摸陸鍾瑾白白嫩嫩的臉蛋，笑道：「和無硯小時候簡直一模一樣。」

方瑾枝笑著點頭。

楚映司這才讓屋裡的人平身。「都起來，今日無須多禮。」又伸手去抱陸鍾瑾。

陸鍾瑾被屋裡人吵得有點不耐煩了，現在忽然安靜下來，又從方瑾枝懷裡到了另一個人手中，便有些好奇，睜大眼睛盯著楚映司瞧。

這段日子，楚映司被朝務及荊國戰事攪得心煩，如今被這樣乾淨澄澈、不染一絲塵埃的眸子望著，又是陸無硯的兒子，好像被觸動心裡最柔軟的地方，雙眸中浮現難得的柔情。

楚映司輕輕搖晃陸鍾瑾，似回到很多年以前，竟一時分不清懷裡抱著的究竟是陸鍾瑾，還是陸無硯？

方瑾枝見楚映司十分喜歡陸鍾瑾，心裡也是高興的。

皇城女眷逐漸上門，聽說楚映司在後院主屋裡，不敢進去，只派人送禮，在席上候著。

楚映司來去匆匆，瞧過陸鍾瑾，又去找陸無硯說話，隨即離開溫國公府，算起來，待不到一個時辰。

楚映司臨走前，秦錦峰的恩師曹祝源和其上峰姜大人求見，苦苦為秦錦峰求情。

秦錦峰已經被嚴刑拷問許久，卻什麼都沒問出來，遑論招出楚懷川的下落。

楚映司心想，既然他不肯說，繼續逼供也無用，不如把他放了，再派人暗中盯住，說不定還能得到有用的消息，便順水推舟，答應他們考慮一番。

第九十二章

第二日，陸佳茵剛剛起床，便聽說姜家少爺過來看望姜晗梓。

一想到姜晗梓，陸佳茵立刻怒火攻心，猛地拍桌。「他過來做什麼？那個姜晗梓不是沒有親兄弟嗎？」

阿夏急忙稟道：「姜姨娘的確沒有親兄弟。來府裡的姜家少爺，是她的庶兄。」

「庶出的？」陸佳茵臉上又露出幾分鄙夷神色，嘲諷地笑笑。「她是個庶出女兒，姜家自不會有名正言順的少爺來看望。」

此時，阿春匆匆從外面進來，向陸佳茵行禮，偷偷打量她的臉色，才說：「夫人，姜姨娘請您過去。」

「她請我過去？」陸佳茵有些驚訝，表情浮上濃濃的輕蔑。

「是。姜姨娘身邊的桃子說，姜姨娘的兄長過來後，訓斥姜姨娘沒有好好敬重夫人，沒盡到身為妾室的本分，把姜姨娘訓哭了。所以姜姨娘請您過去，想向您賠禮道歉呢。」

「沒想到，姜家的庶子還會說幾句人話。」陸佳茵不由有些沾沾自喜，挺起胸脯，顯得更加狂傲。

阿春又道：「桃子還說，姜姨娘本來打算親自來賠罪，但今早動了胎氣，不能走太遠，才懇請夫人賞臉過去。」

「又動了胎氣？掉了才好！」陸佳茵冷笑，起身理理裙襬。「那我就給她這個面子。妳們兩個跟著過去。」

阿春和阿夏應是，隔著一段距離，跟在陸佳茵身後。

阿夏看向阿春，神情疑惑。

阿春的目光閃了閃，輕輕拉阿夏的袖子，對她搖搖頭。

「妳們兩個是烏龜嗎?!慢吞吞的！」走在前面的陸佳茵不悅地說。

阿春和阿夏急忙跟上去。

陸佳茵趾高氣揚地走進橘灣院，桃子急忙迎上來，規規矩矩地行禮。

「妳主子呢？」陸佳茵逕自坐在主位上。

「回四夫人的話，姜姨娘本來在這裡等著您，但突然腹中難受，才到後院歇歇；又吩咐奴婢在門口守著，等您來了，就去稟報。四夫人稍等，奴婢這就去請姜姨娘。」

「罷了，妳帶路吧，我去看看她。」陸佳茵瞇起眼，極想看見姜晗梓狼狽痛苦的樣子。

阿夏急忙跟上去，手腕卻被阿春抓住。

阿春緩緩搖頭，拉著她的手微微用力。

阿夏疑惑望著陸佳茵離開的方向，忽然有了不好的預感。之前阿春對陸佳茵說的那段話，她便覺得不對勁，如今阿春又攔著她跟去，再笨也看得出來，阿春已被姜晗梓收買。

今日，姜晗梓恐怕要報復陸佳茵了。

阿夏遲疑。到底要不要阻攔陸佳茵？

她邁出一步，阿春越發用力拉住她，又在她耳邊小聲說：「妳腿上燙傷的疤痕祛了嗎？」

阿夏聞言，僵在原地，緩緩把邁出去的腳縮了回來。

院子裡，秦雨楠正陪姜晗梓散步說話。

秦雨楠偏過頭，跟身邊的姜晗梓說：「姜姨娘，現在妳該多走動走動。我聽嬤嬤說，懷孕時勤走動，對身體好，還對肚裡的孩子好呢。」

姜晗梓扶著後腰，溫柔地道：「妳說得是，以後我得多走動走動，不能懶著。」

阿夏看著姜晗梓和秦雨楠從院門走進來，身後跟著六、七個伺候的下人。

「啊──」後屋忽然傳來陸佳茵的驚呼聲。

阿夏和阿春對視一眼，微微頓了下，才慌張地往裡面跑。

秦雨楠皺眉。「四嫂怎麼又跑到這兒了？」

「我也不知道……」姜晗梓茫然地搖搖頭。

秦雨楠輕哼。「肯定又是來欺負妳。這才安分多久，又開始鬧了。」

阿春和阿夏沒跑幾步，陸佳茵已經慌張地衝出來，披頭散髮、衣衫凌亂，胡亂抓著杏黃衣襟，卻沒遮好，露出裡面的水紅肚兜。

「茵茵！」一個同樣衣著凌亂的男子從後屋跑出來，追上陸佳茵，扣住她的手腕，焦急地說：「茵茵，是我錯了，是我莽撞，可是……我想妳了！」

「這……」秦雨楠呆了。

「五哥……」姜晗梓故作驚愕。

跟著秦雨楠的下人全變了臉色，其中一個婆子立刻轉身出橘灣院，小跑著去找秦老夫人。

陸佳茵回頭，看著滿院子的主子、僕人，心裡急得撲通撲通直跳，掙開自己被男人握住的手腕，反手便一巴掌掄在他臉上。

「你算什麼東西，居然敢對我圖謀不軌！」陸佳茵怒吼，整個人被憤怒淹沒。

姜茂輝愣在那裡，痛苦地望著陸佳茵，竟是左右開弓，打起自己的臉來。

「是是是，我知道我什麼都不是，更不該癩蛤蟆想吃天鵝肉！我……我知道我配不上妳。可是……茵茵，我對妳的心是真的啊，難道妳忘了我們在一起的歡樂時光嗎？」

話落，他不再打自己了，而是紅起眼睛，眼淚滾落，凝視陸佳茵。

陸佳茵懵了，這還是她頭一次看見大男人掉眼淚！

過了半天，陸佳茵才反應過來，指著姜茂輝，憤怒地說：「你在胡說八道什麼！什麼歡樂時光？我陸佳茵幾時跟你這個下賤東西在一起過?!」

姜茂輝聞言，眼中的痛苦更深，忽然上前把陸佳茵摟在懷裡，哭著大喊。「茵茵，妳怎能對我這麼絕情？那些星星、那些月亮、那些螢火蟲，都瞧見了我們的海誓山盟啊！」

「你放開我！」

陸佳茵拚命掙扎，但一個弱女子的力氣哪有男人的大？竟是被姜茂輝牢牢禁錮在懷裡，動彈不得。

這時，秦老夫人匆匆進來，便看見陸佳茵和外男抱在一起。

「妳在做什麼?!」秦老夫人指著陸佳茵的手不停發抖。「我的峰兒生死未卜，妳居然背著他、背著他……」

秦老夫人氣得頭暈，腳步踉蹌，身邊幾個丫鬟急忙扶住她。

「母親！」秦雨楠提著裙子跑向秦老夫人。「您消消氣，別氣壞身子。」

姜晗梓見狀，這才扶著後腰走到姜茂輝面前，驚慌地說：「五哥，你這是做什麼啊？怪不得……怪不得你突然來看我，晗梓還以為五哥想念妹妹了，沒想到……」拿出帕子去擦眼角的淚，滿臉失落和難過。

「嗤！」

姜茂輝鬆開陸佳茵，不屑地瞥向姜晗梓。「妳算什麼東西？誰稀罕妳？瞧妳混得一身寒磣相！嫁到秦家，也沒出息，連爭寵都不會。嘖，現在秦錦峰活不成了，誰認妳這個庶妹？如果不是為了探望我的茵茵，我會來看妳？」

姜茂輝說著，又上前一步，深情地對陸佳茵說：「茵茵，反正秦錦峰也回不來了，妳跟著我走吧！我不嫌棄妳二嫁，妳也別嫌棄我是庶出，咱們一起，正好！」

「誰跟你正好！不要臉！」陸佳茵氣得臉色脹紅，連連退後，轉身跑向秦老夫人。

「母親，我是被陷害的，您要相信我！」她死死抓著秦老夫人的手，懇求她的信任。

就算她再蠢，也不敢拿自己的名聲開玩笑！

秦老夫人已然冷靜，站直身子，推開陸佳茵的手，冷冷地說：「先把妳的衣服穿好！」

陸佳茵低頭，這才發現自己的衣服沒繫好，水紅色肚兜露出一角，遂紅著眼睛綁衣帶，又怒氣沖沖地瞪著姜茂輝，怒吼：「你竟然敢這樣輕薄我，我要你的命！」

姜茂輝聽了，眼睛立時瞪得比她更大。「陸佳茵，這話可就不對了！妳嫌棄我身分不夠、沒本事，這些都是事實，我不怪妳，但不能出了事就全推給我！明明是妳讓我藉著看望晗梓的名義，過來私會！」

陸佳茵氣得發抖。「胡說八道！今天之前，我根本不認識你，怎麼可能跟你私會?!」

「哈！」姜茂輝又哭又笑。「茵茵，我沒想到妳會這麼對我。我費了老大的勁，不就是為了看看妳、抱抱妳嗎？沒想到妳竟然是這樣的人……說好的同富貴、共患難呢？」

姜茂輝說著，吸了吸鼻子，加上滿臉淚痕，瞧著當真像是為情所困、傷心欲絕。

姜晗梓緩緩道：「老夫人，茂輝雖是妾身的兄長，可事情是在橘灣院鬧出來的，妾身也希望查個水落石出，免得……冤枉了人。」

秦老夫人一直擔心秦錦峰，加上本就不喜歡陸佳茵，此時更是氣得不輕，哪裡還有平日裡的冷靜沈著，連聲嘆氣。

「人都找上門了，還有什麼可說的？瞧瞧他們衣冠不整的樣子，簡直不像話！四郎離家時，曾令佳茵不許再進橘灣院，幾個月都無事，偏偏今日妳兄長上門時，她趁著妳不在時跑來，除了事先約好的私會，還能為什麼！」

「不！不是我自己要來，是她叫我來的！」

陸佳茵指著姜晗梓，憤怒地吼：「好啊，我知道了，是妳這個賤蹄子把我喊來，又和妳兄長設計陷害我！」

姜晗梓被她吼得身子微微發顫，畏懼地後退，一直退到秦老夫人身邊，驚慌地望著陸佳茵，顫聲說：「妾……妾身為何要請夫人過來？」

桃子見狀，撲通跪下。「老夫人，姜姨娘一向害怕四夫人，平日深居淺出，沒特別重要的事情，根本不敢踏出橘灣院半步，每日更是提心吊膽，生怕四夫人找她，怎麼會請四夫人來呢？」

之前陸佳茵想弄死姜晗梓，是整座秦府都知道的事，這幾個月，姜晗梓更是一直躲著陸佳茵，別人在她面前提起，她都會怕得發抖。

院子裡的人瞧見姜晗梓向後縮著的身子，不得不相信桃子的話。

陸佳茵氣極，一腳踢在桃子的肩膀上，大聲說：「妳是她的狗奴才，當然幫著她說話！就是妳去我那裡傳信的，如今不認帳，該撕爛妳的嘴！」

她轉身望向身後的丫鬟。「阿春，再把這死丫頭跟妳說的話講一遍！」

「什、什麼話？」阿春攥著衣角，有些緊張。

「妳怎麼那麼笨！」陸佳茵急了。「當然是姜晗梓請我去橘灣院，想向我賠禮道歉的話啊！」

阿春還沒回應呢，一直沈默的秦雨楠幽幽開口。「四嫂，姜姨娘為什麼要跟妳道歉？她做了什麼對不起妳的事嗎？」

「她當然做了對不起我的事！她……」

陸佳茵忽然愣住，竟是一時語塞。

「夠了！」秦老夫人深吸一口氣。「我現在只想知道，你們兩個人究竟是怎麼回事！」

「我是被冤枉的！」陸佳茵又氣又急，直接衝到秦老夫人面前大吼。

秦雨楠推開她，不緊不慢地說：「四嫂，妳就不能像個世家女一樣好好說話嗎？不要這樣毫無規矩，像個鄉間潑婦一樣頂撞母親。」

陸佳茵還沒這麼被人當面訓斥過，而且開口的還是她的晚輩，是個十幾歲的小姑娘，臉上頓時火辣辣的。

「妳——」陸佳茵抬手，作勢想給秦雨楠一巴掌。

站在秦雨楠身後的婆子上前一步，握住陸佳茵的手腕。

「還請四夫人收手。」婆子笑著對陸佳茵說，力道卻是不輕，已將她的手腕勒紅。

陸佳茵抽回手，後退兩步，惡狠狠地掃視屋裡的人。「好哇！秦家這麼糟蹋人，難不成是想欺負我陸家?!」

秦老夫人本就顧慮陸佳茵是溫國公府裡的嫡女，才容忍這麼久。如今聽陸佳茵直接把陸家抬出來壓人，心裡反倒生出一團火氣。

天底下，沒哪個婆婆願意被兒媳婦這麼壓著的！

「好，既然說到陸家，那更該把事情查清楚。若今日之事是真，妳這個高貴的陸家媳婦，我秦家也不敢要了！來人，去請親家母過來！」

「是！」跟在秦老夫人身後的婆子立刻轉身往外走，去溫國公府請人了。

今早起來，姚氏的眼皮便跳個不停，隱約感覺要出事。身邊的丫鬟寬慰幾句，她才稍稍安心些，秦家就來人了，請她過去一聚。忽然請她做什麼？難不成是託她幫秦錦峰求情？

姚氏滿懷疑惑地去了秦家。

陸佳茵見到她，一頭栽進她懷裡，嚎啕大哭。

姚氏驚道：「佳茵，妳這是怎麼了?!」

「他們欺負人！秦家欺負我！」

陸佳茵只是哭，卻沒把話說清楚，惹得姚氏心裡更著急。

她抬眼，匆匆掃過秦老夫人、秦雨楠、懷孕的姜晗梓，還有個沒見過的外男，目光不由落在姜晗梓身上，心想可能又是陸佳茵對她動手了。

她拍拍陸佳茵的肩膀，輕斥：「哭什麼哭，若真是秦家人欺負妳，母親在這裡呢，斷不會讓妳受氣。妳告訴母親，到底是怎麼回事？是不是那個小妾又衝撞妳？」

剛開始時，語氣裡還帶著斥責，可是說到後來，便只剩下袒護了。

秦老夫人冷道：「親家母，今兒的事，和姜姨娘還真沒什麼關係。」

「那是為何？」姚氏皺眉。

陸佳茵還在哭，姚氏暗恨她不爭氣，略微用力地掐她的手，使使眼色，讓她不要再哭。

「這件事，我說不出口，既然佳茵也不願意講，那……」秦老夫人朝著立在屋裡的大丫鬟招招手。「妳把今天的事情，從頭到尾說給陸夫人聽聽。」

「是。」大丫鬟走出來，行了一禮，講了剛才發生的事情。

她能言會道，秦老夫人挑她開口，她果然說得繪聲繪色，每個人說了什麼、做了什麼、臉上是什麼表情，毫無缺漏，甚至連陸佳茵露出水紅色肚兜的事都沒放過。

她說得有聲有色，姚氏的臉色卻是越來越不好。

「……四夫人還說秦家糟蹋人，難不成是想欺負陸家……」

「夠了！」姚氏打斷大丫鬟的話。

大丫鬟瞧瞧秦老夫人的臉色，規規矩矩地屈膝行禮，退到一旁。

「母親！您相信我，我絕不跟外男私會，是姜姨娘和她兄長設計陷害我！」陸佳茵一邊說，一邊哭。

「嗤！」抱著胳膊、立在一旁的姜茂輝冷笑，小聲嘟囔：「當初不知是誰和自己的姊夫私會，最後演了齣替嫁，成功把人搶到手裡。嘖，現在又說絕不會跟外男私會……」

他的聲音雖小，卻足以讓屋裡的每個人都清晰地聽見。

「你給我住口！」陸佳茵變了臉色，驚恐地望著姜茂輝。

當初設計陷害，從親姊姊陸佳蒲手中搶走秦錦峰的事，一直梗在她心裡，是她不願意想起，更不願意被別人提起的事。如今被姜茂輝當眾道出，覺得自己好像被打了臉，頓時又羞又氣，想衝上去教訓姜茂輝。

姚氏冷靜，一把抓住陸佳茵，擋在她身前。

「我的佳茵對錦峰一心一意，如今說她和別人私會，我是一點都不信。我不允許有人陷害她！」

秦老夫人被氣笑了。

「親家母的意思是，我陷害佳茵？秦家世代書香門第，最是在意名聲，妳的好女兒是什麼品性，妳不會不知道吧？不管她做了什麼，我這個做婆婆的，從來是關起門來說，不會在外人面前說她不好，如今親家母倒要指責我陷害她？我日夜想著我的錦峰，怎麼會趁他生死未卜時，陷害他的妻子？」

秦老夫人說著，伸手拍桌，顯然是氣急了。她性子軟弱，今日一股腦兒說了這麼多，可見對陸佳茵的不滿已日積月累，攢下不少。

姚氏聞言，臉色緩和些，微微放柔了聲音。「我哪有這個意思？是擔心事有蹊蹺，有人從中作梗，想要害我的佳茵罷了。不管怎麼說，我斷不會懷疑是親家母冤枉人。」

見秦老夫人的表情也稍微平靜些，姚氏又說：「我知道我這女兒被我慣壞了，性子驕縱任性，但她不是不知廉恥、不顧綱常倫理的人——」

姜茂輝幽幽地打斷她。「哈，搶了自己的姊夫，居然還有臉說不是不知廉恥、不顧綱常的人。」

姚氏聽見，瞇著眼睛打量姜茂輝。「聽說你是姜姨娘的兄長？哼，說你和我的女兒有私情，可佳茵斷然看不上你這樣的人，分明是你幫著你妹妹陷害佳茵，毀她名節！」

姜茂輝知道姚氏不像陸佳茵那麼蠢，咧咧嘴，笑嘻嘻地說：「我和她私會，可是被許多人撞見，還衣冠不整咧，夫人要不要聽聽我們在後屋做了什麼？」

「是你想抓我，要扯我的衣服！幸好我跑得快！」陸佳茵立刻反駁。

「哼。」姜茂輝挑眉。「要是我真想抓妳，妳還能逃？明明是私會時，妳怪我動作粗魯，才不高興地走掉。」

「你胡說！」陸佳茵舉起旁邊高腳桌上的紅膽細口花瓶，朝姜茂輝砸去。

姜茂輝迅速躲開，花瓶落地，摔個粉粹。

秦老夫人指著陸佳茵，問姚氏。「這就是陸家教出來的女兒？」

姚氏在心裡暗罵陸佳茵太衝動，嘴上卻仍為她辯解。「任誰被冤枉和外男有私情，都會受不了的！」

話落，她轉身走向姜茂輝，冷冷地說：「既然你口口聲聲說和我的女兒有私情，那有什麼證據？」

姜茂輝聽了，從懷裡掏出一樣東西。

「證據？這個算不算？」

第九十三章

姜茂輝掏出一方錦帕，遞到姚氏眼前。

「夫人該不會認不得自己女兒的繡活吧？再說了，這上面可繡著她的名字。」

姚氏一眼便認出來，剛想咬定這並非陸佳茵的帕子，而是別人所仿，可還沒張口，就聽見身後的陸佳茵大喊：「我的帕子怎麼會在你手裡?!」

這下，姚氏又在心裡暗罵陸佳茵一句，想否認的話在舌尖打個轉，隨即改口。「既然你是想栽贓陷害，自能偷帕子，斷然不能因為一方帕子，便說我女兒和你有瓜葛！」

「我手裡可不只帕子呢！」姜茂輝又從袖裡掏出一塊玉珮，提起繫玉珮的紅繩，將玉珮懸在姚氏眼前。「這個東西，夫人應該不陌生吧？」

姚氏愣住，轉身望向陸佳茵的腰際，那裡還掛著另一塊玉珮。這兩塊玉珮是一對，是陸佳茵及笄時，她送給陸佳茵的。

當初，陸佳茵想把其中一塊玉珮送給秦錦峰，秦錦峰以不喜歡玉石為由拒絕。之後陸佳茵便一直只戴著一塊，另一塊被她收到盒子裡。

「你偷了我的玉珮！還給我！」陸佳茵作勢要把玉珮搶回來。

姜茂輝把玉珮藏在身後，瞪著陸佳茵，大聲說：「這可是咱們定情時交換的信物，我都沒把送妳的金簪要回來，妳怎能把玉珮討回去？」

「誰跟你定情了？你說什麼金簪，我不知道！」

「不知道？這不是戴在妳頭上嗎？」

陸佳茵聞言，把髮間的金簪拔下來，氣道：「這金簪是我自己買的，哪是你送的！」

姜茂輝大怒，一把搶過陸佳茵手裡的金簪，扯掉頂頭的金花，只留光禿禿的簪子，指著上頭的小字。

「這上面有我的名字呢，妳還不承認！」

陸佳茵愣愣看著姜茂輝手裡的簪子，拔掉金花後的地方，的確刻著「茂輝」二字。

旁邊的姜晗梓微微呀了一聲。

姚氏也沒反應過來，杵在那裡，竟是不知如何辯解。

秦老夫人看著姚氏，疲憊地嘆口氣，「親家母，妳還有什麼話可說？自古以來，便有七出之說。不順父母，去；無子，去；淫，去；妒，去；有惡疾，去；多言，去；盜竊，去。

「陸佳茵頂撞我，不是一次、兩次，為一出；幾年無子，為二出；與外男私會乃淫，為三出；多次謀害姨娘，心思歹毒，手段狠辣，乃妒，為四出；與他人說雨楠的不是，乃多言，此為五出。」

「這七出之行，她已足足占了五條！」秦老夫人閉眼。「今日我兒不在家中，我就替他做這個主，斷了這門親！思及陸家顏面，秦家願意和離；倘若陸家不肯，我便代寫休書！」

秦老夫人說得萬分肯定，竟是毫無轉圜餘地。

姚氏也沒想到秦老夫人會把話說得這麼死，竟完全不考慮站在背後的陸家，略微沈吟，道：「親家母何必動氣？如今錦峰還在天牢裡，生死未卜，眼下我們兩家應該齊心協力，救出錦峰這孩子，才是重中之重。」言下之意，還是抬出背後的陸家。

聽了她的話，秦老夫人臉上露出幾分遲疑神色。

陸佳茵見狀，忽然大聲說：「憑什麼休棄我？四郎又不在家裡，妳不能替他做主！我要等四郎回來！」

這時，丫鬟慌慌張張地跑進來，捂著胸口，上氣不接下氣地說：「四、四少爺回來了！」

「什麼！」秦老夫人起身。

「四哥哥！」秦雨楠震驚。

丫鬟喘口氣，稟道：「是曹大人和姜大人送四少爺回來的。」

「快，快扶我去看看！」秦老夫人匆匆往外走，身邊的大丫鬟急忙攙著她。

秦雨楠等不及，已經先一步跑出去了。

「四哥哥！」

秦雨楠衝進院子，看見秦錦峰，立時紅了眼睛，一顆顆珍珠似的淚順著臉頰慢慢落下。

秦錦峰獨自過來，送他回來的兩位大人不方便進後院，已經被秦老爺請到前廳坐，千恩萬謝。

秦錦峰抬頭，努力對秦雨楠露出笑臉。他身上的衣服已經換過了，但仍掩不住乾裂的嘴唇、蒼白的臉色、消瘦的身形，還有露在外面的臉和脖子上的鞭痕。

「雨楠，來。」

秦錦峰對秦雨楠招招手，秦雨楠直接撲進他懷裡，不停地哭。

「好了、好了，不是告訴過妳，咱們雨楠是大姑娘了，不能再這麼愛哭。」秦錦峰笑著揉揉她的頭。

秦雨楠這才鬆開秦錦峰，擦去臉上的淚痕。

「錦峰！」秦老夫人望著秦錦峰，眼眶也紅了。

秦錦峰立刻迎上去，眼中充滿愧疚。

「兒子不孝，讓母親掛心了。」

秦老夫人瞧見秦錦峰露在外面的臉和手上的鞭痕，心裡像針扎一樣地疼，小心翼翼撫過他的臉頰，哽咽著道：「回來就好、回來就好。」

「四郎，你回來了！」陸佳茵也趕出來，欣喜地望向秦錦峰。

秦錦峰轉過頭，看看陸佳茵和站在她身邊的姚氏，略冷淡地點頭，目光不經意間掃過藏在後面角落裡的姜晗梓身上，發現她高挺的肚子，呆愣一下。

姜晗梓懷了他的孩子？他要做父親了？

秦老夫人順著他的目光看向姜晗梓，遂對姜晗梓招招手，把她叫到身前，笑著告訴秦錦峰。「你還不知道吧，姜姨娘有了身孕，產期近了，如今你回來，簡直是雙喜臨門！」

「四少爺平安回來就好。」姜晗梓彎著膝蓋，想要行禮。

如今她懷孕的月份已經很大了，動作十分不便，連屈膝也十分艱難。見她扶著後腰還要行禮，秦錦峰急忙伸手扶她。「既然身子不便，就別行禮了。」

陸佳茵聞言，臉上的喜色瞬間散去，心裡生出濃濃的妒火！

她才是他的妻子，那個姜晗梓不過是個小妾，憑什麼只對她冷淡點頭，卻對姜晗梓那樣關心！她快被胸中的妒火淹沒了。

「天氣這麼冷，別站在這兒了，快進屋吧。」秦老夫人忙道。

立在院子裡的人朝屋裡走去，秦老夫人走在最前面，秦雨楠扶著她。

秦錦峰跨過門檻時，回頭看姜晗梓一眼，見姜晗梓扶著後腰，小心翼翼地跨門檻，便微微蹙眉。

「還是讓丫鬟扶著吧。」

姜晗梓不好意思地笑了下，小聲說：「不礙事的，孩子不鬧人……」

桃子已經小跑著過來，攙住姜晗梓，垂著頭連聲告罪。「是奴婢一時大意，以後再也不敢了。」

秦錦峰點點頭，沒再說什麼。

站在門外的陸佳茵看著這一幕，恍若置身冰窟。前一刻還因妒意和怒火，心中好似被烈火焚燒，現在又全身發冷，簡直要發瘋了。

姜晗梓挺著大肚子進屋，離秦錦峰那麼近，好像他們才是名正言順的夫妻。

可她才是秦錦峰的妻子！

殺了她吧！殺了她吧！連她肚裡的孩子一併殺了！

陸佳茵腦中忽然浮現這樣瘋狂的念頭，緊接著，她什麼也顧不上了，直接衝上前——

姚氏沒來得及拉住她，反應過來，陸佳茵已經撲到姜晗梓身上，把她撲倒在地。

屋裡瞬間響起姜晗梓的驚呼。

滿屋子人震驚地看著這一幕。

「我殺了妳！我殺了妳！」陸佳茵壓住姜晗梓，一雙手死死掐在她的脖子上。

姜晗梓綰起的長髮散開，珠釵落了一地，臉上露出極為痛苦的神情，一手推著陸佳茵，免得她壓著自己的肚子，一邊抓著陸佳茵的手。

桃子也在拉陸佳茵。「四夫人，您快放開姜姨娘啊！」

姚氏暗道壞了，想衝上去把陸佳茵拉開，可是瞧瞧一屋子的人，再想起剛剛秦老夫人堅定地要休棄陸佳茵。之前還能用借助陸家之力救出秦錦峰的藉口，但秦錦峰已經回來了啊！

姚氏心裡涼了半截。看出今日之事無法善了，縱使她有通天本事，這回也不可能救陸佳茵了。

「放、放開我……痛，我的肚子……」姜晗梓艱難地說。

「陸佳茵，妳瘋了嗎?!」

秦錦峰匆匆走過來，抓住陸佳茵的肩膀，想把她拽起來，可是如今他一身傷，連行走都十分吃力，哪有力氣，不僅沒能拉走陸佳茵，還因她掙扎扭動被撞著，踉蹌兩步。

「四哥！」秦雨楠急忙過來扶秦錦峰。

秦錦峰雖然沒能阻止陸佳茵，卻成功地轉移了陸佳茵的注意。

陸佳茵鬆開掐著姜晗梓的手，騎在她身上，轉身指著秦錦峰，怒道：「秦錦峰，你又為了一個妾跟我發脾氣！」

秦錦峰還沒來得及說話，秦老夫人便大聲道：「就算是妾，她也懷著錦峰的骨肉！再說，妳已經不是秦家兒媳了！」

秦錦峰有些驚訝地回頭看向秦老夫人。

「錦峰，這女人趁你不在家時跟外男私會，犯下累累惡行，今天母親替你把她休了！」

「不！我沒有！都是因為這個女人——」

陸佳茵發了瘋一樣，撿起姜晗梓落在地上的髮簪，朝她的胸口刺去。

姜晗梓驚恐地望著陸佳茵，使出全部力氣握住她的手腕，阻止髮簪靠近。

「茵茵！他要休了妳，不是正好嗎？咱們可以遠走高飛啊！」

姜茂輝從角落裡衝出來，把陸佳茵抱在懷裡。

陸佳茵被他這麼一撞，身子朝後栽，手裡的髮簪被姜晗梓搶過去。

姜晗梓望著簪子，光滑的簪身映照出她右側臉頰上那兩道沒能完全消去的疤痕，仇恨瞬間湧上心頭。

姜晗梓身後是個死角，並沒有人。

姜茂輝抱著陸佳茵，擋住了眾人視線。

姜晗梓握緊髮簪，猛地朝陸佳茵的臉刺下，從顴骨劃到嘴角。

陸佳茵撕心裂肺地大喊起來。

在陸佳茵喊叫時，姜晗梓飛快將簪子塞進她的手心，握著她的手，刺向自己的肩頭。

刺痛襲來，姜晗梓忍不住悶聲低吟。

離得最近的姜茂輝愣住，回頭看姜晗梓一眼，隨即把陸佳茵抱起來，哭著說：「佳茵，妳為什麼要刺傷晗梓啊？啊！妳的臉……沒關係，無論妳變成什麼樣子，我都不在乎！」

「佳茵！」姚氏看見陸佳茵的臉被劃花，立刻衝過去。

「這是什麼亂七八糟的話？這人是誰？」秦錦峰錯愕地望著姜茂輝。

秦老夫人張嘴，一時之間，竟不知該從何說起？

此時，丫鬟忽然驚叫。「啊！血！好多血！」

姜晗梓的裙子已被鮮血染紅了。

「快去請大夫！」

屋裡亂成一片，秦錦峰推開攙著他的秦雨楠，費力走到姜晗梓身邊，把她拉起來。

姜晗梓抓住秦錦峰的手，痛苦地說：「我……我好像要生了……」

髮簪刺進她肩頭的疼，比不過此時腹中一陣又一陣排山倒海似的劇痛。

「晗梓！」秦錦峰顧不得其他，直接抱起她，小跑著送去最近的寢屋。

「我的孩子……」姜晗梓捂著肚子，口中逸出一陣陣痛苦的呻吟。

秦錦峰心中不忍，握住姜晗梓的手，勸慰道：「別怕，妳和孩子都不會有事的。」

因為姜晗梓的產期將近，秦家早已為她請好產婆，產婆聽到消息立刻趕來，秦老夫人又派兩個有經驗的婆子進去幫忙。

安排妥當後，秦老夫人寬慰姜晗梓兩句，才把秦錦峰勸出產房，與他去外面等候。

秦錦峰跟秦老夫人出去後，立刻回正廳找陸佳茵。

陸佳茵正抱著姚氏不停地哭。

「我的臉……那個賤蹄子居然敢劃花我的臉，我要殺了她！嗚嗚嗚……」

秦錦峰站在門口望著這副樣子的陸佳茵，心中一片平靜，連疲憊感都沒了。

秦老夫人站在他身後，輕嘆了一聲。

陸佳茵看見秦錦峰站在門口，好像被嚇著似的，停住哭泣。

「四郎，你聽我解釋……」她慌慌張張地站起來，朝秦錦峰走去，可是還沒走幾步，便一陣暈眩，身子朝後栽倒。

「佳茵！」姚氏急忙扶住她。

正巧大夫進屋，姚氏便讓他過來給陸佳茵瞧瞧。

秦老夫人沒有阻止，陸佳茵看起來的確不大對勁，秦家不好把事情做得太絕。

秦錦峰依然沈默地立在一旁，臉上一點表情都沒有。

「大夫，我女兒要不要緊？剛剛她受了激，還有臉上的傷……」姚氏心急如焚。

陸佳茵已經被動靜驚醒，望著秦錦峰，小聲地哭。

大夫為陸佳茵診了很久的脈才鬆手，擦擦額上的汗，斟酌了言語，道：「夫人不是因為受激才昏倒，而是……而是因為有了兩個半月的身孕。」

屋子裡霎時陷入死寂。

這位大夫時常為秦家人看病，知道一些秦家的事。兩個半月前，正是秦錦峰被舉國通緝時，根本沒回家。

其他大夫診出誰家夫人有了身孕，都是連連道喜，但這大夫卻發現陸佳茵肚裡這胎很可能不是秦錦峰的，仔細診了半天，直到額頭沁出冷汗，才小心翼翼地說出來。

屋裡的人，或打量陸佳茵的臉色，或打量秦錦峰的神情，最後，目光全落到躲在角落裡、抱著胳膊的姜茂輝身上。

姜茂輝原本吊兒郎當地坐在小杌子上，聽見陸佳茵有孕的消息，驚愕得張大嘴巴，簡直能塞進一顆鴨蛋。

姜茂輝懵了。天地良心！今天可是他頭一遭見陸佳茵，那孩子可不是他撒的種！

拿人錢財，與人消災，他收下姜晗梓所有嫁妝，才肯幫忙演這齣戲，不想假戲真作啊！

這一個個的，看著他的目光讓姜茂輝有點瘆得慌！

等等。姜茂輝又琢磨，難道是姜晗梓留了後手，連大夫都買通？可事先完全沒跟他說過！那……

現在到底是認，還是不認啊？

第九十四章

「真是欺人太甚！」秦老夫人氣得胸脯起伏，臉色脹紅。

這件事，簡直是在秦家臉上打了火辣辣的一耳光！

姚氏張了張嘴，什麼都說不出來。

陸佳茵幹了再怎麼蠢或惡毒的事，她都能想法子替她開脫，但這回已不是與人私會，而是通姦，連……連孩子都有了！

「妳這孩子怎麼這麼糊塗？簡直丟我的臉！丟陸家的臉！」姚氏氣得揮手搧了陸佳茵一巴掌。

清脆的巴掌聲，在屋子裡分外響亮。

陸佳茵的臉被打得歪到一旁，臉頰上被簪子劃破的傷口流出鮮血，滲進嘴裡。

不過，她被姚氏這巴掌打得徹底清醒過來。

「我……」陸佳茵怔怔望著姚氏，又一一看過屋子裡的人，發現每個人都用嫌惡的目光瞪著她。

陸佳茵哇的哭出來，把旁邊桌上的藥匣推落，東西碎了一地。

大夫哎喲一聲，立刻蹲下去撿。一邊撿，一邊小聲埋怨。「發脾氣，摔自己的東西啊，摔老夫的藥幹麼？」

秦錦峰暗暗嘆氣，微微彎腰，向大夫賠不是，又命丫鬟過去幫忙收拾。

「還不都是因為他！娶了我又冷著我，把我扔到一邊不管不顧，只管那個小妾！」陸佳茵指著秦錦峰。「秦錦峰！我恨你！你就不應該娶我！」

秦錦峰憐憫地看著她，平靜地說：「陸佳茵，妳是不是忘了？是妳逼我娶妳的。娶妳之前，我已經明白說過，這一生都不會碰妳，是妳非要這個秦家四夫人的身分。」

「我要的從不是這個破爛身分，我要的是你的人、你的心！」陸佳茵哭著去拉秦錦峰的袖子。

「妳想要的，我就一定要給？憑什麼？」秦錦峰甩開她的手。

秦錦峰閉眼，讓自己更冷靜些，待到重新睜眼時，方才眸中升起的那一絲嫌惡，已經散去了。

「陸佳茵，只要妳安安分分，不管妳和誰私會、給誰生孩子，都無所謂，我對妳沒有感情，自然也不要求妳忠貞。可妳不該一而再、再而三地在秦家胡鬧，傷害無辜的人。」

秦錦峰側身，指指產房的方向。「姜姨娘害過妳什麼？竟連一個孕婦都不放過！今日我休棄妳，不是因為妳和別人有私情，而是因為妳的心思太過歹毒！」

「藉口！」陸佳茵哭著搖頭。「你怎麼就不能喜歡上我呢？我哪裡不如姊姊……」

「別跟我提起妳姊姊！」秦錦峰泛起惱色。「收拾東西走吧！」

「等……等等。」姜茂輝站起來，尷尬地笑了下。「那個……我有話要說。」

在一片陰沈的氣氛中，他嬉皮笑臉的樣子顯得有點格格不入。

「那個……」姜茂輝撓頭。「我雖然和茵茵……情投意合、兩心相悅，可我們什麼都沒幹過，她肚裡的孩子不是我的，那些星星、那些月亮、那些螢火蟲都見證了啊！」

瞧見眾人鄙夷的眼神，姜茂輝苦著臉向後退了兩步。

「你們別拿這種看著負心漢的目光瞪我，我發誓，我真不是她肚裡孩子的爹！我……我們上個月才認識，兩個半月以前，她或許還有別的相好吧……」

事已至此，姚氏雖然恨陸佳茵不爭氣，但怎麼也要為自己女兒著想，聽了姜茂輝的話，咬牙切齒地說：「你若是個男人，就負責到底！」

「負責？妳該不會想讓我娶了她吧？」姜茂輝跳腳。「那還不如找個男人結龍陽之好呢！我才沒她前夫那麼傻，什麼東西都敢娶回去！」

「你……你不要太囂張！溫國公府不會放過你這等輕薄人的登徒子！」姚氏氣得指著姜茂輝的手都在發抖。

姜茂輝本就不是良善之人，聽見這話，直接翻臉了。

他大大咧咧走到姚氏身邊，痞裡痞氣地說：「嘿，把溫國公府抬出來嚇唬人是不是？上數八代，我家祖宗還是皇親國戚呢！怎麼，已經逼秦家娶妳女兒一回，還想逼我再娶她？我告訴妳，別拿欺負讀書人的招數嚇唬我，我可不吃這一套！」

姚氏哪裡見過這樣的無賴，氣得眼前一黑，直接向後栽去，幸好身邊丫鬟扶她一把才沒摔倒。

「母親，您別說了，我肚裡的孩子不是他的！」陸佳茵咬唇，眼中迸出幾許倔強。

姜茂輝暗暗鬆了口氣，面上卻裝出悲傷神色，像模像樣地抹眼淚，生氣地說：「茵茵，妳怎麼能這麼對我？居然還有一個姘頭啊！妳不是說，妳只對我動情嗎？那些星星、那些月亮、那些螢火——」

陸佳茵氣得打斷他。「你給我閉嘴！滾——」

姜茂輝攤手。「算啦，我待妳一片真心，卻被如此欺負，還是走吧！」

秦錦峰這才開口。「令尊在前院，你不過去打聲招呼嗎？」

聽秦錦峰這麼說，姜茂輝臉上的表情僵了下，收起玩世不恭的模樣，往前院去了。心裡忍不住嘟囔，他爹怎麼也在？這下有得解釋了……

見姜茂輝走遠，姚氏拉住陸佳茵的手，恨鐵不成鋼地問：「妳肚裡的孩子到底是誰的？今天要是不把話說清楚，妳死在外面算了，別跟我回陸家丟人！」

陸佳茵緊緊咬唇，就是不吭聲，臉上傷口不斷往外流血，順著脖子流進衣襟裡。

秦錦峰已經懶得再管她們母女之間的事，走到桌前，提筆寫下一份休書。

「自此，妳我再無瓜葛。」

秦錦峰寫完，放下筆，轉身往外走。

此時，一道人影匆匆跑進來，差點撞到秦錦峰身上。

「四、四哥。」秦錦崖訕訕地喊他。

「五弟。」秦錦峰略微點頭。

秦老夫人不悅地看秦錦崖。「你怎麼跑到後宅來了？不知規矩嗎？」

秦錦崖咬牙，突然掀起衣襬，撲通跪下。

「四哥，我對不起你！是我一時糊塗，才和四嫂做了對不起你的事！」

屋子裡的人全愣住了。

秦錦峰過了好半天才反應過來，表情複雜地看向跪在他面前的秦錦崖。

秦老夫人忍不住，眼中溢出熱淚，竟要扶著桌沿才能站穩身子。

「這是造了什麼孽啊……都怪我，當初不該讓錦峰娶妳，也不會鬧成今日這樣！」

這時，秦錦崖的妻子提著髒水衝進來，朝陸佳茵潑去，屋裡頓時都是臭烘烘的味道。

她掐著腰，怒氣騰騰地說：「陸佳茵，妳先是搶親姊夫，後又與小叔子有私情，怎麼還有臉活下去?!」

污水潑了陸佳茵一身，她癱在地上，掩面痛哭。

秦五夫人性子潑辣，如今得知陸佳茵懷了她夫君的孩子，氣得要發狂。

秦錦崖想責備自己的妻子太不像話，但一想到自己做的事，哪有臉訓斥她，只能低著頭，愧疚不已。

秦錦峰略感疲憊，甩開濺到手背上的污水，這才問跪在地上的秦錦崖。「如今陸六姑娘有了你的骨肉，你打算如何？」已經改了對陸佳茵的稱呼。

秦錦崖紅著眼睛，伏倒在地，哽咽道：「四哥，是我酒後糊塗，才和四嫂做出對不起你的事情……」

「事已至此，我並不想聽解釋。她已不是我的妻子，也不再是你四嫂，但身為秦家男兒，你想怎麼解決？」

「四哥，自小你教我男兒要敢作敢當，這件事情是我做的，我認！你要怎麼打我、罰我，甚至要了我的命都行！」

姚氏聞言衝出來，怒吼：「你現在認有什麼用？以後我的佳茵怎麼辦？」

秦錦崖咬牙。「如果四……陸六姑娘要我負責，我可以娶她，保她和孩子一生安穩。」

「什麼?!你要娶她?!」秦五夫人瞪大了眼睛。

秦錦崖看看自己的結髮妻子，繼續說：「結髮之妻不可拋，錦崖可以娶陸六姑娘，但只能讓她做姨娘。」

接著，他朝秦老夫人和秦錦峰三拜，隱著痛楚道：「我知道自己對不起四哥，更讓秦家蒙羞。我願自此從宗族除名，不要一分家產，帶著妻兒離開，永不回皇城。」

「你怎能這麼糊塗……」

秦老夫人指著秦錦崖，一時說不出別的話來。雖然秦錦崖是庶子，並非她親生，可她對家中的庶子向來慈愛有加。今兒鬧出這件事，等於徹底斷了秦錦崖日後的前程。

但姚氏顯然對秦錦崖說的話不滿意，冷笑一聲。「居然想讓我陸家嫡出女兒給秦家庶子當姨娘？可別欺人太甚！」

說著，她擋在陸佳茵身前，決定要為這個愚蠢女兒做最後一次的主。

秦錦崖猶豫一會兒，才不甘心地說：「是，我的確做錯了事，但夫人還是先問問您的女兒，到底是誰先勾引誰？」

姚氏聽了，不可置信地回頭看癱坐在地的陸佳茵。

陸佳茵目光呆滯，好像傻掉一樣。

「陸夫人，您一次次把陸家抬出來，可是您真的確定，陸家願意為陸佳茵做主？」秦錦峰緩緩開口。

姚氏僵住。很多年以前，她在溫國公府裡的權已經被方瑾枝奪走，她的丈夫也和她離心，兒子更因當年她為娘家弟弟買官的事而心寒……

而且，陸佳茵的所做所為實在太過火，陸家哪可能接她回去？如今她又懷了秦錦崖的孩子，除了給他做妾，還能有什麼路走？

姚氏臉上一片灰敗，已是認了命。

這時，小丫鬟跑進正廳。「恭喜夫人，恭喜少爺，姜姨娘生下一位千金，母女平安！」

秦錦峰聞言，一陣恍惚，才抬腳去產房。

產婆瞧見秦錦峰，立刻連聲道喜，把襁褓裡的女嬰抱給他看。

秦錦峰愣了一下，才探手接過女嬰。

孩子軟軟的、小小的，才那麼一點大。

一大堆亂七八糟的事堵在秦錦峰心裡，現在見到自己的女兒，心卻慢慢軟了下來。

秦老夫人跟著進房。「快讓我瞧瞧這個孩子。哎，有件喜事真是不容易……」

老人家最是喜歡孩子，她從秦錦峰手裡抱走女嬰，瞧著懷裡軟軟的奶娃，緊皺的眉頭才鬆開。

秦錦峰走進內室，姜晗梓躺在床上，桃子正幫她擦拭額上的汗水。見秦錦峰進來，桃子立刻向他行禮。

秦錦峰揮手，讓她先下去。

姜晗梓掙扎著想起身，秦錦峰按住她的肩。「別動了。」

姜晗梓的臉色很蒼白，抿著唇，打量秦錦峰的神色。

秦錦峰在床邊靜默坐了一會兒，才開口。「前幾年在書院時，我和茂輝是同窗。」

姜晗梓暗驚。

「我與妳父親的關係，妳更是清楚。」秦錦峰垂著的眼眸慢慢轉向姜晗梓。「我很了解茂輝，分得清他說的話哪句真、哪句假。」

姜晗梓聽了，本就慘白的臉越發毫無血色。

「其實妳不必這麼做，我今日回來，原就打算趕她走。」

姜晗梓忽然笑了，眼淚滾落。

「是不是因為我出身不好，就連活著都沒資格？因為是妾，打罵責罰我都認了，可是她讓外男衝進來，想辱我清白，把我按在水裡，想溺死我！

「她還劃花了我的臉，至今疤痕未除，更在得知我有孕時踢我，害我差點小產！」

姜晗梓說著，聲音慢慢變成低吼。

「是，是我做的，但我想活下去，有什麼錯?!我用嫁妝求五哥幫忙，毀她名節，可是，她有名節嗎？還在閨中時，她早已毀了自己的名節！五哥只是演戲，可沒像她那樣，真要毀掉我！我趁亂劃了她的臉，是報復她！」

「好了。」秦錦峰揉揉眉心，打斷她的話，沈默一會兒，才道：「陸佳茵的事情就這麼過去了，以後不許再做這樣的事。」

姜晗梓含著熱淚的眼睛有些呆怔地望著秦錦峰，一時沒理解這話的意思。當她決定承認一切時，已經做了最壞打算，可是秦錦峰這麼說，究竟是何意？

秦錦峰幫姜晗梓蓋好被子，站起身，望著床上虛弱憔悴的她。

「若是以前，我大概會覺得妳心思歹毒；現在看，只覺得這件事做得漏洞百出。幸好陸佳茵蠢，又做了別的蠢事，要不然，妳以為這點小陰謀不會被拆穿？」

「日後安分做妳的姨娘，好好照顧女兒，既往不咎。」秦錦峰頓了下。「女兒的名字……就叫止昔吧。」

姜晗梓呆呆望著秦錦峰，直到他走出房間，才回過神，隱約聽見外面幾個婆子誇她的女兒可愛，秦老夫人好像也在。

姜晗梓鬆了口氣，緩緩合上眼。

雖然秦錦峰暫時放過她，但她明白，他終歸要再娶的。她在心裡默默乞盼，希望他將來的繼室，不會是第二個陸佳茵。

第九十五章

另一邊，劉明恕離開入樓的前一夜，方瑾安徹夜未眠。

她蜷縮著身子躺在床上，忍受半邊身子一陣又一陣的劇痛，心裡黯然。只要想到從明日起便再也見不到劉明恕，胸口就悶悶的。

方瑾平曾勸她，至少把自己的心意告訴劉明恕，免得獨害相思，對方卻完全不知情。

方瑾安翻個身，抱著空蕩蕩的左邊袖子。

她自小就知道自己不是正常人，只能永遠躲在陰暗的角落，不讓別人發現她和雙胞胎姊姊的存在。

那些藏在小房間、昏暗箱子和衣櫥裡的日子，她從狹小的縫隙裡撫摸陽光，在僕人的飯菜裡尋口糧，在方瑾枝的故事裡了解外面的世界。

她不知道自己為什麼活著，卻永遠活在被發現、被焚燒的恐懼裡。

可是她有兩個姊姊呀，最親、最近的兩個姊姊！每天能和姊姊們生活在一起，縱使永遠只能躲躲藏藏，縱使永遠看不見外面的一切，她也很知足了。

後來，方瑾枝說，有可能將她和方瑾平分開，讓她們做正常人。看著兩個姊姊歡喜的樣子，她也跟著開心起來。

可是她打從一開始就知道，這輩子，她都做不了正常人了。

和方瑾平分開前，她是人人喊打喊殺的連體怪物；和方瑾平分開後，她是獨臂人，甚至不能像正常人那樣健康地活下去，隨時可能癱掉半邊身子，怎麼敢去向喜歡的人表達心意？

方瑾安摸出藏在枕頭下、裝著糖的錦盒，小心翼翼把它放在心口。錦盒是涼的，她的心是熱的，不知會焐熱了錦盒，還是涼了心口？

天色已微亮，外面忽然響起一陣叩門聲。

「瑾安，還在睡嗎？」劉明恕立在門外問。

「沒有，我已經醒了！」方瑾安匆匆把錦盒藏在枕頭下，急忙起身開門。

劉明恕進來，懷裡抱了好些東西。

「劉先生要啟程了嗎？」因為劉明恕看不見，方瑾安才敢抬頭望著他。

「嗯，這就走。」

劉明恕把東西放在桌子上，緩緩道：「妳身上的傷口特殊，想要徹底痊癒，還需一段時日。這裡有幾盒外用的藥膏，還有幾道針對不同癒合情況使用的方子，可根據自己的情形來用。還有，之前給妳吃的那種止痛藥不可多吃，如非實在難以忍受，就別吃了。」

方瑾安重重點頭。「我都記下了。」

劉明恕想想，又道：「若日後妳的左邊身子變得毫無知覺，服藥又無用，就寄信給我。那些藥方下有注明我在戚國肅北的住處，寄到那裡去。雖然我四處走動，但停在那裡的時候偏多。」

話落，他頓了下，才道：「如果寄出去的信一直沒有回音，也可以寄到宿國，讓宿國太子妃轉交給我。她……總會知道我在哪裡的。」
方瑾安自然知道劉明恕口中的宿國太子妃正是戚國小公主，也是住在他心裡的人。
她慢慢低下頭，小聲說：「知道了。」
「那麼，我走了。」劉明恕起身。
「劉先生！」方瑾安站起來，叫住已往外走的劉明恕。
「嗯？」劉明回過身，微微側耳去聽，似想試著聽出方瑾安的異樣。
「那個……」方瑾安有點緊張。「這幾日我一直在讀醫書，有好幾處不懂的地方，想請教劉先生。」
「妳說。」劉明恕走回桌旁，重新坐下。
方瑾安悄悄鬆了口氣，問了幾個問題。
這幾日，她看書看得很認真，發現她在醫術方面竟有些天賦。請教劉明恕的幾個問題，其實她都懂，只是想多挽留他一會兒。
小半個時辰後，方瑾安才停了請教，低下頭，眸光黯然，語氣裡卻帶著歡喜。「多謝劉先生指導，倒是不好意思，耽誤先生啟程。」
「無事，既然妳對醫術感興趣，多學些總是好的。入醫和入毒的醫術都不錯，可以跟她們學。」
劉明恕一邊說，一邊往外走，走到門口時，腳步微頓。「妳傷勢未癒，不用送了。」
「好。」

等劉明恕下樓的腳步聲越來越遠，方瑾安才小跑到窗邊，透過大開的窗戶，望著劉明恕逐漸走遠。

天有些冷，還有風。

一股寒風從窗戶灌進方瑾安的眼睛，讓她一不小心湧出眼淚……

陸鍾瑾的滿月宴後，溫國公府便開始分家。

陸嘯的確按照之前對陸無硯說的，不僅把陸家祖宅分給他，還多給了好些商鋪與田莊。方瑾枝算了算，很認真地對陸無硯說：「無硯，我覺得咱們大房是人口最少，卻最有錢的呢！」

因為這句話，陸無硯直接將多分的東西送回去，不耐煩地讓陸嘯重新均分，不想多占。

雖說溫國公府提前幾年便重建祖宅，但依陸無硯那挑剔的性子，自然要重新檢查一遍，再修改不滿意的地方。

如此忙碌兩個月，馬上就要過年了，也快到陸鍾瑾的百日，陸文歲遂親自過來，請陸無硯住到年後再搬出去。

陸無硯想想，如今正是天冷時，捨不得方瑾枝和陸鍾瑾折騰，就答應了。

過了年，辦完陸鍾瑾的百日宴，正月十六，陸無硯帶著方瑾枝和陸鍾瑾搬家。

陸家祖宅比溫國公府小些，但重建時擴建兩旁，瞧著竟是寬敞氣派如一座別宮。

大遼皇城的布局為丁字形，皇宮位於橫與豎相交處，溫國公府在最下方。陸家祖宅雖然不在皇城，卻在其相鄰處，竟是比溫國公府離皇宮更近，方便了陸無硯時常入宮。

方瑾枝推開車門，望著黑漆刷成的「陸府」兩個大字，不禁說：「沒想到祖宅竟然這麼氣派！」

「溫國公府是楚氏皇家賞賜下來的，但陸家卻是這片土地還不姓楚時，就已經存在的勛貴之家。」陸無硯隨口跟方瑾枝解釋。

他跳下馬車，再把方瑾枝扶下來。「走吧，看看咱們日後的當家夫人可還滿意這裡？」

「等等！」方瑾枝沒跟陸無硯往前走，反而向後張望，直到跟在後面的馬車停下來，奶娘抱著陸鍾瑾下車，才笑出來。

陸鍾瑾已經不像剛出生時那麼愛睡覺了，如今整日哼哼唧唧地哭，奶娘剛把他抱出車子，便又開始轉著小腦袋，不停哭鬧。

「給我吧。」

方瑾枝從奶娘懷裡接過陸鍾瑾，垂眸望著他。

陸鍾瑾黑溜溜的眼珠瞧著方瑾枝，忽然停止哭泣，格格格笑了，小拳頭從襁褓裡探出來，想抓住方瑾枝髮簪垂下的流蘇。

「不許亂抓呢。」方瑾枝把他的小手塞回襁褓裡。「天氣這麼冷，鍾瑾要乖乖聽話，不許隨便把小拳頭伸出來，會著涼的。」

陸鍾瑾咂咂嘴，發出咿咿呀呀的聲音來。

「看，他聽懂了呢！」方瑾枝歡喜地望向旁邊的陸無硯。

陸無硯卻說：「他每天都在吱吱呀呀、嘰嘰喳喳、哼哼唧唧，哪裡聽懂妳說什麼？」

方瑾枝無語，不理陸無硯，抱著陸鍾瑾往府裡走。

畢竟是新搬家，有好多事要安排，夫妻倆忙了一天，天完全黑下來時，才吃上晚膳。用過晚膳後，方瑾枝又陪著陸鍾瑾玩一會兒，才拖著滿身的疲憊去睡。

接下來的日子，方瑾枝忙得不可開交，想把家裡每一個角落布置得稱心如意。偏偏陸無硯也是個要求甚高的人，非但沒阻止她，反而和她一起忙著。

日子流水般過去，等陸鍾瑾快週歲時，整座陸府終於變成兩人想要的樣子。

某天夜裡，方瑾枝忽然想起一事，從床上坐起來，把身邊的陸無硯搖醒。

「無硯、無硯，你醒醒！」

「嗯，怎麼了？」陸無硯有些睏倦地打個哈欠。

「咱們的鍾瑾快週歲了！」

「嗯。」陸無硯迷迷糊糊地應了聲。

方瑾枝急了，又搖他兩下。「可是他怎麼到現在都不會說話？」

陸無硯清醒過來。「現在不會說話很奇怪嗎？那……別人家的小孩都是多大會說話？」

「我記得，以前雅和小公主像鍾瑾這麼大時，已經會說好多個詞……」方瑾枝瞇著眼睛，仔細尋思。「隱心在這個時候，也會喊爹娘了呀！」

陸無硯聽了，睡意頓時全被趕走，坐起來，正色道：「妳的意思是，咱們鍾瑾比別的小孩笨？」

「我不是這個意思，我是擔心……」

方瑾枝還沒說完，陸無硯便打斷她。「不可能！我陸無硯的兒子怎麼可能比別人笨！」說著，他掀開被子，翻身下床。

「你要做什麼?!」方瑾枝急忙拉住陸無硯的手腕。

「把那小子拎過來，讓他說話！」

「別鬧了！」方瑾枝微微使勁，把陸無硯拉回床上。「已經是半夜了，鍾瑾睡得正香呢，這事又不急在一天，明天再教他也不遲。」

陸無硯想了想，才點頭。

方瑾枝見狀，這才鬆口氣，心裡有點後悔，根本不該跟陸無硯說這些事。與其讓他跳腳，還不如暗中吩咐奶娘們平日多教教陸鍾瑾說話呢。

接下來的日子，陸無硯把陸鍾瑾帶在身邊，親自教他說話。

但陸鍾瑾還是只會咿咿呀呀，並不能吐出像模像樣的詞來。

陸無硯一直教，教得不耐煩時，便會發脾氣；而陸鍾瑾被逼著學，竟也學會發脾氣了。

他早不像以前那樣哼哼唧唧，陸無硯凶他，就扯著嗓子大哭；方瑾枝在時，哭得更凶。

「哭什麼哭！有本事，你倒是哭出眼淚來啊！」陸無硯盤腿坐在兔絨毯上，在陸鍾瑾的腦門上輕輕拍了下。

陸鍾瑾皺眉，揉揉額頭，哼唧一聲，丟開手裡的糖，伸出小小的手，巴在陸無硯臉上。他的小胖手沾了黏糊糊的糖，留下髒兮兮的手印。

陸無硯傻了。

方瑾枝坐在一旁，正給陸鍾瑾做小衣服，瞧見陸無硯臉上的手印，愣了許久，才爆出一陣哈哈大笑，笑得前仰後合，甚至捂著肚子倒在地上。

「有那麼好笑？」陸無硯的臉黑了。說話時扯動嘴角，更能感覺到臉上的黏糊糖漬。

陸鍾瑾歪著小腦袋瞧方瑾枝，竟也跟著格格笑出來。

陸無硯看看方瑾枝，又看看陸鍾瑾，心裡那股憤怒忽然煙消雲散。

幾日後，宮裡辦了陸鍾瑾的週歲宴。

當天一早，陸鍾瑾就被奶娘叫起來，要幫他梳洗，換上簇新衣服。

陸鍾瑾不知像了誰，一大早被喊起來，十分不高興，奶娘替他洗臉時，竟把盆裡的溫水潑到外面去；換衣服時，更是大聲哭鬧。

六個奶娘一直把陸鍾瑾當成祖宗養著，聽見他哭都慌了，恨不得拿出十八般武藝來哄。

陸鍾瑾歪著頭，瞧著奶娘們拿著玩具來哄他，黑溜溜的眼珠在眼眶裡轉了一圈。

見陸鍾瑾終於不哭了，幾個奶娘鬆了口氣。就在她們以為陸鍾瑾要笑出來時，他忽然一屁股坐在地上，扯開嗓子哇哇大哭，嚇壞了圍著他的六個奶娘。

「小少爺這是怎麼了？」
「小少爺想要什麼？咱們去坐小木馬好不好？」
「小少爺是不是餓了？」
「坐在地上多不好哇，咱們起來好不好？」
陸鍾瑾用胖乎乎的小手摀著臉，哇哇大哭，還不忘蹬兩下腿，像是受了天大的委屈。
因為今日要早早抱陸鍾瑾進宮，方瑾枝也比往常起得早些，剛剛梳洗完，就往陸鍾瑾住的淺風閣來。
還沒走近呢，她就聽見陸鍾瑾哭得上氣不接下氣的聲音。
「鍾瑾？」方瑾枝匆匆趕進來，見陸鍾瑾坐在地上，急忙趕過去，把他抱起來。
跟著進來的入茶微微冷了臉，涼涼掃了屋裡的六個奶娘一眼。
「這是怎麼了？」
六個奶娘嚇得直接跪下。
「不知怎的，小少爺突然哭起來。許是今日比往常起得早，沒睡好，所以才這樣……」
「奴婢們哄了小少爺好一會兒，本來已經把他哄好，不知為何又哭了。」
「奴婢擔心地上涼，想把小少爺抱起來，可小少爺不肯，奴婢一碰他，他哭得更凶，就不敢抱了。」
「也許是餓了……」
六個奶娘妳一言、我一語，想把事情解釋清楚。如今她們拿的月錢是別處的十倍以上，又是六個人照顧陸鍾瑾一個，哪裡去找這樣好的差事？這一年來，她們一直很擔心犯事，或沒比別的奶娘做得好而被趕出去，竟是一個比一個盡心，不敢有半分馬虎大意。

「鍾瑾？」方瑾枝拿開陸鍾瑾胖乎乎的小手，發現他臉上根本一滴淚也無，不由皺眉。

陸鍾瑾吸吸鼻子，眨眼望著方瑾枝，忽然咧嘴笑了，伸出短短的小胳膊，想要她抱。

方瑾枝沒抱他。

她把陸鍾瑾放到長榻上，回頭看跪在地上的六個奶娘。「起來吧。鍾瑾的衣服皺了，重新拿一身來換。」

幾個奶娘應著，忙碌起來。

方瑾枝坐在一旁，托腮望著陸鍾瑾。

陸鍾瑾黑葡萄般的眼睛瞅著方瑾枝，眨眨眼，眸光中閃過一絲迷惑。等到奶娘給他洗臉、換衣服時，不再鬧了，安安靜靜，讓幾個奶娘鬆了口氣。

方瑾枝見狀，站起來。「餵他吃完早膳後，抱到我那裡去。」出去時，沒再像往常那樣，親暱地親親陸鍾瑾的小臉蛋。

陸鍾瑾歪著小腦袋，嘴裡哼哼唧唧，又朝方瑾枝伸出小胳膊。

可是，方瑾枝連頭都沒有回。

出了淺風閣，入茶看看方瑾枝的臉色，柔聲寬慰。「小少爺還小，調皮些是正常的。」

「我愁的不是這個。」方瑾枝嘆口氣，有點憂心。「以前只覺得那些奶娘把鍾瑾照顧得很好，今天才發現她們的性子都太軟了，太哄著鍾瑾。」

入茶想了想，說道：「做奴婢的，總是要小心謹慎，等小少爺再大一點、懂事了，慢慢教也不遲。」

方瑾枝點點頭。「也只能這樣了。以後多把他抱來我這裡，不能總和奶娘們在一起。」

入茶應是。

幾個奶娘終於把陸鍾瑾打理好，將他送到方瑾枝身邊。

陸鍾瑾在奶娘懷裡不安分地轉身，朝著方瑾枝伸出短短的小胳膊，好像知道自己做錯事，惹得娘親不高興了，有點小心翼翼。

瞧著他這小模樣，方瑾枝的心一下子就軟了，把陸鍾瑾抱進懷裡，放在膝上。

「以後鍾瑾不許再調皮，記下沒有？」方瑾枝板著臉對他說。

陸鍾瑾探出小手，抓住從方瑾枝髮間垂下的流蘇簪，嘴裡咿咿呀呀地哼著。那雙大眼睛起先還盯著方瑾枝瞅，可方瑾枝的話沒說完，他已被流蘇簪吸引，歡喜地又摸又笑。

方瑾枝笑著搖搖頭，心裡想著，她的鍾瑾還小呢。隨即吩咐入茶，把梳妝檯下面抽屜裡的錦盒拿過來。

入茶送上錦盒，方瑾枝打開盒蓋，取出綁著桃木符和小木馬的紅繩，仔細繫在陸鍾瑾的手腕上。

看著陸鍾瑾手腕上晃來晃去的桃木符，方瑾枝不由想起靜憶師太。她失蹤後，竟是毫無音信。
「唔哦！唔唔唔！」陸鍾瑾舉起自己的小手，不看流蘇簪了，瞧著紅繩上的桃木符和小木馬，又是一陣咿咿呀呀。
「鍾瑾不許把它弄壞、弄丟了，聽見沒有？」方瑾枝用指尖輕輕點陸鍾瑾的小額頭。
「唔哦！」陸鍾瑾抓著方瑾枝的手，指指她手腕上小金鈴鐺旁邊的桃木符，又指指自己手腕上的那一串，格格笑個不停，好像在說：娘親有，我也有！
方瑾枝握著他的小手，也忍不住笑起來。

陸鍾瑾還小，又是一大早被喊起來，前往皇宮的路上，就趴在奶娘懷裡睡著了。
方瑾枝坐在馬車裡，默默發呆。
陸無硯把她拉到懷裡。「怎麼了？還因為今早鍾瑾調皮的事情不高興？」
方瑾枝搖搖頭。「孩子還小，以後慢慢教就是，我愁的不是這個。」
「那是什麼？擔心他到現在還不會說話，也不會走路？」
方瑾枝又搖頭。「早一點、晚一點都沒有關係的。我是在想，六個奶娘雖然對鍾瑾很好，但不能讓他總和奶娘在一塊兒，應該把他放在身邊養著。」
「不行！」陸無硯直接拒絕。「他夜裡太吵了。」
方瑾枝暗暗嘆氣，不吭聲了。

馬車到了皇宮時，陸鍾瑾還在睡。

「給我吧。」方瑾枝壓低聲音，從奶娘手裡抱過陸鍾瑾。

陸鍾瑾扭了扭小身子，但母親身上熟悉的味道讓他安穩下來，咂咂嘴，哼唧兩聲，然後趴在方瑾枝懷裡繼續睡。

陸無硯拉好包著陸鍾瑾的小被子，幾乎遮住他整張小臉蛋，然後又替方瑾枝理好石榴紅的斗篷兜帽，這才帶著母子倆往前走。

行走時，他又囑咐方瑾枝。「小傢伙沉了，如果抱不動，別逞強。」

「才這麼一點大，不重呢。」方瑾枝偏過頭，笑著望向陸無硯。

跟在後面的入茶望著前面的一家三口，臉上帶著羨慕和祝福，難得露出了一抹笑意。

第九十六章

如今楚映司雖然還沒立太子，但陸無硯是楚映司唯一的子嗣，而陸鍾瑾是陸無硯的嫡長子，今日的週歲宴，朝中文武百官哪個敢不來？

楚映司下早朝後，直接趕到擺宴的宮殿。

太監稟報皇帝駕到，陸無硯和方瑾枝剛剛起身，楚映司已經大步跨進來。

「來，快讓我瞧瞧鍾瑾。」

楚映司自稱「本宮」很多年，登帝後改為「朕」，總是不習慣，便直接稱「我」了。

陸鍾瑾被方瑾枝抱著，仰起頭，好奇地望著楚映司。

楚映司伸手接過他。「鍾瑾不記得祖母了？」

「噢噢！」陸鍾瑾張開軟軟的小白手，摸上楚映司的臉。

立在一旁的方瑾枝見狀，心不由懸了起來。陸鍾瑾很喜歡亂抓，幾個奶娘的臉沒少被他抓破，現在看著他把那隻總是作惡的小手伸向楚映司，簡直提心吊膽。

但陸鍾瑾顯然比方瑾枝想的還會看人，沒有亂抓楚映司，分明是小心翼翼地摸，又用乾乾淨淨的眸子盯著楚映司瞧，樣子可愛得不得了，楚映司喜歡都來不及，怎麼會生氣。

陸鍾瑾摸著摸著，乾脆張開雙臂摟住楚映司的脖子，在她臉上啵啵啵一連親三下，塗了一臉口水，惹得楚映司大笑。

楚映司的笑聲傳染給陸鍾瑾，他在楚映司懷裡不安分地扭了扭身子，舉起小手拍著，也格格直笑。

「無硯，這孩子可比你小時候精明多了，太會哄人開心。」楚映司把陸鍾瑾還給方瑾枝，接過小宮女遞來的帕子，擦拭臉上的口水。

陸無硯無奈地搖搖頭。「也就這身皮囊長得像我，這不怕生的性子，可完全不像。」

的確，雖是因幼年在荊國那兩年而讓他生出潔癖，但他還沒去荊國前，從懂事開始便是性子冷淡孤傲，不愛搭理人。

方瑾枝望著懷裡的陸鍾瑾，想了想，緩緩道：「小時候，我也沒他這麼調皮呀。」

楚映司慢慢收起笑，看著趴在方瑾枝懷裡的陸鍾瑾，不知怎的，憶起楚懷川幼時的模樣。不知那孩子現在怎麼樣了？

楚映司搖搖頭，把楚懷川的影子從腦海中趕走，笑著問：「等會兒抓週的東西都準備好了嗎？」

老嬤嬤急忙上前回稟：「都準備好了。」

楚映司點頭，略一琢磨，吩咐身後的入酒。「去把玉璽拿來。」

方瑾枝聞言，猛地抬頭，驚愕地望著楚映司，又悄悄偏頭看陸無硯，見陸無硯臉色如常，這才穩下心緒，隨他們去了擺宴的地方。

週歲宴開始，文武百官看著大長桌上明晃晃的玉璽，全愣住了。

準備讓陸鍾瑾抓週的桌子，是由兩張很大的四方桌併在一起，又在上面鋪著一層紅色錦緞，擺放的東西多不勝數，簡直是把天下所有奇珍異寶都擺上來。

但擺放再多絕世珍寶，也無法和正中央的玉璽相提並論！

這是什麼意思？難道是楚映司的試探？難道她要越過陸無硯，直接立陸鍾瑾為太子？

朝臣震驚不已，在心裡胡亂猜測。

楚映司將眾臣的神情看在眼裡，不過今日她心情極好，並不在意，轉身道：「把鍾瑾抱過來。」

方瑾枝親自抱著陸鍾瑾，把他放到桌子上。

陸鍾瑾不開心了，咿咿呀呀地叫喚，又朝方瑾枝伸出小胳膊，想重回娘親香香軟軟的懷抱中。

「鍾瑾乖，桌上有這麼多好玩的東西，隨便挑一個。」方瑾枝微笑著，輕柔地摸摸陸鍾瑾的頭。

陸鍾瑾伸著小胳膊半天，見娘親還是不肯抱他，委屈極了，癟著嘴，眼看就要哭出聲。

「不許哭喔，你挑個自己喜歡的東西，娘親就抱你。」方瑾枝指指桌上的什物。「鍾瑾瞧瞧，喜歡什麼？」

陸鍾瑾這才轉過小腦袋，看向桌上亂七八糟的東西，眨眨眼，忽然歪著身子，蹶起半邊小屁股。

原來，方瑾枝把他放到桌上時，屁股下壓著東西，讓他不舒服了。

陸鍾瑾揉揉屁股，不高興地看向把他屁股硌疼的東西，伸手捏住，竟是個純金的算盤。

方瑾枝問：「鍾瑾喜歡這個嗎？」

陸鍾瑾嫌棄地看金算盤一眼，啪嘰一聲，把它扔了。

隨即有臣子恭維：「士農工商，小公子不喜歡算盤是喜事！大喜事！」

陸鍾瑾聽見他的聲音，好奇地轉身望他，又指他頭上戴的官帽，嘴裡咿咿呀呀地喊。

楚映司大笑。「鍾瑾似乎喜歡你的官帽啊。你上前些，瞧瞧鍾瑾會不會選中它？」

這可是個露臉的機會，那臣子立刻應聲，走到桌前，討好地在陸鍾瑾面前彎下腰，讓陸鍾瑾碰他頭上的官帽。

陸鍾瑾微微張著小嘴，好奇地盯著官帽好一會兒，忽然轉頭，抓起桌上的小鼓槌，朝官帽砰砰砰敲下去，敲得那臣子一陣頭暈目眩。

「鍾瑾，又調皮了！」方瑾枝在旁邊低聲訓斥。

陸鍾瑾看看自己的娘親，扔了手裡的鼓槌，往前爬爬，揉揉臣子的頭，還幫他吹了吹。意思好像是——好嘛，對不起，我給你揉揉，再吹一吹，就不疼嘍！

誰都沒想到他會做出這樣的舉動，瞬間呆怔後，全笑起來。立刻又有幾位臣子站出來，把陸鍾瑾誇了一番。

第一個大臣誇陸鍾瑾時，方瑾枝心裡還美滋滋的，可是等第五個、第六個人站出來誇，而且用詞越來越浮誇時，她聽得有些臉紅，實在不好意思了。

方瑾枝偏過頭，悄悄去看陸無硯的臉色，見他滿臉平靜，完全不像她這麼尷尬，不由低聲說：「他們把鍾瑾誇得太誇張了……」

陸無硯盯著爬在桌上的陸鍾瑾。「誇得一般嘛，還沒把我兒子十分之一的好說出來。」

方瑾枝呆住，古怪地看陸無硯一眼，總算明白了。在家裡時，陸無硯比誰都嫌棄陸鍾瑾，可在他心裡，天下再也沒有比陸鍾瑾更好的孩子。

陸鍾瑾在桌上摸摸這個，看看那個，每當他拿起一件東西時，所有人的目光都凝在他身上，可是沒過多久，他便將手裡的東西扔了。

他摸了小半圈，竟是沒有一件東西能在他手裡拿很久。

楚映司走到桌前。「鍾瑾，你喜歡這個嗎？」指著的東西正是玉璽。

所有人噤了聲，緊張地望著陸鍾瑾。楚映司突然說了這麼一句，又指著玉璽，其意不言而喻。

「唔噢！」陸鍾瑾嘴裡又說著自己才能聽懂的話，丟了毛筆，朝正中央的玉璽爬去。

他伸出白嫩嫩的小胖手摸摸玉璽，嘴裡又是一陣咿咿呀呀，很快伸出另一隻手，把玉璽抱在懷裡。

楚映司暗暗鬆了口氣。

陸鍾瑾卻忽然撂開手，皺著眉，指著玉璽一陣搖頭，滿臉的不喜歡，很快又朝另一個方向爬去，尋找更好玩的東西。

楚映司不死心，又把陸鍾瑾抱到玉璽旁邊，放柔聲音說：「鍾瑾，這個真的很好玩。」

這回，陸鍾瑾看都不看一眼，連連搖頭，小手還推了楚映司兩下。

楚映司沈默一瞬，抬頭看立在一旁的陸無硯，心裡暗暗嘆氣，沒再逼陸鍾瑾挑玉璽了。

陸鍾瑾又在桌上玩了好一會兒，沿著桌角爬，竟抱起一小罈桂花酒。因為是準備抓週用的，除了極少數的東西外，大多數的什物都是特製的，能讓小孩子輕易拿起來。

「唔？」他歪著腦袋盯著小罈子好一會兒，將紅色塞子扯下來，低頭聞聞，臉上瞬間露出驚喜神色。

方瑾枝怔住，瞧著不好，剛想上前阻止，陸鍾瑾已經抱著小酒罈，灌了一口桂花酒。

陸鍾瑾喝了酒，眼睛霎時變得更加明亮，指著懷裡的酒罈，嘴裡又是一陣嘰哩哇啦，大概是認為這桂花酒比奶水要好吃多了！

「這……」

誰都沒想到陸鍾瑾會在滿桌珍寶裡抱起酒罈，還喝了酒，讓負責布置的嬤嬤嚇得臉色都白了，後悔至極。在準備東西時應該更仔細，怎麼能放酒罈呢！

相較於眾臣尷尬的表情，陸無硯倒是覺得無所謂；而方瑾枝本就不在意陸鍾瑾能抓到什麼東西，想起那些臣子剛剛恭維的話，再看著他們此時的沈默，不禁覺得好笑，這下他們該不會是不曉得怎麼開口誇讚了吧？

「唔呃呃呃！」陸鍾瑾又捧著酒罈喝了一口。

方瑾枝這才上前，從他懷裡拿走桂花酒罈，微微蹙眉。「鍾瑾聽話，現在你還不能喝這個，長大了才可以。」

陸鍾瑾若有所思地盯著方瑾枝看了好一會兒，懵懵懂懂地點點頭。

既然陸鍾瑾已經選了東西，方瑾枝便想把他抱下桌，可是她剛伸出手，還沒碰到他的衣襟呢，陸鍾瑾就扭著小屁股，朝另一個方向爬去。

「呃咿唔唔咿！」陸鍾瑾抬手，指著不遠處的侍衛。

侍衛立刻請示楚映司，在她的允許下，走向桌子，有些侷促地看著陸鍾瑾，想要討好，卻不知怎麼做？

陸鍾瑾忽然抓住他腰間的佩刀。

侍衛大驚，忙道：「這個危險，小公子還是別玩吧。」

「唔唔唔！」

陸鍾瑾瞪了侍衛一眼，小手死死抓著刀柄，不肯鬆開，甚至想把刀從刀鞘裡拔出來。

侍衛嚇得臉都白了，雖然陸鍾瑾還小，可也擔心他真使力拔刀，萬一傷著就糟了。

方瑾枝見狀，急忙從桌上拿了仿製的刀遞給陸鍾瑾。

「那個沒有這個好看呢，我們玩這個好不好？」方瑾枝哄著他。

陸鍾瑾瞥瞥那把仿製的刀，眼中露出嫌棄神色，搖搖頭，不肯鬆手。

「哈哈哈……」楚映司大笑。「鍾瑾這是看不上仿製的刀啊！來人，將九龍殿裡的斬樓刀取來！」

斬樓刀是兵器譜上排名在前的名器，更是楚氏先祖推翻前朝創立大遼時用的刀，不僅是刀中翹楚，更是楚氏皇權的象徵。

太監急忙將斬樓刀送過來，陸鍾瑾看見斬樓刀，便鬆開死死握著侍衛腰間佩刀的小手，對斬樓刀伸出胳臂來。

楚映司把斬樓刀遞給他，陸鍾瑾睜大眼睛，伸手想拔刀，但斬樓刀哪裡是他一個剛滿週歲的小孩子能拔出來的？他哼哼唧唧地使出吃奶力氣，也沒能動斬樓刀分毫。

楚映司大笑著抱起他。「鍾瑾還小呢，長大了才能用它。」

陸鍾瑾眨眨眼，好像聽懂了，也不鬧了。

楚映司望著懷裡的陸鍾瑾，不由道：「你祖父若在這裡，定要高興你選了這把刀。」

此時，眾臣才反應過來，一個個上前說出滔滔不絕的恭維話，好像已經看見陸鍾瑾十年、二十年、三十年以後的光景，料定他會成為馳騁疆場的猛將……

抓週完，陸鍾瑾就被方瑾枝抱回翡璃宮歇息。

今日陸鍾瑾起個大早，又折騰半日，回翡璃宮的路上，便趴在母親懷裡睡著了。

進了翡璃宮，方瑾枝將陸鍾瑾放到床上，取了被子幫他蓋好。見他睡得很香，完全沒被驚醒，才拉著陸無硯去正堂。

「無硯，鍾瑾是不是因為喝了酒的緣故，才睡著了？」

「我兒子的酒量好著呢，才那麼兩口桂花酒，像水一樣。」陸無硯隨意道。

方瑾枝想想，又想起另一件事，湊到陸無硯身邊，問：「無硯，你小時候抓週抓的是什麼？」

陸無硯認真回憶一番，搖搖頭。「不記得了。」

「真不記得？」方瑾枝挑眉，懷疑地瞅著陸無硯。「莫不是抓了爛泥巴、臭白菜吧？」
陸無硯嫌惡地瞪她一眼。「我確實不記得了。倒是妳，小時候抓的是什麼？」
方瑾枝臉上的表情有點尷尬。
陸無硯頓時來了興趣，笑道：「該不會抓了爛泥巴、臭白菜的人是妳吧？」
「才沒有呢！」方瑾枝立刻反駁。「我……」
她撇撇嘴，才說：「別的小姑娘都會抓些顏色鮮豔的東西，偏偏只有我抓了一方黑漆漆的硯臺。小時候，爹娘和哥哥都以為我長大會變成大才女呢，沒想到是嫁了個硯臺……」
陸無硯愣住，隨即哈哈大笑起來。
方瑾枝推他一下。「小聲點，別把鍾瑾吵醒了。」
「這是有什麼高興的事情，竟然笑得這麼開心？」楚映司說著，從外面走進來。
「母親。」陸無硯和方瑾枝都站起身。
陸無硯問：「您怎麼過來了？」
楚映司在上首的太師椅坐下。「偷閒過來看看鍾瑾。鍾瑾呢？」
方瑾枝忙道：「許是太累，已經睡著了。我這就去把他抱過來。」
「不用。既然睡了，就不要吵醒他。」楚映司看向陸無硯，問道：「剛剛在笑什麼？」
陸無硯道：「只是說起小時候抓週的事罷了。對了，母親可還記得我抓的是什麼？」
楚映司聞言微怔，然後神色頗為怪異地看看陸無硯，又看看方瑾枝。
「嗯……你從小性子就冷，又不愛說話，更厭惡一大圈人圍著你。你週歲那日，剛把你放到桌上，你就踩著椅子下去，轉身往回走。」

「啊？真的？」陸無硯聽到自己小時候的事情，覺得有趣，仔細想想，這倒是符合他的作風。

楚映司輕咳一聲，繼續道：「不過，你父親拎著你的衣領，把你扔回桌上，非逼你選一個。母親記得，當時你像個小大人一樣，還嘆了口氣。

「當日抓週是在園子裡，桌旁正是一棵梅樹，結果你敷衍似的折下一段梅枝，還說：『就這個，不要其他』。」說完，目光移向立在陸無硯身旁的方瑾枝。

聽完楚映司的話，陸無硯和方瑾枝都愣了一下。

陸無硯不由道：「這麼巧……」

楚映司疑惑，陸無硯就把方瑾枝抓週抓到硯臺之事說了。

楚映司笑道：「原來這世間竟真有冥冥注定一說。」

「陛下！」

這時，入酒從外面匆匆趕進來，神色有些嚴肅。她向來爽朗，平日總是大大咧咧，現在如此表情，楚映司便知定然有事。

楚映司立刻收了笑容。「何事？」

「撫南谷失守，封將軍帶領的八萬兵馬或死或擒，無一歸來。」

「什麼?!」楚映司站起身。

陸無硯和方瑾枝也齊齊變了臉色。

大遼與荊國之間的戰爭已經持續一年多，其間輸贏對半，如今更是僵持不下。撫南谷是大遼南邊險要之地，若是失守，等於大遼南邊的三層大門被打開了第一道。

「傳令下去，令蕭將軍火速支援。」

陸無硯皺眉。「撫南谷對大遼至關重要，封陽鴻失守，如今生死未卜。蕭將軍從軍不過三年，真能勝任此事？」

「如今國中幾位大將各司其職，在大遼各處或攻或守，調誰過去都要再三思量。蕭將軍如今在澱河坡，是離撫南谷最近的地方。」楚映司嘆氣。「我倒希望國中武將個個都有你父親的本事……」

她的話未說完，小周子一路小跑趕進來。

「何事如此慌張？」楚映司心裡忽然生出一股不好的預感。

小周子擦去頭上的汗，喘息著稟報：「陛、陛下，有來自岡西郡的緊急軍情！」

楚映司、陸無硯和方瑾枝同時變了臉色。

岡西郡位處大遼西方，也是大遼和荊國迎面正對之處，不管是楚映司還是朝臣，抑或大遼百姓，都認為岡西郡固若金湯，是大遼最為堅固的大門。

因為，駐守在岡西郡的人是陸申機。

第九十七章

「呈上來！」

楚映司匆匆撕了信封，抽出信紙攤開，陸申機恣意粗獷的字跡映入眼簾，讓她鬆了口氣，這才耐心地細看內容，越看，眉心皺得越緊。

「如何？」陸無硯走過來。

楚映司把信遞給陸無硯，陷入沈思。

陸無硯一目十行地看完信。「父親的意思是，荊國和燕國勾結？」

「尚不能確定是兩國聯手，還是燕國想摻和一腳？」

陸無硯沈吟片刻，道：「就算荊國和燕國說好，關係也不牢靠。燕國是打了坐收漁翁之利的主意。」

楚映司點點頭。「無論如何，岡西郡必不能失。且不說它是大遼正門，如今燕國在一旁虎視眈眈，若失了岡西郡，燕國必會對大遼出手。到時候，大遼腹背受敵，勝算渺茫。」

她轉過頭，看向陸無硯。「無硯，你覺得宿國會怎麼打算？」

「自然也是觀望。」

陸無硯垂眸，細細回憶起前世的事情。

那些小國家先不提，如今大國只就遼、荊、燕、宿。

荊國和燕國都與大遼相連，一個在大遼南方，一個在大遼西方，而宿國和大遼之間，卻隔了一座海。

前世，陸無硯用了十年多，才讓荊國、燕國、宿國對大遼俯首稱臣，能有這般成果，離不開他當初雷厲風行的殘暴手段。如今細細回憶前世征戰的十年，他覺得，宿國比起荊國、燕國更可怕。

彼時，四國之中，宿國國力最為強盛，但當朝太子弒兄殺父後，血洗皇宮，讓根基動搖。縱使這樣，諸國仍舊觀望，原以為是一代暴君的誕生，不想宿國太子竟橫劍自刎，泱泱大國毀於一旦，陸無硯正是在那個時候徹底攻下宿國的。

「無硯？」楚映司見他想事情出了神，喊他一聲。

陸無硯回神。「宿國畢竟與大遼隔著一道海，既然觀望，我們不必將其牽扯進來。現在牽扯進來，免不了再起衝突。」

「你說得有理。」楚映司點點頭。

偏殿裡忽然響起一陣鈍響，緊接著傳來陸鍾瑾的哭聲。

「鍾瑾！」

方瑾枝一直安安靜靜地坐在陸無硯身邊，仔細聽他們母子說話，聽到陸鍾瑾的聲音，她立刻站起來衝進房。

陸無硯和楚映司也跟了上去。

方瑾枝衝進去時，陸鍾瑾已經站起身，一邊哭，一邊揉著自己的屁股。

「摔疼了是不是？」方瑾枝忙蹲在他身前，握著他纖細的雙肩問。

因為楚映司進來後和陸無硯說起軍情，殿裡的宮女和陸鍾瑾的奶娘，都被小太監悄悄遣出去，沒人看著陸鍾瑾，他才不小心滾到地上。

陸無硯皺眉，瞪陸鍾瑾一眼，訓斥道：「不過是摔跤，有什麼可哭的？」

陸鍾瑾聽了，睜大眼睛望著陸無硯，歇住哭聲。因為歇得急，便打了個嗝。

這個嗝好像把他徹底叫醒了，竟學著陸無硯的眼神，反瞪他一眼，然後轉身抓著床沿，一股腦兒爬上床，背對陸無硯，重重哼了一聲。

方瑾枝噗的笑出來。

隔天回府後，陸無硯發現，陸鍾瑾好像真的對他生氣了。

往常陸鍾瑾總黏著方瑾枝，但陸無硯在一旁時，偶爾也會伸出小胳膊，求他抱抱。

如今，陸無硯一進屋，陸鍾瑾就把小腦袋轉過去，不肯看他。

陸無硯皺眉，心想小傢伙才這麼大，哪裡懂記仇，睡一覺就忘了。

但，幾日後，陸鍾瑾還是不理陸無硯。

這下，陸無硯有些不鎮定了。

陸無硯偏過頭，瞧著在方瑾枝懷裡格格笑的陸鍾瑾，有些不是滋味。這孩子整日黏著他娘親，卻把他這個親爹記恨上了。

方瑾枝逗弄陸鍾瑾一會兒，直到他抱著她的脖子睡著，這才讓奶娘把他抱回淺風閣。

哄了陸鍾瑾這麼久，方瑾枝睏了，便脫掉鞋子，回床上睡午覺。

「無硯，你不睡一會兒嗎？」方瑾枝打哈欠。

坐在圈椅裡的陸無硯猶豫一下，道：「不睏，妳睡吧。」

方瑾枝胡亂點頭，腦袋搭在枕上，不久就睡著了。

等到方瑾枝發出淺淺的酣眠聲，陸無硯才起身，去了淺風閣。

幾個奶娘萬分稱職，就算陸鍾瑾睡著，也至少有兩人守在床邊。

見陸無硯過來，兩個奶娘急忙站起來行禮。

陸無硯略點頭，望著酣睡的陸鍾瑾。陸鍾瑾睡覺的樣子有點像方瑾枝，都喜歡側著身子，把小手搭在身旁。

「醒醒。」陸無硯推推陸鍾瑾。

陸鍾瑾睡得正香，哼唧兩聲，翻了個身，繼續睡。

陸無硯猶豫一會兒，直接掀開小傢伙身上的被子，把他從小床裡抱出來。

猛地被抱起來，陸鍾瑾的眼睛勉強張開細細的縫，迷迷糊糊地看看陸無硯，又合上眼，小腦袋搭在他肩上，又睡著了。

那瞬間，陸無硯有些恍惚，好像懷裡抱著的，是小時候的方瑾枝。

「不許睡了，醒醒！」陸無硯加重語氣，搖搖懷裡的陸鍾瑾。

陸鍾瑾被他搖醒，睜開眼，迷迷糊糊地望著陸無硯，黑黑的眸子裡一片迷茫。

陸無硯剛想開口，看到還杵在屋裡的奶娘，略皺眉，直接抱著兒子出去，進了書閣。

被陸無硯這樣一鬧，進書閣後，陸鍾瑾徹底清醒了。

他抬起小下巴，望著書閣裡一個挨著一個的書櫃，不過很快就對架上的書沒了興趣，低頭盯著陸無硯看。

陸無硯被小傢伙盯得有些不自在，輕咳一聲，抱著陸鍾瑾席地而坐。陸府裡還是如垂鞘院一樣，四處鋪著乾淨柔軟的兔絨毯，坐下並不覺得冷。

陸無硯把陸鍾瑾圈在腿彎裡。「不許再生氣了，聽見沒有？我是你老子，訓你幾句是天經地義！還有，別整天哭哭啼啼，男子漢大丈夫，有什麼可哭的？」

陸鍾瑾歪著小腦袋，疑惑地瞅著陸無硯。

陸無硯敲敲他的頭，警告地說：「別用這種眼神看我，我知道你能聽懂我說什麼！」

陸鍾瑾還是乖乖站在那兒，一點聲音都沒發出來，就那樣瞧著陸無硯。

陸無硯覺得有點煎熬，只好又加重語氣。「再跟老子鬧脾氣，看我不打你屁股！」

陸鍾瑾聽了，放在身側的小手立刻捂住自己的小屁股，動作之快，讓人又驚訝，又覺得有趣。

陸無硯本是板著臉，見他這樣，臉上的表情差點沒繃住。

他重新打量起面前的小傢伙。若說他笨，卻是完全不像，可偏偏過了週歲生日，還不會說話。

「咳。」陸無硯小聲抱怨：「也不知道什麼時候才能說話……」

最近幾個月，無論是方瑾枝還是幾個奶娘，一直在教陸鍾瑾說話，卻沒什麼用。

陸無硯曾暗中請教過太醫，太醫說，小孩子學會說話的時間是不一樣的，過了週歲還不會說話，僅能說是學得晚，尚不能認定是有問題。

算了。陸無硯抱起陸鍾瑾，去了書閣的小隔間。

隔間的角落裡放著一只像小木馬的玩具。嚴格來說，那不是木馬，是四不像。

陸鍾瑾睜大眼睛，顯然對這個醜東西十分感興趣，朝它伸出小短胳膊，想要過去。

見兒子這副神情，陸無硯挑眉，把他抱上去，又推了一把。

四不像吱呀、吱呀地搖啊搖，引來陸鍾瑾一陣清脆笑聲。

起先時，他還有些害怕，小手死死抓著四不像的長耳朵。可是沒過多久，陸鍾瑾就不知道怕了，開心地拍起手，又在四不像上面拍啊拍。

陸無硯臉上浮出幾分喜色，頗為自豪地說：「這可是你爹給你準備的！」

但陸鍾瑾玩得正開心，根本沒聽見陸無硯的話。

陸無硯不由拉長了臉，按住四不像，讓它暫時不搖晃，待陸鍾瑾著急地抬頭望著他時，才把剛剛那句話重複一遍，甚至在「你爹」兩個字上加重語氣，像是帶了邀功的意味。

陸鍾瑾偏頭，瞅著陸無硯好一會兒，才衝著他咧開嘴，露出一個大大的笑臉。

陸無硯這才滿意，鬆開手，讓四不像繼續搖晃。看陸鍾瑾玩得十分開心，嘴角的笑意便藏不住了。

陸鍾瑾是在午睡時硬被陸無硯叫醒的，玩了一會兒就睏了。可陸無硯不夠細心，立在一旁，完全沒發覺。

陸鍾瑾抬起頭看陸無硯，嘴裡發出咿咿呀呀的聲音。

平日裡兒子總是說著只有自己才能聽懂的話，陸無硯早習慣了，完全沒想到陸鍾瑾是在對他說話，甚至轉過身去，隨手從架上抽出一本書來看。

這可把陸鍾瑾急壞了。

陸鍾瑾握著醜東西的長耳朵，慢慢爬下來，幾步走到陸無硯身邊，抬手拉拉他的衣角。

「爹、爹爹！」

他個子太小了，還得踮著腳。

陸無硯拿著書的手一僵，震驚地低頭看向腳邊的陸鍾瑾。

陸鍾瑾還在拽他的衣角，心想爹爹怎麼傻了？乾脆更加奮力，去扯他的袖子。

「爹爹！爹爹！」

陸無硯手中的書落了地，忙把陸鍾瑾抱起來。

「來，再喊一聲！」

陸鍾瑾擰著眉，不大情願地說：「爹爹！」

「再喊一聲！」

陸鍾瑾漆黑眸裡的不耐煩更甚。「爹爹，我睏！睡覺！」

「好好好！咱們這就回去睡覺！」

陸無硯樂了。

陸無硯抱著陸鍾瑾走出書閣，迎面便碰見趕過來的方瑾枝。

方瑾枝睡醒後，跑去看陸鍾瑾，聽奶娘說陸無硯把他抱到書閣，這才追來。

「瑾枝，咱們鍾瑾會說話了！先喊了我！」陸無硯眉梢盡是喜色。

方瑾枝愣住，不大相信地看向陸無硯懷裡的陸鍾瑾。

陸鍾瑾睏極了，耷拉著腦袋，不停地揉眼睛。

方瑾枝摸摸他的頭。「鍾瑾睏了是不是？」

陸鍾瑾睜開睡眼望著方瑾枝，眸光隨即變得可憐巴巴，對她伸出短短手臂。

「娘親抱，爹爹壞！」

方瑾枝大驚，忙探手把陸鍾瑾抱過來，豎起雙眉瞪陸無硯。

「你是不是又欺負鍾瑾了？」

陸無硯眉梢的喜色還沒散去，猛地被方瑾枝這般質問，臉上笑意瞬間凝滯，反問：「我欺負過他？」

陸鍾瑾猛地瞧向他，和方瑾枝一起用力點頭。

陸無硯頓時黑了臉，繞過方瑾枝，逕自走了。

方瑾枝凝視陸無硯離開的背影，想了想，對懷裡的陸鍾瑾說：「鍾瑾，以後咱們多讓讓你爹爹吧！」

半天沒回音，方瑾枝垂眸，發現孩子已經睡著了。

方瑾枝抿起嘴角，無聲地輕輕笑起來，抱著陸鍾瑾走進淺風閣，把他輕輕放在小床上。

她壓低了聲音吩咐：「鍾瑾睏得厲害，中午又沒怎麼睡，讓他多睡些，不要叫醒他。」

幾個奶娘規規矩矩地應是，方瑾枝才輕手輕腳地離開。

方瑾枝還未來得及回到自己屋中，米寶兒便小跑著出來尋，道吳嬤嬤過來了。

吳嬤嬤是來向方瑾枝稟報方家生意的收益與帳目。

如今，方瑾枝幾乎很少離開陸府，方家的生意都交給信賴的人打點。不過，那些管事每隔一段時日都要來跟她回報，來得最勤的，就是吳嬤嬤。加上快年底了，鋪子、莊子裡的事格外多。

方瑾枝進屋，吳嬤嬤行過禮，便開始說起今年的收益。

「……如今這生意可不好做，絲綢、餅茶、文玩、珠寶玉石類的利潤一直降，糧價卻升了不少，加上開春時稅翻了一倍，今年的收益比起往年，差了不止一星半點。」

方瑾枝想了想，道：「目前在打仗，絲綢、餅茶、文玩、珠寶玉石的生意不如往年是正常的，但糧價為何漲起來？眼下還沒到災民湧向皇城的時候吧？」

「這是因為農家漢子都去打仗了，田莊荒蕪，收成越來越不好。如今大遼和荊國這場仗，怎麼也得打個幾年，眼下還不明顯，再過一、兩年，出現災情，便會有流民了。」

吳嬤嬤嘆氣。「所以，許多奸商與勛貴已開始買糧，打算等災情四起時，高價賣出。」

方瑾枝皺了眉。「我竟不知還有這等事。」

吳嬤嬤打量方瑾枝的臉色，笑著說：「奴婢知道您最是心善，斷然不會利用國難賺銀子，可翻了一倍的稅銀壓在肩上，實在疼得很。依奴婢的意思，以您現在的身分，設法減緩些，應該不難吧？」

方瑾枝望著手中建盞裡奶白的茶沫，抿了一口，讓茶的溫熱在唇舌之間蔓延。

「別說我現在是無硯的妻子、陛下的兒媳，就算只是普通小商人，也斷然不會在國難當頭時，光顧著自己的小金庫。加重稅銀，自然是為了前線的將士，豈可逃減？」

剛才，吳嬤嬤開口時，心裡很猶豫。如今大遼數得上的富商都開始逃避稅銀，她雖覺得不妥，卻也隱隱動了念頭。但她忠心，不會自己做主，這才來請示方瑾枝的意思。

結果，聽方瑾枝這麼說，吳嬤嬤非但沒覺得損失一大筆錢財，反而鬆了口氣。

方瑾枝又問吳嬤嬤如今糧價的數目，便道：「咱們也收。」

這下，吳嬤嬤不懂了，方瑾枝不是剛剛才說，不能在國難當頭時只顧著自個兒賺錢嗎？怎麼也要和那些奸商一樣，故意囤糧？

方瑾枝卻已經拿定了主意。

「從今日開始，把方家名下所有絲綢、茶、酒、胭脂水粉、文玩古物、玉石珠寶……還有府邸、別院、酒樓、客棧，能賣的賣，能轉的轉。

「拿了現銀後，先留下製造箭弩的所需，再用剩餘的銀錢囤糧。不僅僅收皇城和附近幾城的，還有那些人手上的囤貨，盡可能買下全大遼境內的糧食。」

吳嬤嬤還沒弄明白方瑾枝是什麼意思，卻急著問：「等等，您這是要把方家的商鋪全投進去？」

「是。」方瑾枝說得很堅定。

「可是方家產業有多少，您最清楚，哪能那麼快脫手？」吳嬤嬤滿臉焦灼。

方瑾枝緩緩道：「哪怕是壓價，盡快轉成現銀最好。如今，那些富商和勛貴手裡還有的是銀子，再遲，就更不好出手了。」

吳嬤嬤擰眉想了好一會兒，慢慢想明白，方瑾枝並非藉機賺銀子，而是要在那些奸商真正開始囤糧前，先把糧食全收了！

至於那些箭弩，是供給軍中的。

方瑾枝瞧吳嬤嬤擰著的眉一點點舒展開，便曉得吳嬤嬤明白她的意思，繼續吩咐：「如果遇見奸商抬價，不要在意，維持能製造箭弩的餘裕，將剩下的銀子全砸進去也沒關係。」

聽方瑾枝這麼說，吳嬤嬤的眼皮跳了跳。身為方瑾枝手下管著大部分生意的人，她很清楚，方家產業已大得無法計數，更驚人的是，她手裡管著的，還不是方家全部的家當。

方瑾枝這是要囤一座國庫的糧食啊！

吳嬤嬤收起心神，屏息道：「老奴懂您的意思了，一定辦好！」

方瑾枝點點頭。「去吧。」

「是。」吳嬤嬤應聲，打起簾子，前腳剛邁出門檻，又被方瑾枝喊住。

她回過頭，問道：「您還有什麼吩咐？」

方瑾枝的臉上流露出一絲歉意。「嗯，把平平和安安的嫁妝留下來。」

吳嬤嬤微怔，點頭去了。

不久後，出樓的眼線很快發現方家產業的不對勁，忙向陸無硯稟報。

陸無硯略一思量，便想明白其中緣由，緩步走向後山的梅林，去尋方瑾枝與陸鍾瑾。

這處梅林裡的梅花都是新植的，遠不如垂鞘院裡的名品多，卻勝在一片紅色，為皚皚白雪堆積的冬日添了鮮活之意。

方瑾枝正在陪陸鍾瑾走路。

自從上次從四不像上下來，走到陸無硯身邊去拉他袖子時，陸鍾瑾就能自己走路了，只是走得不夠穩，沒幾步就鬧著腿軟，不肯再走了。

方瑾枝瞧著今天天氣好，便帶著他出來練習走路。

陸無硯倚在梅樹下，望著遠處的母子倆。

方瑾枝背對著他，蹲下身朝陸鍾瑾招手，陸鍾瑾正一步一步朝她走去。

終於走到方瑾枝面前，陸鍾瑾立即撲進方瑾枝懷裡。

「累！娘親抱抱！」

「鍾瑾好棒，今天走了這麼遠！」方瑾枝毫不吝嗇地誇獎他，又在他的小臉蛋上親一口，才把他抱起來。

陸無硯踩著積雪走過去。

方瑾枝瞧見他，便把陸鍾瑾塞到陸無硯懷裡，笑著說：「小傢伙的確越來越重了，還是讓你抱著吧。」

陸鍾瑾聽了，摸摸自己的肚子，癟著嘴。「不胖！」

「嗯，對，咱們鍾瑾不胖，是你娘親的力氣太小了。」陸無硯笑話方瑾枝。

方瑾枝挽著陸無硯的胳膊，頭微微倚在他肩上，一家三口踩著積雪往回走。

陸無硯望著遠處重疊的山巒，道：「瑾枝，妳在收糧的事，我已經知道了。」

方瑾枝嗯了聲，沒問他是怎麼知道的，也沒打算對他多解釋。

陸無硯側眸，深深看她一眼，淺淺笑了，復轉過頭，繼續前行。

第九十八章

一歲時，陸鍾瑾還是個乖孩子，無論方瑾枝還是陸無硯，都覺得他會一直乖下去。

一年後，陸鍾瑾可以四處跑了，又什麼都會說，竟將整座陸府搞得雞飛狗跳。

「鍾瑾，把舔舔放下來！」方瑾枝提起裙子，小跑著趕來救貓。

「哈哈哈！」陸鍾瑾立時鬆手，被他抓住的舔舔直接掉進酒缸裡。

舔舔在酒裡喵嗚兩聲，跳到缸邊，甩著身上的酒水，濺了陸鍾瑾一身。

陸鍾瑾不高興了。「笨貓，酒多好喝呀！」

咪嗚——舔舔弓起身子，碧綠眼睛死死盯著陸鍾瑾，似乎被欺負得惱羞成怒了。

方瑾枝擔心舔舔發怒抓傷陸鍾瑾，忙過去擋在陸鍾瑾身前，朝舔舔伸出手。

「舔舔過來。」

舔舔聽見，眼裡浮現幾許掙扎，最後還是跳到方瑾枝懷裡，撒嬌一樣地咪咪叫。

方瑾枝幫牠抓癢。「乖喔，別生氣了。」自從當母親後，她待舔舔更是溫柔了。

陸鍾瑾仰頭，看方瑾枝跟貓說話不理他，更不高興，扯扯她的袖子。

「娘親！我也要抱！」

舔舔聽見，小腦袋直起來，警惕地盯著陸鍾瑾。

陸鍾瑾才不理牠，只用水汪汪的黑眸望著方瑾枝。

方瑾枝還沒說話，陸無硯卻匆匆趕過來，道：「瑾枝，快換素服，馬上回溫國公府。」

素服？方瑾枝一驚，忙問：「怎麼了？」

「曾祖父去了。」

前世時，陸嘯是在兩年前去的，沒想到今生多活了兩年，讓陸無硯有些意外。因為早知陸嘯命不久矣，如今得到他與世長辭的消息，倒不意外。

方瑾枝忙放下舔舔，吩咐奶娘幫陸鍾瑾換衣服，自己也回屋更衣。

不一會兒，三人準備妥當，即坐車趕回溫國公府。

陸無硯帶著妻兒進門時，溫國公府裡已是一片縞素，伴著隱隱的哭喪聲。

「娘親，他們為什麼哭呀？」陸鍾瑾抬著頭，不解地望著方瑾枝。

方瑾枝揉揉他的頭，低聲說：「因為他們的家人離開了，他們捨不得。」

陸鍾瑾懵懵懂懂地點點頭。

「無硯，你們回來了。」已經襲爵的陸文歲急忙迎上來，一身素服，映襯得臉色格外蒼白，眼眶紅紅的，帶著濕意。

「二叔公。」陸無硯微微頷首。

跟在後面的方瑾枝帶著陸鍾瑾，也行了一禮。

陸文歲擦擦眼角的淚。「你們快進去吧，看看老人家最後一眼。」

方瑾枝牽起陸鍾瑾，隨陸無硯進大堂。

陸嘯的靈柩停在大堂正中央，漆黑棺木看著並不陰森，卻無形中給人一股壓迫感。

方瑾枝進去時，便低頭看看身邊的陸鍾瑾。孩子還小，擔心他害怕這樣的場景。

可是陸鍾瑾伸長了脖子，瞧瞧這裡，敲敲那裡，竟是絲毫沒有恐懼之意。

方瑾枝見狀，略放下心，決定等會兒拉住陸鍾瑾，不讓他靠近棺木。陸鍾瑾還太小，不懂什麼是死別，那就暫時瞞著他，不讓他知道也好。

大堂內跪了滿地的人，陸家子孫頗多，哭聲參雜，堂裡一片悲傷。

方瑾枝瞧著，眼角也紅了。

她自小就來溫國公府，雖說因為一雙妹妹的緣故，過得擔驚受怕，但年幼時光卻全是在溫國公府度過的。

雖然她不常見到陸嘯，但畢竟是相處這麼多年的親人，如今他卻靜靜躺在棺木裡，再也醒不過來了。

方瑾枝腦海中忽然浮現第一次見到陸嘯的情景。那時她剛搬進溫國公府不久，在家宴上見到他，那一年的他，眼中深含精光，言語極少，只在子孫說話時偶爾頷首，或搖頭點撥幾句。後來，她的記憶裡，陸嘯便是提著鳥籠、早晚去後山遛鳥的老人家了。

一轉眼，這麼多年過去，與他竟是陰陽兩隔。

「不好了！老夫人也跟著去了！」孫氏身邊的一等丫鬟忙進來稟告。

「母親！」跪在靈前的陸文歲和陸文岩急忙起來，往孫氏的屋子跑去，其他子孫也急忙跟上。

另一邊，孫氏房裡，幾個忠心耿耿的奴僕伏在床邊痛哭不止，直到別人過來勸，才把她們拉開。

孫氏為人向來寬厚，不管對待晚輩還是對待下人都算不錯，如今竟這麼走了。

「母親怎麼會這樣突然地辭世？早上她還好好的……」陸文岩哽咽地問。

孫氏的貼身丫鬟哭著說：「老夫人用過早膳後，把咱們都遣出去，說是要睡一會兒，誰都不許進來吵她。奴婢們候在隔間裡，免得她找不到人，還從圍屏望一眼，發現老夫人睡著時，嘴角還帶著笑呢。誰想到再進來時，老夫人卻走了……」

「母親！」陸文歲大哭。「父親剛走，您怎麼也跟著去了？這是讓兒子們痛死啊！」

陸文岩抹去眼角的淚，拍拍陸文歲的肩膀。

「二哥，你不要這麼想。父親和母親相敬如賓、舉案齊眉幾十年，如今父親大人先走一步，母親捨不得他獨行，才跟了去，這對他們來說，未嘗不是一種圓滿。」

其他人也來勸，說兩位老人同日辭世，那是天大的緣分，黃泉路上為伴，來世還能再結一段好姻緣。

幸好，孫氏的棺木也是早就準備好的。入棺後，家僕將孫氏的棺木也抬到大堂，和陸嘯的棺木並排擺在一起。兩人在世時，就交代過晚輩，等他們走後，要葬到一塊兒。

守了一整日，晚上大家匆匆吃飯，輪流歇息。靈前不能斷了人，須得分批守著。

陸無硯和方瑾枝雖然已經搬出去，但垂鞘院還是原來的樣子，沒人動過它的一磚一瓦。

當晚，陸無硯和方瑾枝便帶著陸鍾瑾歇在垂鞘院。

陸鍾瑾雖不明白死亡是怎麼回事，但所有人都在哭，陰鬱悲傷的氣氛還是感染了他。到了晚上，他不肯回去找奶娘，摟在方瑾枝的脖子不鬆手。

「鍾瑾不怕，今晚娘親陪著你。」

「真的？」陸鍾瑾越過方瑾枝的肩頭，看向床邊的陸無硯。「爹不會把我扔出去？」

方瑾枝忍住笑，陸無硯卻忍不住冷哼一聲。

「不管，我不走了！」陸鍾瑾鑽到方瑾枝懷裡，死死抓著她的手。

方瑾枝輕聲哄他，直到把他哄得睡著，才輕輕移開他的手，也沒讓奶娘抱走他，把他放在床裡。

望著熟睡的陸鍾瑾，方瑾枝輕輕嘆口氣，總覺得自己有些虧欠這孩子。別的孩子可以日夜纏著自己的娘親撒嬌，但陸鍾瑾卻很少睡在她身邊，經常是等他睡著，陸無硯便讓奶娘把他抱走。

「我不管，今晚不許送走他！」方瑾枝在陸鍾瑾身邊躺下，把他小小的身子摟進懷裡。

因為她背對著陸無硯，便沒發現陸無硯的神色有異。

陸無硯靜默望著床上相依的兩個身子，心裡帶著暖意，也帶著不捨。

許久後，他吹熄蠟燭，放下床幔，在床外側躺下。

方瑾枝並沒有睡著，等了半天卻沒等到陸無硯的回話，覺得有些奇怪，而且，陸無硯習慣抱著她入睡，如今竟是自己靜靜躺在那裡，莫不是生氣了？

方瑾枝小心翼翼地鬆開懷裡的陸鍾瑾，輕輕轉過身，在黑暗裡望著陸無硯。

陸無硯感覺到她的動靜，側轉過身子，凝視方瑾枝，抬手輕揉方瑾枝的頭，開口道：「瑾枝，我有兩件事要跟妳說。」

「什麼事呀？」方瑾枝低聲問了，怕吵醒身後的陸鍾瑾，但聲音裡又帶著隱隱的不安。她十分了解陸無硯，聽出他的語氣有些嚴肅，他很少用這種語氣對她說話。

陸無硯沈默一會兒，沒直接回答她，反問：「妳有沒有發現，今日回來的人缺了誰？」

白日時，方瑾枝都在照顧陸鍾瑾，沒在意別人，現在陸無硯問起來，才開始細細回想。

陸家男兒大多已經從軍打仗，自然不能趕回家；那些出嫁的女兒，遠嫁的，一時半會兒回不來，而離得近的……

方瑾枝想想，有些意外地說：「我好像沒有看見佳萱。」不好的感覺頓時湧上心頭。

陸無硯嗯了聲。「之前撫南谷失守，母親派蕭將軍趕去支援，雖然重新奪回撫南谷，封陽鴻卻被敵軍押回荊國。蕭將軍擅作主張，闖進荊國大營，想搭救封陽鴻，但荊國早有埋伏，蕭將軍帶去的五萬精兵無一生還。」

封陽鴻也是方瑾枝的義兄，這些年雖與他往來不多，可每次有難時，封陽鴻總會出手相助。當初傳謠封陽鴻戰死時，她著實難過了一陣子，現在聽說他沒死，只是被荊國收押，不由鬆了口氣。但兩軍交戰，自不會善待俘虜，更何況還是封陽鴻這樣的大遼大將。

聽陸無硯說這些，方瑾枝又開始為封陽鴻擔心，還隱隱覺得不對勁，望著陸無硯，小聲說：「我以前就聽你說過，蕭將軍從軍不久，經驗不夠，這次冒失行動，著實不應該，還連累五萬將士……」

說著，方瑾枝忽然迷惑地問：「可是，這和佳萱有什麼關係？」

陸無硯沈默一瞬，道：「妳二哥是那五萬將士中的一員。」

方瑾枝驚得張嘴，卻連一個顫音都發不出來。

她還記得，當初陸無硯帶她去榮國公府時，她明白他是為她提身分、找靠山，便打算討好榮國公府裡的人。

然而，那些人根本不需要她去討好，因為他們對她都是真心實意。尤其喬氏，更是把她當成親生女兒一樣。

若說榮國公府裡有誰不歡迎她，只有林今歌了。

方瑾枝還記得第一次見到林今歌時，他紅著眼睛，氣呼呼地說：「她不是我妹妹！休想搶謠謠的東西！」

林今歌從不會對她好好說話，從不給她好臉色，方瑾枝便裝傻，任他挖苦。她知道，林今歌只是因為林今謠才不喜歡她，但也只是不喜歡，遠不到傷害的地步。

喬氏讓林今歌護著方瑾枝時，他也會像個彆扭的小哥哥一樣護著她。

但是，這些年林今歌一直過得不開心，被縛在愧疚與自責中，又被母親恨著。

當年林今謠出事時，他不過是個八歲孩子而已，不但親眼目睹自己妹妹的死，還因此被母親怨恨十幾年。

方瑾枝眼前晃過林今歌與陸佳萱大婚那日的情景，林今歌笑得燦爛，他難得露出那樣的笑臉。

方瑾枝的眼角有點濕。

陸無硯有些不高興了，大力抹去她眼角的淚，皺著眉說：「怎麼能為他哭？」

方瑾枝抓住陸無硯的手。「二哥真的死了嗎？」

她的手有點涼，陸無硯便握在掌心裡暖著。

「那本來就是荊國的陷阱，等蕭將軍帶著五萬精兵衝進去後，荊國人就關了城門，火油澆下，萬箭齊發，烈焰焚城。」

縱使冷清如陸無硯，說時也輕聲嘆口氣。

方瑾枝聽著，忽然開口。「我知道你要說的第二件事是什麼了。」

「嗯？」陸無硯有些驚訝。

方瑾枝垂下眼，輕聲說：「我知道，在我剛剛懷了鍾瑾時，你對母親說過，三年內不會離開皇城，是因為我和鍾瑾吧？若你真的要出征，我和鍾瑾也不願意拖累你。」

陸無硯還沒出聲，方瑾枝又說：「我知道你想在這兩年陪著我和鍾瑾，雖然你總欺負鍾瑾，也不像個周到的父親……」抿唇笑了下。「可是沒關係，我和鍾瑾會等你回來。」

陸無硯聞言，有些釋然地鬆了口氣。他也捨不得離開方瑾枝，但國中局勢如此，他不得不離開。

他輕輕吻方瑾枝的額角。「好好在家裡等我，我會早些回來。」

「嗯。」方瑾枝在陸無硯的懷裡重重點頭。

第二日下午，方瑾枝去了榮國公府。

榮國公府也是一片縞素。

因為尋不著屍首，停在正堂的棺木裡，放的是林今歌的衣物。陸佳萱身著白色喪服，跪在一旁，不斷往火盆裡放紙錢。

她已經不哭了，只是眼睛紅腫一片，目光更是呆滯。

「佳萱。」方瑾枝在她身邊蹲下，握住她的手，她的手冰涼冰涼的。

陸佳萱呆呆地轉過頭，看向方瑾枝，渙散的眸光一點一點凝聚。

「瑾枝，妳過來了。」她的聲音低低的，卻十分沙啞，竟是把嗓子哭壞了。

方瑾枝剛進榮國公府時，見著望不到盡頭的素白，心裡便堵著，再見到林今歌的衣棺，淚已凝在眼中。此時瞧見陸佳萱如此模樣，眼淚再也忍不住，一顆接著一顆落下。

「兩年了，我一直在等他回來，可是他怎麼這樣狠心，一去不回啊……」

方瑾枝把瘦了一圈的陸佳萱抱在懷裡，一起哭了。只是陸佳萱的眼淚早已哭乾，再也沒有淚，嗓子裡發出嘶啞而痛苦的聲音。

方瑾枝抬起頭，望著被風吹起的白綢，心裡翻攪似的疼。

為什麼要打仗？天下還有多少人和陸佳萱一樣，再也等不到丈夫歸來，從此家不成家。

方瑾枝想起無一生還的五萬將士，涼意頓時襲來，讓她整顆心、整個人開始發冷。

五萬條生命，更是五萬個家庭啊！

陸佳萱哭累了，微微推開方瑾枝，勉強扯出一抹笑。「妳去看看母親吧。她本來就病了，如今更是不好。」

方瑾枝的心猛地揪了一下，點點頭，起身拭淚，去了喬氏的院子。

方瑾枝走進喬氏的寢屋時，屋子裡靜悄悄的，一個伺候的人都沒有。

喬氏穿著雪白寢衣倚在床頭，呆呆地望著窗外，臉色竟是比身上的寢衣更加蒼白。

「母親，屋裡怎麼這麼冷？炭盆都不點，連伺候的下人都沒有？」

方瑾枝坐到床邊，把喬氏瘦骨嶙峋的手握在掌心裡，輕輕為她搓著。

「我這就去喊人來點炭盆。」

方瑾枝剛要起身，喬氏卻反手拉住她。

「瑾枝，妳說，如果我現在追去，還能追到今歌嗎？」喬氏急急地喘息兩聲。「他是不是在跟我賭氣？是我錯了，錯了十多年。我不該怪他、不該冷著他，更不該恨他……現在，怎麼辦啊？」

喬氏抓著方瑾枝的手越發用力，將她的手握疼了。

「小時候，他騎馬時腿上受過傷，一到下雪天，就會發疼；這兩年下雪時，他在軍中是怎麼熬的？我幫他做了護膝，好多呢，還沒來得及給他。

「上次，我看見一把很漂亮的劍，他握著肯定好看，我就買下來，想著等他回家，留給他用。

「他怪我，我知道……自打小時，有什麼好的東西，我只給他哥哥和弟弟，他私下裡說過，我從來都不想著他……」

喬氏絮絮叨叨說了那麼多林今歌從小到大的事，聲聲帶淚，帶著濃到骨血的愧疚。

「我對不起這個孩子啊！」

喬氏說著，忽然哇的吐出好大一口血。

「母親！」方瑾枝嚇得變了臉色，急忙喊人。

待在隔壁的丫鬟匆忙趕來，又是餵藥、又是請大夫。

方瑾枝安慰著她。「母親，您不要難過，二哥不希望您這樣。這些年，二哥心裡雖然不好受，可是瑾枝知道，他不恨您，您別這樣……」

喬氏望著屋頂，兩眼空洞。無論睜開眼睛還是閉上眼睛，她看見的總是林今歌，林今歌的哭、林今歌的笑，更多的是林今歌偏執獨行的背影……

方瑾枝見狀，忍不住又落下淚來。

第九十九章

方瑾枝回到溫國公府時，已經是傍晚。榮國公府裡一片哭聲，溫國公府裡同樣是為兩位老人送行的悲泣。

方瑾枝有些累。

她回到垂鞘院，見陸無硯不在，便去陸鍾瑾的房間，發現他也不在，遂問守在屋裡的奶娘。「鍾瑾呢？」

奶娘恭敬回稟，陸鍾瑾被陸無硯抱出去了。

方瑾枝點頭，下樓沿著青石磚路往外走，剛穿過月門，就看見陸無硯出現在小路盡頭，陸鍾瑾趴在他的背上，小腦袋耷拉著，已經睡著了。

落日餘暉灑在父子倆身上，像替他們鍍上一層溫柔的光。

陸無硯抬頭看見方瑾枝立在那兒等著，忙加快步子，趕至她面前。

「睡了？」方瑾枝摸摸陸鍾瑾搭在陸無硯肩上的手，還好並不涼。

「回來的半路上就睡著了。」陸無硯揹著陸鍾瑾，和方瑾枝一起往垂鞘院走。

因為即將離開，陸無硯嘴上不說，心裡卻捨不得，帶著陸鍾瑾出去玩了好一會兒。

進了屋，陸無硯小心翼翼地把陸鍾瑾放在床上，方瑾枝幫他蓋好被子。

陸鍾瑾睡著了也不安分，小拳頭總是從被子裡探出來。

畢竟是冬日，方瑾枝怕他冷著，輕輕地將他的小拳頭放回被子。夫妻倆離開時，又吩咐奶娘好生照看著。

兩人回房，陸無硯脫下身上的寬袍，道：「這幾天夠累的，沐浴後，早些睡吧。」

方瑾枝站在陸無硯背後，伸手抱住他。

陸無硯的手頓了下，才繼續解衣帶。他知道，林今歌過世，讓她心裡不好受，可那些寬慰的話語，此刻對她並無用處。

「無硯，這次你要去多久？也會兩、三年不回來嗎？」方瑾枝的聲音小小的，帶著難過。許是因為林今歌的事，讓她後知後覺地開始不安。

陸無硯沈默好一會兒，才說：「這次不止打一場仗，如今遼、荊開戰，不死不休。所以……七、八年，甚至更久都可能。」

離別的滋味很苦，陸無硯捨不得方瑾枝，也明白她定是因為林今歌的事而擔心。本想瞞著她、哄著她，可與其讓她空等，還不如說實話。

方瑾枝咬唇，沒再吭聲，眼裡的淚水越來越多。

方瑾枝的沈默讓陸無硯輕嘆一聲，緊緊蹙眉，許久無言。

他向來在大大小小的事情上都依著方瑾枝，無論是她說出口還是沒說出口的心願，總能為她做好，讓她稱心如意。

他明白她的擔憂和不捨，可是他不能不離開……

陸無硯想著，忽然靈光乍現，笑道：「不然，妳跟我一起去？」

方瑾枝愣愣望著陸無硯，有些不相信自己的耳朵。「我……我可以跟你去？」

「可以。」陸無硯斟酌道：「不過，妳可知道軍中日子有多辛苦？有時可以慢慢趕路，有時卻需要快馬加鞭，更別說會經過地勢險要之處，連坐車、騎馬都不成，得踩著污水步行。

「還有，軍中吃食更與家中不同，少有熱食，有時甚至會讓妳餓肚子……」

方瑾枝立刻打斷他。「如果你不嫌我麻煩，肯帶著我，我當然願意跟去！我不想和你分開，不想看不見你，更不想過著日夜提心吊膽、等你歸來的日子，而且還是那麼久……」

這種一連幾年的征戰，軍中許多將領都會帶著小妾同行，但陸無硯實在捨不得方瑾枝辛苦，忍不住又問一遍。「瑾枝，妳真的想跟？不怕辛苦和危險？」

方瑾枝環著陸無硯腰身的雙臂更加收緊。「是！我一想到那麼多年的分離就害怕，如果可以跟去，那些辛苦，我都不怕！」

又是一陣良久的沈默。

陸無硯終於慢慢應了聲。「好。」轉過身，捧起方瑾枝染著淚水的臉。「雖然軍中辛苦，但，我也想把妳帶在身邊。」

「你說的是真的？不騙人？」方瑾枝仰首看他，眼角還噙著淚。

「我何時騙過妳？」陸無硯逐漸笑開。「可是，我要再說一次，軍中不似後宅，無論是吃的、用的、住的，都不會太好，而且也有危險。」方瑾枝養在深閨裡，肯定會不適應。

方瑾枝彎起月牙眼笑了，這一笑，讓含在眼眶裡的淚滾落下來，好像沒聽見陸無硯的反覆問詢一樣，只是說：「願意，願意……」

陸無硯把方瑾枝拉到懷裡，輕輕擁著她。

方瑾枝不想和他分開，他也捨不得丟下她。此次分離，短則一、兩年，長則七、八年，甚至更久也可能，實在是太久了。

陸無硯輕輕摸著方瑾枝的頭髮，暗暗下定決心，軍中再苦，他也一定會護著她。

眼看要過年了，無論大遼還是荊國，都有暫時歇戰的意思，因此陸無硯還未率軍出發。因陸嘯和孫氏雙雙辭世的緣故，今年家宴，溫國公府一切從簡，連除夕這樣的日子也沒有半分年味。

但孩子們就不一樣了，尤其是那些還不懂事的小娃娃，還不明白死亡是什麼，只瞧見大家聚在一起，難免喧囂玩樂。

長輩們瞧著不像話，指責幾句，但他們暗地裡還是聚在一起玩。

畢竟是小孩，大人便睜一隻眼、閉一隻眼了。

陸家人口眾多，到了陸鍾瑾這一輩，目前已有三十多人，從剛剛會走路的小不點到七、八歲討人嫌年紀的都有。

因為陸無硯喜靜，分家後，主子只有他與妻兒，奴僕更是能少就少。因此，陸鍾瑾見到這麼多兄弟姊妹，很是震驚，花了好長工夫，才弄清誰是誰。

「鍾瑾弟弟，你都記下來了嗎？這是絳顏妹妹，那是絳雲妹妹，這個是……」陸隱心站在旁邊，一一指著，講給陸鍾瑾聽。

陸鍾瑾連連點頭。「記得了！」隨即疑惑地盯著陸隱心瞧。

陸隱心被他看得渾身不自在，撓撓頭，問道：「鍾瑾弟弟，你看我做什麼？我臉上有東西嗎？」

陸鍾瑾歪著頭，尋思一會兒，指向陸隱心身後。

陸隱心疑惑地望去，見入烹抱著小女兒，正站在簷下望著他們。

「娘親！妹妹！」陸隱心雙眼發亮，立刻朝她們跑過去。

「別急，慢一點。」入烹蹲下，揉揉他的頭，又略責備地說：「怎麼只顧著自己跑，把鍾瑾扔在那裡不管呢？」

「哎呀！我光顧著看妹妹了！」

陸隱心拍拍自己的小腦袋，一副懊惱的樣子，隨即轉身奔到陸鍾瑾身邊，拉著他的手朝入烹跑去。

「走走走！我帶你去看我妹妹，我妹妹可漂亮了！」

入烹揚聲囑咐：「隱心，慢一點，不要拉著弟弟跑。」

片刻後，兩個孩子已經到了她身前，盯著入烹懷中的陸落菡瞧。

陸落菡快六個月了，手裡正攥著銀鐲子玩。

陸鍾瑾低著頭，看著只有一小團大的陸落菡，想了很久，才問陸隱心。「她是你妹妹？

絳顏、絳雲不都是你妹妹嗎？」

陸隱心連連搖頭。「不一樣！絳顏和絳雲是堂妹，落菡是我親妹妹呀！」

陸鍾瑾更不懂了。

「哎呀！」瞧著陸鍾瑾疑惑的模樣，陸隱心急了，使勁想著如何才能把話說清楚，讓他明白，堂妹和親妹妹不一樣。

「啊！我想到了！」陸隱心一拍大腿。「喊你父母為爹娘的，才是親妹妹；喊別人爹娘，都不是親的！」

陸鍾瑾眨眨眼睛，瞬間想通，突然喊道：「不要妹妹！爹娘是我一個人的！」聲音有點大，把陸落菡嚇哭了。

入烹急忙哄她，剛把女兒哄好，在旁邊瞅著的陸鍾瑾竟探手從陸落菡手裡搶過銀鐲子，然後轉身就跑。

陸落菡再次哇的哭出來。

「鍾瑾弟弟，你……」陸隱心呆了。一邊是疼愛的親妹妹，一邊是很喜歡的堂弟，立刻左右為難起來。

然而，陸鍾瑾剛跑兩步，就急急停住步子，耷拉著肩膀，在陸無硯冷冷的目光裡，不得不邁著小短腿往回走，把銀鐲子塞回陸落菡手中。

陸落菡還是哭，陸鍾瑾只好硬著頭皮拉拉她的手，學著陸無硯哄方瑾枝的樣子，道：「乖，不要哭啦！」

陸落菡看著陸鍾瑾皺起的眉頭，竟然真的不哭了。

方瑾枝走過來，彎著腰，細細瞧了陸落菡，笑著說：「落菡好可愛，有六個月了吧？」入烹笑著站起來。「沒呢，還有十天才六個月。」又看看耷拉著小腦袋的陸鍾瑾，對方瑾枝說：「我瞧著，鍾瑾雖然調皮，但滿會哄人，將來若有妹妹，定是個好哥哥。」

陸鍾瑾聞言，猛地抬頭，示威似的說：「不要妹妹！爹娘是我的！」

「鍾瑾，不許亂說。」方瑾枝瞪他一眼。

陸鍾瑾卻不甘示弱地瞪回去。「不管！要是有妹妹，我就欺負她，像欺負舔舔那樣！」

方瑾枝驚愕，陸鍾瑾已經轉身往別處跑了。

陸無硯幾步追上去，拽住他的後衣領，把他拎起來。

陸鍾瑾急得亂蹬腿，想將鞋底往陸無硯身上蹭。他知道爹爹最是愛乾淨，如果弄髒他的衣服，定會立刻鬆手！

可惜，他太小了，陸無硯伸長胳膊，那雙小短腿怎樣都踩不著他的衣服。

方瑾枝走過來，冷著臉說：「鍾瑾，不許再鬧了，我和你爹爹有事情要跟你說。」

陸鍾瑾亂踢的小短腿立刻停下來。

陸無硯時常冷臉待他，但方瑾枝總是對他笑著呀，難不成這回真的生氣？陸鍾瑾有點後悔，看來是他說錯話、做錯事了。

陸無硯見狀，鬆開手。陸鍾瑾沒站好，結果小屁股著了地。

看著陸無硯和方瑾枝離開的背影，陸鍾瑾連忙一骨碌爬起來，揉揉屁股跟上去。

回到垂鞘院後，陸鍾瑾仔細打量陸無硯和方瑾枝的臉色，只覺得一個比一個冷。

「好嘛，我錯了……」陸鍾瑾耷拉著小腦袋。

方瑾枝朝他招招手，把他喚到身前，放柔了聲音，道：「鍾瑾，我和你爹爹要離開一段時日，會把你送到宮裡去。進宮後，要聽祖母的話，好不好？」

方瑾枝說著說著，心裡忍不住難受，捨不得陸鍾瑾，遂牽起他的小手。

陸鍾瑾卻一副欣喜的樣子。「你們要走啦？去多久？」

陸鍾瑾的模樣把方瑾枝滿肚子的不捨、難受全塞回去，慢慢鬆開了手。

陸鍾瑾這才發覺不對勁，立刻撲到方瑾枝懷裡，哇哇大哭。「鍾瑾捨不得漂亮娘親，也捨不得爹爹！嗚嗚嗚……但鍾瑾是好孩子，要聽話……鍾瑾在宮裡等著，爹爹和娘親早點回來……」

聽見陸鍾瑾的哭聲，方瑾枝塞回肚裡的種種感受又湧現，摟著他，不由紅了眼眶。

陸無硯見狀，大步走過來，拽住陸鍾瑾的後衣領，往後一拉，將他埋在方瑾枝膝上的臉露出來。

方瑾枝紅紅的眼睛望著陸鍾瑾，瞬間僵住。

陸鍾瑾哭得那麼大聲，但臉上竟是一滴淚都沒有，而且眼裡還有一絲未掩藏的笑意！

方瑾枝心裡千迴百轉，最後狠狠在他的屁股上揮了一巴掌。自陸鍾瑾出生以來，這是她第一次打他。

方瑾枝憤憤道：「害我想了幾天，不知怎麼跟你說，你倒是……」

方瑾枝和所有父母一樣，有著同樣毛病，總覺得自己的孩子是天下第一好。當別人告訴她，陸鍾瑾是如何調皮搗蛋時，總是不大相信，她的鍾瑾明明那麼乖、那麼懂事！

但此時此刻，看著陸鍾瑾那張酷似陸無硯的小臉上露出不好意思的神情，方瑾枝不得不相信，這孩子在她和陸無硯看不見時，不知道幹了多少欺負人的事？

方瑾枝偏過頭，真的生氣了，不想再理這個小傢伙。

陸鍾瑾見狀，掙開陸無硯的手，笑嘻嘻地撲到方瑾枝懷裡，撒嬌道：「哇，我娘親生氣時也這麼好看！」

方瑾枝望著陸鍾瑾那雙亮晶晶的眼睛，頓時不知道該笑，還是再打他一巴掌？

沒過幾天，陸無硯和方瑾枝把陸鍾瑾送進了宮中。

兩人商量過，相較起來，宮中才是最安全的地方，而且楚映司定比別人更能護著他。

楚映司是真喜歡這孩子，抱起陸鍾瑾，問道：「你爹爹和娘親要離開了，鍾瑾會不會想他們？」

陸鍾瑾雪白的小臉蛋上浮現難過神情，點點頭，一本正經地說：「鍾瑾捨不得爹爹和娘親，可是鍾瑾能來這裡陪著皇帝祖母，心裡也是高興的。」

他年紀小，幾句好聽的話被清脆童音說出來，更是打動人心。

「鍾瑾真懂事！」楚映司望著陸鍾瑾滿臉真摯的樣子，連連點頭。

立在旁邊的方瑾枝卻聽得頗不是滋味。他這麼小，撒謊竟連眼皮都不眨？

陸無硯微微側頭看著她，壓低了聲音道：「有妳小時候的影子。」

方瑾枝用目光向他抗議，心裡輕哼。她哪裡愛撒謊了？她又可愛、又乖巧，才不是愛撒謊的皮孩子！

楚映司放下陸鍾瑾，對陸無硯囑咐道：「這次要多加小心，無論如何，不能拿自己的性命當賭注。」

陸無硯微微點頭。「兒子知道。」

楚映司又看向一旁的方瑾枝。「真要跟著無硯去？疆場可不是深宅的後花園，也不是熱鬧的集市。」

方瑾枝認真點頭。「我都知道，不會扯無硯的後腿。」

楚映司哈了一聲。「母親才不擔心妳扯後腿。有妳跟著無硯，母親反倒更放心。」

之前，陸無硯曾經領兵數年，楚映司很清楚他的作風。平日，陸無硯好像對什麼都不在意，可是上疆場後，隨即變了個人，比陸申機更不顧性命！這回方瑾枝跟著他，說不定他還會顧慮一些。

隔日，大軍出發，楚映司站在高臺上相送，望著陸無硯夫妻逐漸遠去的背影，心裡默默為他們祝福。

忽然，她感覺衣袖好像被扯了下，低著頭，看見陸鍾瑾踮起腳，在拉她的袖子。

「皇帝祖母，鍾瑾也想看！」

楚映司這才想起來，高臺四周圍的磚石有成人半身之高，陸鍾瑾身量小，自然看不見。

楚映司抱起他。「鍾瑾看見爹娘了嗎？」

陸鍾瑾重重點頭。

此時，大軍已經走了一段路，背影黑壓壓的，實在難以分辨。

楚映司便問：「鍾瑾怎麼認出來的？」

「最威風的，就是我爹娘！」陸鍾瑾滿臉自豪。

楚映司大笑不止。

等到大軍走遠，再瞧不見了，陸鍾瑾忽然轉過頭，有些悶悶地問：「皇帝祖母，爹娘什麼時候回來？」

楚映司放下陸鍾瑾，牽著他的小手往回走。

「等到天下太平時，他們就回來了。」

陸鍾瑾還不懂什麼是天下太平，連陸無硯和方瑾枝去做什麼都不清楚。

起初，他聽說陸無硯和方瑾枝要離開好長一段時日，是開心的，因為再也沒人管著他，想幹麼就幹麼。

可是，當父母的身影真在他目光裡逐漸消失時，心裡忽然生出酸酸的感覺。

小小的陸鍾瑾，第一次知道什麼是離別。

祖孫倆靜默走了一路，回到皇宮時，陸鍾瑾忽然開口。「很快就會天下太平了！」

楚映司低頭看他，由衷地笑起來。

第一百章

遼、荊戰事不斷，日日上演著生離和死別，而海島上的生活卻平靜得不可思議。

起初，陸佳蒲還會在石頭上做標記記日子，日子久了，竟時常忘記，如今倒變得不知今夕是何年了。

這天，楚懷川立在高高的岩石上，望著前方不見盡頭的汪洋大海。

陸佳蒲提著一筐髒衣服走向溪邊，身後還跟著兩個小不點。

楚雅和一手拽著陸佳蒲的衣角，一手牽著楚享樂。

楚享樂任由姊姊牽著，低著頭，正一邊走路、一邊看書。他看得太入迷，沒注意到母親和姊姊停下來，結果一下撞到陸佳蒲的腿上。

陸佳蒲笑著將竹筐放下，道：「說過多少次了，不許走路時看書。」

楚雅和幫楚享樂揉額頭。「下次我提醒弟弟，母妃不要說他了。」

「母妃教訓的是，是享樂做錯。」楚享樂背著手，乖乖立著。

陸佳蒲瞧著他的樣子，無奈地搖搖頭。這孩子太愛看書了，如今還不到四歲呢，認識的字已經與楚雅和差不多。

海島上本就沒多少書，他手裡捧著那本，還是楚懷川親自默出來的。

陸佳蒲捨不得再說楚享樂，讓孩子們去玩了。

楚懷川早就看見他們，從岩石上跳下來，笑著走向妻兒。

看著楚懷川走近，陸佳蒲咬唇，眼中浮現幾許痛苦和掙扎。

楚懷川見狀，立刻收起臉上的笑意，急切地問：「怎麼了？」

陸佳蒲望著楚懷川好一會兒，頹然地低下頭。

這個樣子的陸佳蒲可不多見。

楚懷川將她垂在身側的手攏在掌心裡，才驚覺她的手有多涼，頓了頓，道：「太冷了。衣物放在那裡，先別洗。」

陸佳蒲還是低著頭不說話。

楚懷川彎下腰，將她放在一旁、裝著髒衣服的竹筐提起來，朝溪邊走去。

「陛下……我好像又有了身孕。」

楚懷川的腳步僵住。

涼涼的風吹來楚雅和與楚享樂在海邊嬉笑的聲音，陸佳蒲睜大眼睛，吸吸鼻子，把鼻尖、眼裡的氤氳壓下，追上楚懷川。

「有雅和跟享樂，妾身已經很知足了，不然……就不要這個孩子了吧？」

明明思量那麼久才下定決心，但說出來時，她心裡還是如撕扯般的疼痛。

怎麼可能留下這個孩子呢？他們藏在海島，能吃飽穿暖已經十分艱難，等她肚子大了，行動不便和坐月子時，日子要怎麼過？而且，沒有大夫、沒有產婆，總不能讓楚懷川學著幫女人接生吧？

楚懷川轉過身，在陸佳蒲面前蹲下，將耳朵貼在她的肚子上聽了聽，抬起頭望著她，笑道：「朕取好名字了，不管是男是女，就叫享福！」

陸佳蒲怔怔望著楚懷川充滿笑意的黑眸，一時無語。她知道楚懷川不是莽撞的人，也知道他的固執。

「可是……」

楚懷川站起來，對一雙兒女喊道：「雅和、享樂，快過來！你們快有弟弟或妹妹了！」

正光著腳丫在海邊嬉鬧的楚雅和跟楚享樂聽見，連鞋子也沒穿，就朝陸佳蒲衝過來。

「弟弟！我要有弟弟了！」

「胡說！我已經有你這個弟弟，娘親這胎一定是妹妹！」

兩個孩子抱住陸佳蒲的腰，開開心心地討論陸佳蒲肚裡懷的到底是男還是女？

陸佳蒲看著他們，心裡仍是有些不安。

楚懷川卻無所謂地笑了下，作勢挽起袖子，嘖了聲。「木匠、泥瓦匠、屠戶、廚師、修鞋的、抄書的……朕都幹過。不就是產婆嗎？豈能難得了朕！」

陸佳蒲瞧見楚懷川如此模樣，噗的笑出來，心裡的擔憂便沒那麼濃了。

她輕輕拉開楚雅和與楚享樂，笑著說：「好了，你們去玩吧，母妃要洗衣服了。」

「洗什麼洗？以後可不能受涼！以後少做家事！」楚懷川提著髒衣服往海邊走，還叮囑兩個孩子。「你們要照顧好母妃，不許惹她生氣，聽見沒有？」

姊弟倆點頭如搗蒜。

陸佳蒲立在原地，望著楚懷川蹲著洗衣服的身影，把楚雅和跟楚享樂拉進懷裡，心裡是莫大的滿足和幸福。

她彎下腰來，對孩子們說：「你們在這裡玩吧，母妃回去做飯了。」

楚雅和立刻道：「母妃，雅和已經長大了，您教我做飯吧，以後我來做飯！」

「我能燒火！」楚享樂也急著接話。

陸佳蒲揉揉他們的小腦袋，牽著他們往回走。「好，那雅和跟享樂都來幫忙。」

楚懷川抬頭，望著三人的背影，不禁微笑起來。

不知不覺，方瑾枝已經跟隨陸無硯出征大半年了。

當初她選擇跟著陸無硯出征時，預想過很多種艱苦、危險的情形，但事實上，守城時，她總被安頓在官員家中；出城行軍，也待在後方的馬車、大帳裡。軍隊進退有度，交戰時從未遇過險阻，一路行去，幾無敗績。

不過，吃穿用度自然與家中不同。陸無硯和方瑾枝在吃食上與將士的區別，大概就是更乾淨些，其他無異。

原本方瑾枝還擔心自己會給陸無硯添麻煩，來了之後才發現，幾個副將居然都在帳裡藏了小妾。

她曾認真地問陸無硯，這樣算不算不務正事？陸無硯古怪地看她一眼，什麼都沒說。

後來方瑾枝問別人才知道，這種持續幾年的征戰，將領們總會帶著小妾隨行，甚至有些軍隊還會為士兵準備女人。只是陸無硯厭惡那樣的風氣，他的軍中是沒有軍妓的。

這日，方瑾枝站在半山腰，仰頭看入茶上樹摘果子。

「時節不對，青杏一共才結了這七、八顆。」入茶擦擦摘下的杏子，試嚐一口，立時皺眉。

「很酸？」

方瑾枝從她懷裡拿了一顆，才剛咬下，便酸得瞇起眼睛，但還是很開心，又咬下一口，笑著說：「酸的也比沒有好。好久沒吃到杏子了。」

入茶點點頭，在懷裡翻翻，挑出一顆稍微紅些的遞給方瑾枝。「這顆或許甜些。」

方瑾枝搖搖頭。「先拿回去吧，試試能不能做一碟杏子醬？」

主僕倆這才緩步下山。

方瑾枝望著山下巡邏的士兵，想起陸無硯。陸無硯命大軍暫駐於此，親自帶著一小隊士兵去前面的倫普城打探消息，已經三天未歸了。

「不知道無硯今天能不能回來……」

她的話音剛落，就聽見遠處的馬蹄聲，抬頭一看，陸無硯正騎在為首的黑馬上。

方瑾枝的臉上立刻露出笑容，恨不得提起裙子奔過去迎他。

但她知道，陸無硯是為攻下倫普城才親自帶兵打探，那些副將早迎上去，必有重要軍情相商，現在不方便過去。

「走吧，我們快回去，得先把熱水準備好。」

方瑾枝轉身，帶入茶走向最後方的大帳。

即使在軍中，陸無硯過分愛乾淨的毛病卻完全沒改。雖說軍中用水有限，可他能把每日兩、三次的沐浴改成一次，已經是莫大的犧牲了。

陸無硯在前面大帳中和幾位副將議事到很晚，回到後面的寢帳時，已經天黑了。

方瑾枝迎上去，讓入茶把晚飯擺好。

雖說只是些清粥鹹菜並一道鮮菇湯，可是陸無硯回來了，方瑾枝便想等著他一起吃。

陸無硯看見桌子上的杏子醬，問道：「新摘的？」

「嗯，後面山坡上有棵杏子樹。本來想多做些杏子醬給幾位副將送去，可杏子也沒結幾顆，只做出半碟杏子醬。」方瑾枝頗為遺憾地說。

陸無硯嚐了一口，酸得要命，但在每天粗糙的吃食中，卻顯得尤為可貴。

「這幾日，妳們留在大帳裡，不要再去後山了。」陸無硯忽然道。

方瑾枝蹙眉。「可是又要開戰？」

「嗯，就在這幾日——」陸無硯說到一半，忽然皺眉，低頭把嘴裡的飯吐到帕子裡。

他的吃食中，居然有沙子！

「今天這頓飯是誰做的？」陸無硯的眉毛快豎了起來。

因為陸無硯格外愛乾淨的緣故，他和方瑾枝的膳食都是單做的，由入茶仔細洗了又洗才下鍋。

入茶不善烹，只會做最簡單的吃食，但跟著方瑾枝出征的下人，不僅得照顧她的日常起居，更要能保護她，所以入茶比入熏適合，這才隨行。至於入熏，則被安排進宮，照顧陸鍾瑾了。

入茶剛要伏地請罪，方瑾枝便有些歉疚地開口。「我做的……」

陸無硯看她一眼，不說話了，臉上的怒意和緩下來，當作什麼事情都沒發生過一樣，繼續吃飯。

方瑾枝悄悄對入茶眨眼，入茶感激地望向她，暗暗想著，下次定不能再出這樣的差錯。

軍中用水不能浪費，而陸無硯每日都要沐浴，方瑾枝便不好再另外燒水，總是和陸無硯一起洗澡。

吃過飯，方瑾枝褪去衣服，剛踏進浴桶，陸無硯長腿一伸，把她圈進懷裡。

陸無硯貼著她的耳朵，問道：「想我沒有？」

耳朵有點癢，方瑾枝往旁邊躲去，一動，身子竟歪到一旁，直接坐在陸無硯下半身上。

陸無硯嘶了一聲，壓低聲音道：「妳想把它坐斷嗎？」

方瑾枝聞言，面不紅、心不跳地頂嘴。「分明是它不規矩，自己變大了。」又小聲哼道：「而且好好的呢，哪裡斷了？不過有點疼罷了，瞧你嬌氣的……」

見陸無硯的臉色越來越莫測，方瑾枝忙將話鋒一轉。「好嘛，我幫它揉揉不就行了？」

揉著揉著，她明顯感覺某物又變大了點，雙眸盈滿笑意，甜糯地說：「瞧，治好了！」

陸無硯瞬間俯下身，激得浴桶裡的水花濺在他胸膛上，捏住方瑾枝的下巴，吻上那張說個不停的小嘴。

方瑾枝被他吻得快喘不過氣，而且……這姿勢著實不對勁。

陸無硯捧著她的臉吻，俯身想壓下她，卻因姿勢尷尬，讓她的腿開始發麻。

方瑾枝坐不住了，想抱住陸無硯的身子，但水裡太滑，她沒抓穩，手從陸無硯的腰際滑下來。

但陸無硯渾然不覺，又往下壓了幾分。

方瑾枝快從他腿上摔進桶底了，急忙伸手一抓，把硬硬的東西當成握把，扣在掌中。

陸無硯吻著她的動作一僵。

方瑾枝這才反應過來，發現自己手裡握著的是什麼，小聲說：「總得讓我抓著什麼，才能坐穩不是……」

「妳可以坐得更穩一些。」陸無硯伸手掐住方瑾枝的腰，往上一提，分開她的腿，讓她沒根坐下。

方瑾枝悶哼一聲，咬著牙說：「陸無硯，你真是越來越不懂憐香惜玉了！」

陸無硯一笑。「為夫只是擔心夫人摔下去而已。」

他慢慢貼近方瑾枝的唇，輕輕摩挲。「只有這樣密不可分，才牢固。」說著，猛地一動，濺起無數水花。

方瑾枝唔了聲，伏在他胸口，喘息著說：「將軍可別太傷身，小心明日從馬背上跌下去，惹人笑話……」

「妳這張小嘴真是什麼時候都能說出亂七八糟的話來。」陸無硯用指腹輕輕撫過方瑾枝的濕潤唇瓣。「惹得為夫無時無刻不想把它堵上……」復又低頭，將她的唇含在口中……

事畢，夜已深了，陸無硯從浴桶裡跨出來，擦過身子，拿起放在一旁的寬袍披上，轉身望著方瑾枝。

方瑾枝靠在浴桶上，沾著水珠的白淨小臂搭在桶邊，低頭合眼，已經半睡半醒了。

陸無硯笑了下，過去輕拍方瑾枝的臉頰。「為夫還有力氣，要不要轉移陣地再來？」

方瑾枝連眼皮都懶得睜開，懶懶地說：「相公大人不記小人過，饒了我吧。」

陸無硯聽了，這才探手把她從浴桶裡撈出來，仔細為她擦去身上的水漬，抱回床上。

方瑾枝還是有些不放心，拽著陸無硯的衣襟，小聲嘟囔：「要睡了，不許再鬧……」

「嗯。」陸無硯笑著為她蓋好被子，將她小小的身子擁在懷裡。

第二天，陸無硯起來時，方瑾枝還窩在床上不想動彈。

陸無硯換好戎裝，瞧她還在睡，便彎下腰，在她的眼睛上親了下，柔聲說：「這次大概要去五、六日，安心等我回來。」

方瑾枝迷迷糊糊地微微張眼看陸無硯，糊塗地點頭。「曉得了，早去早回……」

陸無硯替她拉好滑至她肩頭的被子，才轉身往外走。

陸無硯走出大帳，吩咐在外面候著的入茶不要叫醒方瑾枝，這才翻身上馬，帶兵離開。

軍隊離開的動靜不知怎的，把方瑾枝吵醒了，一下子坐起來，愣怔一會兒，然後翻身下床，披上衣服跑出去。

方瑾枝剛邁出大帳，守在外面的入茶便迎上去。

「三少奶奶，您醒了。」

方瑾枝胡亂點頭，伸長脖子張望陸無硯離開的方向，埋怨道：「怎麼不叫醒我？」

「是三少爺瞧您還沒睡醒，吩咐奴婢不要喊您的。」入茶恭敬地低聲解釋。

方瑾枝埋怨的並不是入茶，而是不肯叫醒她的陸無硯。但她心裡焦急，也沒對入茶解釋，只是胡亂地點點頭，提起裙子，小跑著往前追去。

然而，大軍早就離開了，她哪裡追得上。

方瑾枝立在原地，瞧著大軍黑壓壓的影子，心裡有點失落。

她站著的地方已經是前面的大帳，有很多士兵巡邏，還有尚未吃完早飯的士兵，正抱著碗，坐在長凳上喝粥。

方瑾枝猛地出現，讓不少人看傻了眼。兵荒馬亂，哪見得到女人？何況還是這樣的絕色。

但這群士兵很清楚方瑾枝的身分，只能暗暗偷看兩眼，斷然不敢有別的心思。

入茶見狀，有意無意地走到方瑾枝身前，擋住士兵的目光。可入茶的姿色在皇城貴女中本就是上乘，立在那裡，也引得那群愣小子直流口水。

之前方瑾枝還在閨中時，每次跟陸無硯去集市，都會戴紗帽遮顏；成親以後，再跟陸無硯出門時，偶爾也會戴著，如今在軍中，便更不講究了。

入茶微微蹙眉，在方瑾枝耳邊說：「三少奶奶，咱們回去吧，要不了幾日，三少爺就歸營了。」

在入茶的示意下，方瑾枝輕輕掃過那幾個士兵。

幾個愣小子被方瑾枝瞧見，頓時脹紅了臉。不知是誰先輕咳一聲，低下頭，其他人才一併垂下腦袋，不敢再亂看。

巡邏的士兵趕來，為首的人問：「夫人，可是這群人衝撞了您？」

那男子長得人高馬大，又黑又壯，說話的聲音也很高，彷彿喊出來似的。

方瑾枝聞言，立刻反應過來，忙道：「沒事，你們繼續巡邏。」還對他輕笑一下。

士兵聞言，黝黑臉龐不覺發紅，幸好他皮膚黑，瞧不出來。

「那屬下繼續巡邏了，若夫人有事，儘管吩咐！」他邁開步子，帶著身後的人離去。臨走前，又丟個凶神惡煞的警告眼神，給幾個坐在一旁吃早飯的士兵。

方瑾枝走到幾個小兵面前，瞧瞧他們碗裡的粥，不由皺眉。

這幾個小兵都是十七、八歲的年紀，正是飯量大增、長身體的時候，但他們喝的粥，實在太稀了。

方瑾枝和入茶往回走時，問道：「這些士兵平日就吃這些東西嗎？」

「不是的。」入茶解釋給方瑾枝聽。「若是平日，士兵們吃粥，用的米就少些；若開戰，都是吃了米飯與乾糧的。比如今日三少爺帶走的那二十五萬兵馬，都吃飽了，不僅有乾飯，還有酒肉，而留下來的五萬士兵，便吃得少些。」

之前，入茶並不知道這些事，此番跟過來，和士兵打交道，才慢慢弄清楚。

方瑾枝點點頭，頃刻明白過來。

她回頭看看正在巡邏的士兵，還有三三兩兩坐在長凳上吃早飯的將士，心裡想著，糧食還是不夠吃啊。

雖然她提前散盡方家家財高價收糧、囤糧，但以她一人之力，哪裡能供應軍隊所需？無論什麼時候，戰爭總會帶來無數生離死別和苦難，別說耗盡方家產業，就算整座國庫，也填不飽所有將士的肚子。

這一路行來，方瑾枝雖然藏身後方，還是見到了不少死傷，以及所經之處的流民。讓她印象很深刻的是，曾到過一個十分安靜的小莊子，簷下有晾曬的瓜，院子裡晾著衣服、田間未收的麥子……處處祥和美好。

然而，那個莊子裡的人全死了，屍橫遍野，血流成河，毫無聲息。

方瑾枝輕輕嘆口氣，希望這場戰爭早日結束。

當天夜裡，不知道為什麼，方瑾枝輾轉反側，不能成眠。

她自小習慣了窩在陸無硯懷裡，一手拽著他的衣襟，一手搭在他的腰上睡覺，可是這大半年的軍中生活，陸無硯時常幾日不回來，夜裡忽然離開，也是常有的事。

剛開始，方瑾枝還不適應，但時日久了，她倒也慢慢習慣了一個人睡覺，像今夜這般睡不著，的確是奇怪。

忽然，好像有聲音傳來，悶悶的。

方瑾枝側著耳朵仔細聽，才聽出來，那是軍隊整齊的行進聲。

陸無硯這麼快就回來了？

方瑾枝正納悶呢，入茶火急火燎地衝進來，神情驚慌。

入茶向來冷靜沈著，此時慌亂的樣子實在少見。

「怎麼了？」本就沒睡著的方瑾枝立刻坐起來。

「三少奶奶，快！先把衣服穿上，好多荊軍圍過來了！」

方瑾枝大驚，來不及多想，急忙下床，一邊穿衣服，一邊問：「荊國的兵馬有多少？孫副將在哪裡？」

「有多少兵馬，現在還不清楚，可瞧著黑壓壓的一大片……」入茶頓了下。「孫副將和另外幾位將軍都起來了，正在前面的大帳裡議事。」

方瑾枝剛穿好衣服，一個士兵便趕來，在帳外稟告，孫副將請她去前面的大帳議事。

方瑾枝應好，立即帶著入茶趕過去。

第一百零一章

方瑾枝與入茶進帳時，發現幾位將軍的臉色皆十分難看。

大帳裡有七、八個人，但誰都沒說話，顯得死寂一片。

瞧見方瑾枝，孫副將急忙起身。「夫人，沒驚到您吧？」其他幾個將軍也站起來。

「無事。孫副將，如今情況如何了？」方瑾枝問。

「啟稟夫人，粗略計算，來者逾十萬兵馬。」孫副將的表情越發沈重。

如今留下的兵馬只有五萬，其中還包括了火頭軍和傷兵，實在不妙……

「報——」

小兵從外面一路小跑進來，跪地稟告。「啟稟將軍，據前方來報，敵軍至少有二十萬兵馬，而且已經將我們包圍了！」

「二十萬……」

大帳內立刻竊竊私語起來。五萬對二十萬，而且敵軍顯然是有備而來，結局不難預料。久經沙場的將軍們都變了臉色，更何況是從未遇過這種事的方瑾枝。

方瑾枝心裡也有些慌，不由想起陸無硯。

他知道嗎？他現在在哪裡？如果他知道後方被偷襲，會及時趕回來嗎？

一連串的疑惑後，方瑾枝突然想到，既然荊國在這裡設埋伏，那麼會不會也對去攻城的陸無硯設下埋伏？

若陸無硯知道她有危險，定會急急趕回來，那會不會影響他的決斷？會不會連累他？

方瑾枝的心揪在一起，從對於身陷絕境的擔憂轉變成對陸無硯的掛念。她曾覺得，只要有陸無硯在，便是安全，如今竟第一次感覺到敵人的可怕。

「夫人！」孫副將打斷方瑾枝的思緒，沈著臉道：「眼下局勢不妙，臣會誓死保護您的安危。前面的探子已經探實，敵軍雖從四面包圍而來，但四處方位的兵馬多寡卻是不同。等一下臣會佯裝進攻，另責令兩萬精兵護送夫人離開！」

方瑾枝明白，即使這般，她也不一定能逃脫。

望著眼前一張張或決絕、或仇恨、或悲傷的面孔，她再次憎恨起這場戰爭來。

荊國兵馬踏進大營，無數大遼將士死於刀下。

方瑾枝坐在入茶的馬背上回頭望去，只見滿地屍體，幾個早上還偷偷打量過她的年輕小兵，已經成了冰冷的屍體。他們死時，眼睛沒有閉上，帶著痛苦的表情。

深夜的風吹到方瑾枝臉上，讓她覺得刺骨寒冷。

越來越多的荊兵追上來，越來越多的遼兵倒下。

兩萬精兵誓死殺出血路，待到衝出包圍時，只剩下一千多人；而且，這最後一千多個將士，仍不斷地倒下。

當黎明的光芒灑落時，護在方瑾枝身邊的遼兵已不足百人，但荊兵已經追了上來。

孫副將揚起手中的刀，殺退兩個荊兵，回頭對方瑾枝大喊：「夫人快走——」

話音未落，幾個荊兵衝上來，鈍重大刀砍下他的頭顱。

「不……」方瑾枝的眼眶裡盈滿淚水，目光恍若已被染成鮮紅色。睜開眼睛是望不見盡頭的屍體，閉上眼睛仍不能將那些畫面趕走。

這些將士平日裡或認真操練、或嬉皮笑臉玩鬧的樣子，湧進方瑾枝的腦海，和這些屍體交替。

「籲——」

不要命往前狂奔的入茶猛地勒住馬韁，馬高高抬起前腿，幾乎豎立起來。方瑾枝緊緊抱著入茶的腰，才沒有落下馬。

前面也是荊軍。

入茶長長吸了口氣，抽出腰間軟劍。

「三少奶奶，等會兒奴婢帶著您衝過去，若是僥倖成功，奴婢會從馬上跳下來。您要及時鬆開奴婢，然後抓緊馬韁，一直往前狂奔。」

方瑾枝抬頭望著黑壓壓包圍而來的荊軍，知道生機渺茫，握住入茶的手腕，輕輕搖頭。

入茶怔住，焦急地說：「奴婢知道生機渺茫，但嘗試一番，總有機會。奴婢會拚死為您拖延時間——」

方瑾枝打斷她的話。「如果按照妳說的辦，或許我有千萬分之一的可能活下去；若我們被擒，卻也同樣有千萬分之一的可能活下去。」

「這有什麼區別嗎？」入茶迷惑不解。

「當然有。」方瑾枝嘴角揚起淺淺的笑。「前者，妳必死啊。」

入茶愣愣望著方瑾枝，一時說不出話來。

「走吧，試試咱們那千萬分之一的好運氣。」方瑾枝鬆開拽住入茶腰際衣服的手，撐著馬背，小心下了馬。

入茶猶豫一瞬，也翻身從馬背上躍下，將手中軟劍收回腰際，走在方瑾枝前面一步，護著她，朝手握弓箭、長槍的荊兵行去。

快接近荊兵時，方瑾枝小聲對入茶說：「等會兒若他們想直接殺掉咱們，妳定要在他們出手前，先殺了我，我可不想死在這幫荊國人手裡，但我膽小怕疼，不敢自盡，只能求妳幫忙了。」

入茶聽了，使勁咬唇，重重點頭。「好，若真到那一步，您在黃泉路上等一等，奴婢馬上就追過去護著您。」

方瑾枝被入茶的話弄得笑出來。「好哇，咱們一言為定。」

「夫人好膽魄，這種時候居然還能笑，要是尋常弱女子，恐怕早已嚇破了膽。」荊國將軍梁一灃打馬過來，冷笑著說：「可惜啊，徒有膽識，也不能長命。」

方瑾枝望著他，問道：「這位將軍是打算要我的命嗎？若是如此，你給句痛快話，我們主僕不浪費貴國兵器，自行解決就成。」

方瑾枝心裡緊張害怕，但臉上卻絲毫沒顯露出來。說話時，眸中、唇角甚至掛了一抹似有似無的笑意。

其實她是在賭。既然這些荊兵手握箭弩，明明可以在遠處射殺她們，卻一直沒有動手，偏要追上來，想必是打了生擒的主意，至於目的是什麼，要麼為了逼問，要麼為了要脅。

但不管他們的打算為何，只要活著，就有一線生機。

聽見方瑾枝的話，梁一灃愣住，不得不重新打量她，才緩緩開口。「夫人可想知道妳夫君眼下如何了？」

方瑾枝聞言，臉上浮著的笑意不由淡了兩分。

這個人既然知道她的身分，想必生擒她是為要脅陸無硯，隨即轉念一想，既然沒直接把她殺了，那陸無硯此時必定無恙。

方瑾枝暗暗鬆口氣，臉上笑意又濃了三分。「想必在捅將軍的老巢吧！」

梁一灃立刻變了臉色，馬上質問：「夫人還知道什麼？」

方瑾枝的表情沒有變化，心裡卻驚訝一瞬，難道她胡亂瞎猜，竟矇對了？略一思量，給了梁一灃更加莫測的笑容。

梁一灃瞇起眼，帶著幾分危脅地說：「夫人當明白，妳一介女流，還是敵軍大將的妻子，落入我軍手中，會是怎樣的下場。」

他偏過頭，掃向身後黑壓壓的荊兵，笑道：「夫人出身高貴，不想成為我軍幾十萬將士手中低賤的玩物吧？」

在他身後的荊國士兵接連吹起幾道口哨聲。

入茶厲了眸，向前跨出一步。

方瑾枝攔下入茶，對她輕輕搖頭。

方瑾枝回身，對上梁一灃審視的目光。「將軍費了這麼大心思抓住我，想必有其用處。我怕死，所以沒在逃跑路上自個兒抹了脖子，可再怕死的人也得有點骨氣，如果將軍將我逼急了，大不了一頭撞死。我活不成，還讓將軍白折騰這麼久，倒也值了。」又笑了下。「說不定，我耽誤的這會兒工夫，夫君又多殺了幾個荊國人呢。」

方瑾枝講得又輕又快，配著清甜軟糯的聲音，竟像是說著玩笑話一樣。

梁一灃大笑。「沒想到夫人竟是這樣的人，倒是梁某小看了。夫人有句話說得很對，再怕死的人也得有點骨氣，可本將軍還覺得，是人都有點脾氣。如今夫人既是階下囚，還是收斂的好，否則，就算本將軍下令，也管不住幾十萬兵卒。來人！請夫人上車！」

幾個荊國的小兵跑過來，想抓住方瑾枝，手還沒碰到人，已被入茶握著的軟劍砍斷。

「啊──」

「妳好大的膽子！」

其他士兵立刻拔劍，入茶斂眉，毫無畏懼，準備迎戰。

梁一灃抬手，阻止這些士兵的動作。

「我們有手有腳，不用你們幫忙。」方瑾枝扶著車壁上去，入茶護在她身後。

見確實擒住兩人了，梁一灃才下令，讓大軍前行。

另一邊，待車門關上以後，入茶才收了劍。

馬車往未知的方向駛去，荊國兵馬圍在周圍，逃跑無望。

「三少奶奶，接下來該怎麼辦？他們要把咱們帶到哪兒？荊國嗎？我們要不要逃跑？」

縱使沈著如入茶，這下也沒了主意，壓低聲音問方瑾枝。

方瑾枝抱膝，倚靠著車壁。剛剛在馬背上一路顛簸，她和梁一灃交涉時得保持鎮定，上車後，才覺得渾身發疼，骨頭好像散架了一樣。

她嘆口氣，輕聲說：「自然要想法子逃。不過，現在外面全是荊兵，以妳我之力，根本逃不掉。」

入茶蹙著眉，憂心起來。

方瑾枝也擔憂，不無畏懼，但更怕自己成為要脅陸無硯的籌碼。

她又嘆口氣，道：「不管怎麼說，逃跑需要力氣，現在我動都動不了，先睡一會兒，養養精神。妳好好守著，等我醒了，再換妳休息。」

入茶點頭應下。「奴婢定好好幫您守著。」

方瑾枝合起眼，很快就睡著了。

入茶沒想到，在這種情況下，方瑾枝還能睡著，這份冷靜讓自詡沈著的她自嘆弗如。

想著如今局勢，入茶打起精神，不敢有絲毫馬虎。

她望著睡去的方瑾枝，不由想起小時候，想起那些已經很多年沒想起的事……

入茶不是平民百姓家的孩子，出身富戶，祖上世代為官，卻在她很小時，慘遭厄運。

那日，大雨不歇，她躲在櫃子裡，親眼目睹全家老老小小被仇人殺害。那些人殺了她的家人仍不甘休，還要辱屍，侮辱過後，連全屍都沒留下。

她看著那群殘暴的人羞辱家中女眷屍體，又將男子屍體剖腹解肢，顫慄不休，幾次昏厥。她昏厥的時刻很短，醒過來時，那些人仍然在外面繼續施虐。

可是，即便被藏在櫃子裡，她還是被那些惡人發現了，站在大雨裡，渾身發抖，以為自己必死無疑。

這時，一隊路人忽然敲門，說是想進來避雨。當然不會有人開門，但那些過路人竟直接踹開院門闖入。

那些過路人也沒想到，院子裡會是這幅畫面。

緊接著是一番打鬥，入茶躲在角落瑟瑟發抖，直到結束，一雙白色靴子停在她身前。

入茶昂起頭，瞧見十一、二歲的陸無硯，眸光冰冷得不像那年紀的孩子。

入茶畏懼地向後縮，可是又忍不住抬眼去看。

有人撐著大傘，罩在陸無硯的頭頂，讓他免受雨水澆淋，好像有他在的地方，就可免去風雨。

陸無硯移回目光，微微側頭，對身後撐傘的入烹說：「把她帶回入樓。」

從那以後，入茶苦心學武，一心想著報仇，後來被挑中，調到垂鞘院服侍陸無硯。等到她再大些，便跑去尋仇，用十倍、百倍殘忍的手段，報復那些殺害她家人的兇手。當她將最後一個仇人弄死，頓時覺得沒了再活下去的意義。幾日後，揮劍自刎。陸無硯阻止了她。

那日，陸無硯一句話都沒說，只是輕易地用手中石子打落她手中的劍。入茶立在原地，怔怔望著陸無硯走遠的背影。

從那一天起，陸無硯便是她活下去的寄託。

她很早就知道入烹喜歡陸無硯，也曾問過自己，對陸無硯可有一絲一毫的心悅？她想了很久，直到與方瑾枝的相處時日越來越多，才得到答案。

喜歡一個人，當如方瑾枝這般，任性地胡鬧、刻骨地想念、強大地占有、純粹地依賴、無畏地信任，還有不顧一切地追隨。

但她對陸無硯完全不是這般，她是個不可能再對任何人動心的人。

想通自己並非喜歡陸無硯，只是把他當成活下去的寄託後，頓覺輕鬆了許多。

另一邊，陸無硯攻下倫普城時，隱隱覺得不對勁。倫普城是荊國重城，竟然如此簡單就被他攻陷，讓人不得不生疑。

「陸將軍！」一員遼兵朝他跑來，臉上、身上都是血。

看著滿身傷的士兵，一個可怕念頭忽然竄進陸無硯心裡。

等這遼兵將後方的事一五一十稟完，陸無硯緩緩閉上眼——

他不該把方瑾枝留在大帳裡，應該把她帶在身邊，寸步不離！

「擒走她的是誰？」陸無硯聲音冰冷，帶著濃濃的殺意。

「啟稟將軍，是梁一灃！」

「梁一灃。」陸無硯睜開眼，唸著這個名字。

接著，他留下精兵鎮守倫普城，另帶著二十萬兵馬去追梁一灃。

但陸無硯得到消息時，梁一灃已經離遠了，縱使快馬加鞭，也未能追上。

見前面就是密灤城，副將便攔下陸無硯。「將軍，咱們再追就深入荊國了！密灤城更是守衛森嚴，屯兵至少有四十萬！」

陸無硯勒住馬韁，立在山頭，俯視遠處堅固的密灤城。

「深入荊國？」陸無硯冷笑。「那就把荊國的城池盡數變成我大遼的地盤！」隨即調轉馬頭，立刻布兵，攻打密灤城。

他追來的這一路，已經攻下荊國無數城池，所帶兵馬已由當初的二十萬增至近三十萬。他本可收俘更多荊兵，但因心中焦急，所用策略多以狠辣為主，收納的兵馬才沒那麼多。

當陸無硯攻下密灤城時，大遼與荊國的戰役中，大遼已經占據了上風。

自此，大遼由陸申機堅守西方正門，陸無硯帶領兵馬攻城掠地，其餘將領防守各處，按兵不動，只待一聲令下，互相支持。

陸無硯的戰績不斷傳回大遼，口耳相傳，民心大安。

陸申機收到軍報，哈哈大笑，立在城樓高處望著荊國的方向，感慨自己這大遼第一大將的名聲恐怕要被兒子搶去，心裡又是悵然、又是自豪。

暮色四合，宮燈逐漸點起。

大殿裡燈火通明，楚映司細細閱過落雪般不斷送進宮的軍報，時而蹙眉，時而大悅。

陸鍾瑾端著一碗銀耳紅棗羹進來，小心翼翼放在楚映司的案頭，脆生生地說：「皇帝祖母，這是鍾瑾特意吩咐御膳房給您熬的。」

「謝謝鍾瑾。」楚映司沒抬頭，仍舊埋首案卷中。

陸鍾瑾想了想，小跑著進偏殿，回來時，小胳膊抱著棉衣，再把小杌子推到楚映司坐著的交椅後，踩在上面，小心翼翼地將棉衣披在她身上。

楚映司呆愣一下，側過身，把陸鍾瑾扶下來，抱到膝上。「來，鍾瑾陪祖母吃羹。」

「好！」

陸鍾瑾吃幾口就不吃了，從楚映司的膝上跳下來，趴在長桌上，轉過頭望著楚映司。

「皇帝祖母，鍾瑾不吵您，就安安靜靜地看軍事圖成嗎？」

楚映司笑他。「你才多大，又看不懂。」

陸鍾瑾皺眉，不甘心地說：「我三歲了，不小了！」

楚映司哈哈大笑。「好，你想待著就待著吧。睏了，讓入熏帶你回去。」

陸鍾瑾忙不迭地點頭。

楚映司便又忙碌起來，思量如今局勢。無論陸無硯還是陸申機，有時他們得到的消息並不準確，需要她整理四面八方送來的消息，再把重要軍情傳出去。

這時，陸鍾瑾忽然開口說話，楚映司想事情太認真，愣了一會兒，才反應過來他說的是什麼。

「皇帝祖母一個人在這裡好孤單，鍾瑾想陪著您……」

楚映司訝然地轉頭望去，陸鍾瑾趴在長桌上，小腦袋耷拉著，已經睡著了。

楚映司放下手中的案卷，悄聲走過去，把陸鍾瑾抱起來，小心翼翼放在圍屏前的臥榻上，幫他仔細蓋好被子。

她重新回到長案前處理政事，時不時抬頭看看臥榻上的陸鍾瑾。

即使如今大遼已占上風，傷亡仍是難免。

從前線送回來的傷兵越來越多，他們的家人望著自己的兒子、丈夫、父親受傷，不覺難受，反倒鬆了口氣。

回來就好啊。

因為，還有更多更多的人，永遠不會回來了。

第一百零二章

這幾年，因大量徵兵和養軍，大遼百姓的日子越來越艱苦，即使是皇城，也多了許多行乞的流民。

一進皇城，難民都朝方府湧去。

方瑾平站在粥棚前，幫著米寶兒、鹽寶兒與入樓女兒分粥。她按照方瑾枝走前吩咐的話，將囤積的糧食分批拿出來，救濟災民。

方瑾平抬起頭，望著陰沈沈的天色，對米寶兒說：「瞧這天色，恐怕要下雪了，妳跟衛嬷嬷商量，看看能不能在前街搭起高棚，給流民避風雪？」

米寶兒應聲，將手中的大湯匙交給其他入樓姊妹，跑去找衛嬷嬷。

方瑾平又忙一會兒，看著差不多，便與其他人說一聲，朝後街走去。

後街的人也不比等著發糧食的流民少，都是傷患，大多是從前線送回來的傷兵。

方瑾安蹲在地上，將一個傷兵扶起來，檢查他的傷勢。

略涼的風吹過，揚起她空蕩蕩的左邊袖子，然而，再也沒人會嫌棄、嘲笑她了。

如今，她是如心齋裡妙手仁心的小大夫，救死扶傷無數。

當初她將這裡取名為「如心齋」時，米寶兒和鹽寶兒哈哈大笑，覺得不像醫館的名號。

方瑾安只是淺淺地笑，還是堅持用這個名字。

方瑾平懂得方瑾安的心意。

如心為恕，她將劉明恕的名字嵌在裡面了。

方瑾枝被押送到荊國時，已經是三個月以後。

「夫人，一路奔波，想來必是累了。」梁一灃騎在馬上，立在車前。

方瑾枝望著梁一灃身後的府邸，問道：「這是哪兒？將軍打算把我關在這裡？」

梁一灃哈了聲。「囚在牢房才算是關，荊國怎會那樣無禮？」別的，就沒多說了。

方瑾枝狐疑地瞥他一眼，才和入茶一起下車。

這處別院不算大，有一個守門奴僕、兩個小丫鬟，以及幾個婆子；當然，還有重重包圍的守衛。

入茶仔細打量這些下人，在方瑾枝耳邊小聲稟報：「奴僕都是普通人，無武藝傍身。」

方瑾枝明白入茶的意思，她是在想著逃走。

方瑾枝當然也想逃，可是一路上有幾十萬兵馬圍著，她和入茶根本沒辦法脫身。

如今到了荊國，或許有轉機，但不能急於一時。

方瑾枝瞧著重重把守的侍衛，道：「不說那些奴僕，光這些守衛便夠麻煩了，而且我們剛被送過來，正是他們謹慎小心的時候。不急，先待上一日，探出守衛如何換班再說。」

入茶點點頭，轉身靠近拔步床，仔細檢查過，才替方瑾枝把床鋪好。

「這三個月都睡在馬車上，三少奶奶受苦了。您好好睡一會兒，奴婢幫您守著。」

方瑾枝看見久違的床榻，疲憊湧上，竟是睡了近一天，傍晚時才醒過來。

吃完飯，方瑾枝對入茶說：「這段日子，妳也不輕鬆，去歇一歇吧。今天我睡多了，一點也不睏，我守著就好。」

「奴婢不累……」

方瑾枝打斷她。「去吧。」

入茶想想，點點頭，卻沒去別的房間，而是抱過被子，直接睡在屋中圍屏外的長榻上，以防萬一。

方瑾枝繞過圍屏，走進屋中，將小軒窗推開些，望著西落的晚霞。一股刺骨的風吹進來，拂在她臉上，讓她打了個寒顫。

方瑾枝忽覺腹中一陣翻湧，彎著腰就是一陣痛苦的乾嘔。她摸索著走到桌旁，倒了一杯水喝下，腹中的難受才舒服些。

「三少奶奶，您怎麼了？哪裡不舒服？」入茶本就沒有睡沈，聽見動靜，立刻跑進來。

方瑾枝握著杯子的手有些發顫，勉強把杯子放下，撫上自己的小腹。

這個孩子來得太不是時候了……

瞧見方瑾枝的反應，入茶也白了臉，忙走到她身邊，壓低聲音問：「三少奶奶確定嗎？」

方瑾枝雙手撐在桌上，無力地坐下來，有些僵硬地點點頭。

當初她懷陸鍾瑾時，年紀小，毫無經驗，什麼都不懂。如今，她已經有了經驗，之前在路上，她的月事一直沒來，心裡還存著一絲僥倖，然而今日害喜，便是向她證明，她的的確確有了身孕。

方瑾枝算算日子，肚裡這胎應該已經有三個月，要是再耽擱，肚子一天一天大起來，就沒辦法瞞下去了。

入茶見狀，勸她去休息。

方瑾考慮到孩子，點頭答應，躺上床，卻又忍不住開始思索。

一個被擒住的敵軍將領的妻子，本來就危機四伏，如今她又懷了孩子……

這一夜，方瑾枝心事重重，根本沒辦法入睡。

第二天，方瑾枝起來時，臉色十分蒼白。

外面忽然響起急促的腳步聲，守衛在外面稟道：「夫人，梁將軍和封將軍要見您。」

方瑾枝忙收起臉上的異狀，用手搓搓臉，讓雙頰變得紅潤些，才和入茶一起出去。

「義兄？」方瑾枝不可思議地看著坐在太師椅裡的封陽鴻。

封陽鴻呷了口茶，乜方瑾枝一眼。「住得還習慣？」

方瑾枝壓下滿腔驚訝，重新打量封陽鴻。封陽鴻已褪去軍裝，一身華服，腰間還佩著長刀，哪裡是俘虜的樣子。

方瑾枝不由後退一步，眼前的封陽鴻哪裡還是她的義兄?分明是個陌生人!

梁一灃勾勾嘴角，笑道：「封將軍，你這義妹看來不願意認你啊。」

封陽鴻轉轉手中的茶杯，沒有說話。

梁一灃並不在意封陽鴻的態度，看向方瑾枝。「夫人想必還不知道吧？擒妳，正是封將軍的意思。」

梁一灃說著，又嘖了一聲。「夫人可知妳夫君殺了多少荊國人？如今竟然已經攻到九南郡。妳說，要是沒用妳義兄的計謀擒獲妳，本將軍拿什麼掐住陸無硯的七寸？」

一時之間，方瑾枝根本無法接受這個事實，梁一灃的話像一把刀，逼得她步步後退。她睜大了眼睛，望著封陽鴻，高聲質問：「你為什麼要這麼做?!這還是我的義兄，那個少年將軍，受大遼子民敬重的封將軍嗎?!」

封陽鴻緩慢轉動手中茶杯的動作停下來。

「嫂子和幾個孩子在家裡等你回去啊！嫂子相信你定能回到她身邊，幾個孩子也一直把你當成大英雄，你對得起他們嗎?!」

封陽鴻把茶杯重重放在桌上，杯裡的茶水濺出來。

他冷冷地看向方瑾枝，警告道：「如今妳是階下囚，還是別用這樣的口氣說話比較好。」又睥旁邊看戲的梁一灃一眼，臉上表情緩和些，繼續說：「妳這一路沒吃什麼苦，應當不知牢獄之刑是何滋味。身體髮膚受之父母，保命是理所應當之事。

「如今我投靠荊國，不過是棄暗投明之舉。既然妳喊我一聲義兄，那我勸妳一句，別做那等糊塗事，好好配合才是上策。」

方瑾枝聞言，紅著眼睛望向封陽鴻。

「你知不知道，為了救你，五萬將士無一生還！結果你竟然投敵叛國！你對得起那五萬亡靈嗎？你對得起那些跟著你出生入死的將士嗎？你對得起大遼子民對你的信任嗎？」

眼淚從方瑾枝的眼眶裡湧出來。自從被荊國人抓住後，這是她第一次落淚，好像這幾個月的堅強冷靜，都因封陽鴻的背叛而瓦解。

封陽鴻猛地起身，冷道：「今日要帶妳去宮裡參加國宴。時辰不早了，啟程吧！」言罷，轉身大步邁出去。

梁一灃顯然對這一幕十分滿意，理理衣袖站起來，對方瑾枝做了個「請」的手勢。

方瑾枝偏過臉，胡亂擦去臉上的淚痕，才往外走。

梁一灃安排方瑾枝暫住的別院，離荊國還有不短的路程。

方瑾枝和入茶被押送上車，朝荊國皇宮趕去。

入茶掀開窗邊的簾子，看見外面至少有三十多人圍著馬車。以入茶的身手，想收拾這些人並不難，難就難在封陽鴻和梁一灃在前面的馬車中，而且這裡是荊國，只要她帶著方瑾枝逃跑，各處街道瞬間便會湧出大量官兵，因此還不是出手的時候。

入茶放下車簾，湊到方瑾枝身邊，壓低了聲音勸。「三少奶奶，既然封陽鴻已經背叛我們，您又何必為他難過掉淚？」

方瑾枝緩緩搖頭，也壓低聲音說：「我不知道。我不確定他是不是真的投奔了荊國？」

入茶有些驚訝。「您的意思是，封陽鴻假意背叛？」

「誰知道呢？可能是他的計謀，也可能是他有把柄落在荊國人手中，因此被要脅，更有可能的，是他真的叛國了。」

「可是……」入茶有些疑惑。「既然您心裡懷疑封陽鴻不是真的背叛大遼，為何又如此難過，還說出那樣的話？」

方瑾枝輕嘆一聲，才解釋道：「假如義兄真的背叛大遼，我說的那些話，若能讓他心裡有一丁點難受，也值了；若他是假意或被脅迫，我剛剛那麼說，便是演給梁一灃看的。」

入茶點點頭，在一旁沈默下來。

兩個人沒再說話，默默想著接下來的事。今日把方瑾枝押進宮裡，參加荊國國宴，想必不會是什麼好事。

下車後，梁一灃和封陽鴻走在前面，方瑾枝和入茶跟在後面，身後還跟著一隊侍衛。

還未走到舉行國宴的地方，梁一灃和封陽鴻便停下來，對面前的年輕公子行禮。

「召世子。」

荊召抱著胳膊，上下打量方瑾枝。「她就是陸無硯的妻子？」

「回稟世子，正是。」

荊召打量方瑾枝時，方瑾枝也在打量他，發現這人眼中是毫不掩飾的仇恨。

荊召嘖了聲，走到她面前，笑道：「若非妳的性命還有用處，本世子定將妳身上的肉一塊塊割下來，煮熟了，再塞進妳嘴裡。哈哈哈哈……」

入茶見狀，上前一步擋在方瑾枝身前，警覺地看著荊召，想抽出腰間的軟劍。然而，入宴前，她身上的武器早被收走，哪裡還有軟劍可用？

荊召輕蔑地瞥入茶一眼，又對方瑾枝勾出仇恨笑意，轉身往前走。

待他走遠，梁一灃才對方瑾枝說：「這位召世子是五王爺的兒子。」

荊五王爺？方瑾枝見過，死在大遼了。

梁一灃如看好戲般，戲謔地打量方瑾枝。「咱們召世子的父親和兩位兄長死在陸申機刀下，而他的三個弟弟死在陸無硯手中。」

「哈哈……」梁一灃又給方瑾枝一個幸災樂禍的眼神，轉身搭著封陽鴻的肩膀往前走。

方瑾枝深吸一口氣，才提步跟上。

筵席中已經坐滿了人，荊帝位居上首寶座，身邊坐著宮嬪和皇子、公主，剩下的席位則是朝中的文武百官。

隨著方瑾枝走近，筵席中的談笑聲淡去，眾人看向方瑾枝。

方瑾枝感受到許多打量的目光，脊背挺得更直。她身後是大遼，不能露出一丁點怯意。

她一直覺得自己是個貪生怕死的人，但此情此景，面對敵國皇室和文武百官，心裡竟生出一股豪情，好像在這種時候，為自己的國家赴死，根本是義無反顧的事。

梁一灃和封陽鴻跪下行禮。「末將梁一灃、封陽鴻，參見陛下。」

「愛卿平身。」荊帝不過剛屆不惑，卻一身肥肉，滿面油光，呈現縱慾過度後的醜態。

立刻有武將從席間站起來，指著方瑾枝和入茶怒斥。「大膽！看見我朝皇帝，竟不下跪行禮！」

「我只跪大遼的皇帝。」方瑾枝沈聲道。

「放肆！」更多武將起身。

封陽鴻抬眸看方瑾枝一眼。

荊帝擺手，示意武將坐下，渾濁的目光移向方瑾枝，悠悠道：「夫人遠道而來，朕十分歡迎，可免這些虛禮。入席吧！」

宮女邁著小碎步趕過來，引方瑾枝走向安排好的座位。

方瑾枝剛剛坐下，便感受到身邊有道打量的目光，轉過頭去，立時愣住。

「伯伯怎麼也在這裡？」方瑾枝不由問出口，心裡已經涼了一半。

楚行仄沒說話，別開眼。

坐在不遠處的荊召嗤一聲，嘲諷地看向方瑾枝。「妳居然叫他伯伯？」

接著，他又朝楚行仄抬抬下巴，輕蔑地說：「廢物楚老頭，你怎麼跟陸無硯的女人扯上關係了？」

楚行仄暗暗咬牙，悶哼一聲，什麼都沒說。

楚？

方瑾枝的目光未離開楚行仄，心裡卻千迴百轉、五味雜陳。

一個猜測就在眼前，只是上面蒙了層幾乎透明的輕紗，只要將輕紗吹走，就會浮現真相。

但她不敢吹去這層輕紗，更不想接受那個呼之欲出的真相！

宮宴的桌子是繞成一個圈的，空出中間地方。開宴後，侍衛帶著一隊鎖著手鐐、腳銬的人，走到正中央。

荊帝大笑，對方瑾枝道：「請夫人觀看荊國的表演。」

方瑾枝很快就明白這群荊國人為什麼會把她帶過來了。

因為，那些戴著手鐐、腳銬的，都是大遼人。

第一百零三章

那些大遼俘虜行走時，腳步緩慢、身軀佝僂，身上全是傷，沒有一處完好。

他們被趕進籠中，裡面還有餓了幾天的凶狠狼狗。

大遼俘虜驚恐大喊，拚命掙扎，被斷指的手死死抓在鐵欄杆上，然而還是很快被那些飢餓的狼狗撕扯啃咬，死無全屍。

荊國人大聲吆喝著。「好！」

「吃了他！對，一塊肉都不剩！哈哈哈！」

「一口咬掉他的脖子！咬爛他！」

方瑾枝看著這些大遼將士受到如此對待，心裡一陣陣地難受。荊國人那些冰冷的話語落入她耳中，更是激起她的憤怒。

兩國交戰，必有死傷，為什麼還要這樣對待這些俘虜？他們是人啊！

方瑾枝雙手抓在身前的檀木長桌上，掐住印子來，死死咬唇，強壓下心裡的憤恨，逼迫自己絕不可以在這群惡魔面前掉一滴眼淚！

然而，荊國皇室的遊戲才剛剛開始。

當這批俘虜盡數被狼狗吃進肚子裡後，侍衛便將鐵籠子拖下去，又帶上另一隊俘虜。

這群俘虜全跪在地上，嘴巴被筷子撐開，荊國的武將們將手中的石子一顆一顆扔進他們嘴裡，比賽誰扔得準。

那些跪了一排的是人啊！

一顆顆石子砸過去，打在俘虜臉上，或扔中他們嘴裡，誰要是動了喉嚨，就會把石子吞進肚裡。

這些俘虜的目光十分呆滯，好像早已習慣了這種遊戲。

方瑾枝緩緩閉上眼，高估了自己的能力。這種場面，她根本沒辦法再看下去！就算是冷情無心如入茶，看著這樣的情景，也變了臉色。

荊召一直打量著方瑾枝，見她能堅持這麼久，頗為意外，掂掂手裡的幾顆小石子，對方瑾枝說：「夫人要不要也來玩？唔，很好玩的。」嘴角輕輕勾起，帶著戲謔十足的笑意。

聽見荊召的話，幾個正往俘虜嘴裡扔石子的武將停下手裡的遊戲，饒有趣味地望向方瑾枝，席間其他人也看過來。

荊國皇帝瞇起眼睛，笑著開口。「夫人也去玩吧！」

荊召走向方瑾枝，隔著桌子，抓住方瑾枝的手腕，將石子全塞進她的手掌裡，再慢慢將她攤開的五指收攏，冷冷一笑。

「夫人應該明白入境隨俗的道理吧？我父王前去貴國參加國宴時，不也按照大遼的規矩行事？」

說到最後，荊召眼中迸出濃得化不開的仇恨。

方瑾枝想抽回自己的手，然而荊召抓得很緊，根本掙不開。

荊召猛地一拉，把方瑾枝從椅子上拉起來，推到幾個跪地俘虜面前。

「來啊，試試妳的準頭。」

近瞧那些大遼俘虜時，方瑾枝胸腹之間忽然一陣翻滾，忍不住乾嘔起來。

「三少奶奶！」入茶揮開抓她的兩個侍衛，衝到方瑾枝身邊，急忙扶住她。「您感覺怎麼樣？」

方瑾枝輕輕搖頭，示意無事。其實，她是剛好害喜，不過荊國人大概以為她是受不了眼前這一幕，並未看出她有了身孕。

封陽鴻見狀，開口道：「若受不了，便求饒吧。吾皇仁心厚德，說不定會放過妳。」

這段時日，方瑾枝的消息完全閉塞，沒人告訴她如今荊國與大遼的戰局如何了。

但方瑾枝心裡很明白，這些人抓了她，只是嚇唬她，甚至連一點刑罰都沒對她用，便證明陸無硯已嚴重威脅荊國。荊國人不敢讓她死，不敢讓她出事。

所以，方瑾枝曉得，只要她裝出畏懼顫慄的模樣，哭著討好求饒，這些人只會取笑她，然後關押她，不會繼續逼迫。

可是她不願意。

從小，她善於演戲，眼淚更是她的武器。為了討好別人，為了活得更好，為了得到某種東西，為了保護妹妹……她演了太多戲，掉了太多真真假假的眼淚。

可如今她站在荊國皇宮裡，面對這些等著看她笑話的敵國人，一滴眼淚都不想落下，更不會屈辱地求饒！

方瑾枝把荊召硬塞進她手裡的石子擲到地上，抬首看向高座上的荊帝，冷道：「荊國國土已失大半，你們還有心思玩樂，難道不怕不久之後，也落得和這些俘虜一樣的結局？」

「好大的膽子，居然敢這麼跟朕說話！來人啊——」

荊帝頓了頓，思及目前局勢，竟不知怎麼下令。

楚行仄站起身，道：「陛下少安勿躁，您身為九五之尊，何必跟個不入流的小女子一般計較？還請以龍體為重。」

荊帝冷哼，頗為不善地瞪著楚行仄。「楚行仄，朕邀你來參加國宴已給足你面子，這裡好像沒有你說話的分吧？」

早幾年，楚行仄為掩人耳目，已自毀容貌，臉上有縱橫醜陋的疤，就算流露出或怒或笑的表情，也看不大清楚了。

「陛下說得是。」楚行仄坐下，目光飄移，似看非看。

方瑾枝卻難掩驚訝。

楚行仄不是早與荊國勾結，狼狽為奸了嗎，怎麼荊帝對他的態度會是這般？不僅是荊帝，連荊召對待楚行仄也十分無禮。

「報——」

舉著緊急軍報的侍衛衝進筵席，跪在荊帝面前，高聲道：「啟稟陛下，有來自泰隴城的緊急軍情！」

「快呈上來！」

這下，無論是皇室的人，還是文武百官，臉上表情都變得凝重起來。

方瑾枝知道泰隴城，此地離荊國皇城已經不遠，心裡不由生出一抹歡喜。難道陸無硯的兵馬已經打到那裡了？

「陛下！」太監匆匆忙忙趕來，擦擦額上的汗水，雙腿發抖，急道：「啟稟陛下，今兒天色剛黑下來時，突然有一群人闖進皇陵，掀開先祖和娘娘的棺木，再放火燒了整座皇陵，如今火還沒有撲滅啊！」

「什麼?!何人如此大膽！」荊帝猛地站起來，因為太憤怒，以至於起身時，眼前一陣暈眩。

太監抖肩，道：「啟稟陛下，這群人神出鬼沒，皇陵的守衛沒能捉住他們，只看見他們離開的背影……」

席間更是一片譁然。

這挖人祖墳可是比砍頭更嚴重的事，且挖的還是荊國皇室的皇陵，侮辱的可不只是一個家族，而是一個國家了！

有文臣喃喃道：「難道大遼的陸無硯已經殺進皇城了？」還打了寒顫。

「不可能！」梁一灃立刻站出來。「如今陸無硯還在泰隴城，怎麼可能衝進皇城！」

他說的話絲毫沒有安撫眾人的心，反而讓眾人更加慌亂。泰隴城距離荊國皇城，已然不遠啊！而且陸無硯只用了三個月，就從邊境蠻荒之地一路攻到泰隴城。

荊帝猛地拍桌，怒道：「好啊，先是陸申機，後是陸無硯！」

他大口喘息一聲，把手邊茶盞拂到地上，對前來報信的太監吼：「還杵在這裡做什麼?!快去打探情況，要是皇陵真的毀了，提頭來見！」

「陛下，不能再這樣下去了。」荊召起身道：「臣以為，眼下應立刻給陸無硯送消息，倘若他再前進一步，就準備為他的妻子收屍！」

「朕正有此意。」慌了神的荊帝這才冷靜下來，連忙點頭。

另一員武將站出來，對荊帝行了一禮，才說：「依末將的意思，這幾個月陸無硯行軍毫不顧忌，我們應該從他妻子身上取點東西，好震懾他！」

荊召拍手大笑。「這主意好！不過本世子覺得，珠釵首飾沒什麼威脅，不如砍下一隻手送去。」

封陽鴻聞言，摸摸腰間佩刀，開口道：「世子是不是忘了，陸無硯曾言，若他的妻子有半分閃失，大皇子必然死無葬身之地。」

荊召一滯，冷道：「今日封將軍處處維護她，是何用意?難不成你的心還在大遼？」

封陽鴻聽了，看向荊召的目光，恍若賤視螻蟻。「大皇子乃皇室血脈，召世子不顧大皇子生死，難不成是有別的心思？」

「你血口噴人！」荊召變了臉色。

荊帝暴喝：「都給朕住口！」

封陽鴻和荊召見狀，向他行了一禮，退到一旁。

荊帝指著方瑾枝，下令。「來人！把她送回去，嚴加看管，絕不許出一點閃失！」

剛剛聽見封陽鴻和荊召的對話，方瑾枝這才恍然大悟。原來荊國的大皇子已經落在陸無硯手中，怪不得荊國人對她如此客氣。

不過，她心裡未感輕鬆，仍舊憂心忡忡，思慮著以後的局勢。

方瑾枝和入茶被押上馬車許久，車子卻沒有駛動。

正當方瑾枝詫異間，楚行仄鑽進她們的馬車，坐到她對面的長凳上，隨即閉上眼睛。

方瑾枝蹙眉。「你為何上來？」

楚行仄沈默許久，才說：「聽人安排。」

方瑾枝還是一臉的不可置信。

不過，楚行仄沒打算再解釋了，恍若老僧入定。

趕車的侍衛在車外說：「你們住的別院相鄰，梁將軍吩咐，一起送回去。」

方瑾枝想想，她住的別院後面好像還有一座院子，比她住的還要更小些，難道楚行仄住在那裡？

方瑾枝滿心狐疑，抬起頭，謹慎地看楚行仄一眼，不由向旁邊的入茶靠去，離他遠些。入茶也提高警覺，時刻盯著楚行仄。

本就是不短的路程，這下子更顯得格外漫長。等到馬車終於停下來時，方瑾枝才悄悄鬆了口氣，宛如落荒而逃般地跳下車。

車門關上，繼續朝楚行仄的住處駛去。

方瑾枝見車子離去，腳步頓了下，才帶著入茶進院子。

一進屋，入茶就把門窗關好，急忙去點炭盆，想讓屋裡更暖和些。方瑾枝在這種情況下懷孕，今日又在荊國皇宮裡受刺激，可不能再讓她冷著、累著。

「您等會兒，馬上就會暖和起來了。」

「沒事，我沒有那麼冷，妳不要急，慢慢來就好。」方瑾枝抱膝窩在藤椅裡，踢掉鞋子，把臉貼在膝蓋上。

屋子裡剛剛暖和起來，荊召就帶著一隊侍衛破門而入。

方瑾枝警惕地盯著他，斥道：「世子爺深夜來這裡，是想做什麼？」

荊召隨意地拖來藤椅，在方瑾枝面前坐下，蹺起二郎腿，戲謔地看著方瑾枝。

「那些人只想利用妳箝制陸無硯，可是我不一樣……」說著，他的上半身慢慢前傾，逼近方瑾枝，譏笑著說：「我希望妳求生不得、求死不能！」眼中的仇恨刻骨銘心。

方瑾枝猛地從藤椅裡站起來，向後退去。

入茶急忙趕過來，冷眼看著荊召，將方瑾枝護在身後。

荊召嗤笑一聲。「來人，把那個侍女抓起來！」

他身後的帶刀侍衛立刻朝著入茶衝過去，縱使入茶身手再好，可身上武器全被收走，也無可奈何。

那些侍衛圍住入茶，森寒的刀架在她的脖子上。

「聽說陸無硯十分疼愛妳，恨不得把妳捧在手心裡。呵，妳說，若他知道我睡了他的女人，會是什麼表情？」

荊召說著，一邊向方瑾枝走去、一邊脫衣服。

方瑾枝抓起身邊高腳桌上的瓷瓶，朝荊召摔去。「你最好想清楚這麼做的代價！」

「呵，能讓陸無硯痛苦，死也值了。」

荊召輕易避開方瑾枝扔來的瓷瓶，抓住她，將她壓在身後的黃梨木案上。

「放開我！」方瑾枝奮力掙扎，抓起案上的香爐、果盤，一樣樣朝荊召頭上砸去。

香爐在荊召額上磕出傷口，他嘶了聲，咒罵一句，警告她。「給本世子老實點！」

方瑾枝嚇壞了，她知道，無論如何也不能讓這個瘋子得手！不管抓到什麼東西，都往他身上砸，又拔下髮簪，朝他眼睛上扎。

可手中東西一件一件被荊召搶走，方瑾枝奮力掙扎，抓他、打他、踢他，心越來越沈，彷彿置身無盡的絕望裡。

「三少奶奶！」入茶眼中充滿仇恨，想衝出去保護方瑾枝，卻無能為力。只要一動，架在她脖子上的刀便能立刻取她性命，此刻她恨不得有通天本事，可以救走方瑾枝。

砰——

「啊——」

瓷器摔裂的聲音忽然響起，伴隨荊召的悶哼，將方瑾枝的思緒拉回來。

下一瞬，荊召鬆開箝制方瑾枝的手，倒在地上，捂著湧出鮮血的後腦。

楚行仄立在方瑾枝身前，瞪著蜷縮在地的荊召，氣得渾身發抖。

「竟連老子的女兒也敢動！」

第一百零四章

楚行仄砸破荊召的後腦，好像還不解氣，又在他身上狠狠踹了兩腳。

「小瘋子，老子忍你很久了！」

「世子爺！」荊召帶來的侍衛湧上去，拉走楚行仄，把自家主子扶起來。

沒人制著入茶了，她急忙衝到方瑾枝身邊。「三少奶奶，您怎麼樣？」

方瑾枝大口粗喘，剛剛的掙扎已經耗費她全部的力氣，整個人倚靠在入茶身上。

她抬起頭，看著楚行仄，心裡說不清是什麼滋味。

荊召齜牙咧嘴，將捂著後腦的手挪到眼前，掌心沾了一大片血跡，不禁指著楚行仄，怒道：「楚老頭，你嫌命長了是不是！」

楚行仄甩開抓住他的兩個侍衛，冷笑一聲。「荊召，陛下剛下了旨意，不許她出一丁點閃失，你這是抗旨不遵。本王的命長不長我不知道，但你這混小子別想活了！」

荊召吸口氣，惡狠狠地瞪著楚行仄。「你以為本世子沒聽見？剛剛你說她是你的女人！怪不得國宴上你們就是一副舊相識的樣子。沒想到，你這老東西色心不小！」

楚行仄聞言，瞪大了眼睛，震驚地看著荊召，如此表情盤踞在他疤痕縱橫的臉上，倒顯得意外滑稽可笑。

方瑾枝也懵了，古怪地看荊召。這人是被打得耳朵都不靈光了？

剛才楚行仄把荊召砸開時，氣得渾身顫慄，說那句話時也咬牙切齒，結果落到荊召耳中，竟然把「女兒」聽成了「女人」。

「發生什麼事了？」

封陽鴻衝進來，掃過屋中的一片狼藉，心中大驚，看方瑾枝一眼，立刻收回目光，皺眉問荊召。「世子這是為何？」

「你算什麼東西，敢管本世子的事情？」

封陽鴻冷冷睥他一眼，不再接話，只喚人進來。「來人，把召世子請出去！奉陛下旨意，嚴加看管這處別院，不許任何人再踏進來半步！」

「你！」荊召本就因楚行仄攪局氣得不輕，後腦還在一陣陣發疼，如今封陽鴻又來趕人，簡直要瘋了！

「封陽鴻，本世子就不走，你這投敵叛國的小人能奈我何！」

「召世子，是荊帝從牢中把本將軍請出來的，你不要再多言比較好。如果這話傳進陛下耳中，陛下可不會再念在五王爺的情分上縱容你。」

封陽鴻說完，猛地揮手。「來人，把荊召拖出去！」

「你這小人得志的混帳東西！」

荊召奮力掙扎，還是被拖走了。

被荊召帶來的侍衛束手無策，只能追出去，誰也不敢插手。他們雖然是侍衛，可封陽鴻手下的人卻是久經沙場的精兵。

看著荊召狼狽地被拖走，楚行仄的嘴角不由露出一抹略愉悅的笑意，但在封陽鴻看來的剎那，及時收起。

封陽鴻對楚行仄做了個請的手勢。「您也請速速離開吧。」

楚行仄理好被幾個侍衛拉皺的衣襟，背著手，大步往外走去。自他進屋到離開，都沒有看方瑾枝一眼。

封陽鴻轉頭瞧方瑾枝，本來有話想勸她，可是想了想，又把話嚥回去。

「走！」封陽鴻招手，把跟來的人盡數帶走。

他出屋後，方瑾枝聽見他吩咐手下士兵，嚴加把守別院，不許再讓荊召進來為非作歹，略略放心。

入茶關門，門緊了，又推桌子抵上，直到那群人走遠才鬆了口氣。

入茶攙著方瑾枝走到拔步床，扶她坐下。

方瑾枝皺眉，腹中一陣難受，捂著胸口，又乾嘔起來。

入茶急忙端水過來，餵方瑾枝喝下。

「奴婢應該去廚房給您做點膳粥調理的，只是如今實在不方便，奴婢也不敢把您單獨留在這兒……」

說到這裡，入茶頓了下，想到剛剛的事，她根本沒能保護好方瑾枝，不由自責。

入茶本就不是會遮掩思緒的人，以前是萬事不過心才一副淡然模樣，如今她心裡愧疚，便盡數露在臉上。

方瑾枝將瓷杯放在床頭小几上，拉著入茶坐下。

「不要這樣，這不能怪妳，一路有妳陪著，我已經十分慶幸。」

方瑾枝抬手將耳邊散落的長髮掖到耳後，垂眸輕嘆。

「以後不知道還會發生什麼樣的事，但妳答應我，如果有一天我遭遇不測，得顧著自己。我知道，以妳的身手，想逃是有機會的。」

「三少奶奶，您說的是什麼話？奴婢怎麼可能丟下您苟且偷生？」入茶急忙說。

方瑾枝按住入茶的手，搖頭微笑。「沒讓妳丟下我呀。妳要是敢丟下我，我一定縫個小人兒，寫上妳的生辰八字，天天咒妳變得越來越醜，越來越笨！」

入茶被方瑾枝的話逗笑，略收起臉上的愁容。

但方瑾枝的笑容卻淺了些，輕輕撫摸尚平坦的小腹，眉眼間是為母的溫柔，還有緩緩流淌的擔憂。

「若沒有這個孩子，我心裡倒是更無懼些，如今有了他，難免受到箝制。眼下無硯還在很遠的地方，無法立時趕來這裡，時日一久，肚子自然藏不住。今天在國宴上，妳也見到了那群荊國人的惡毒，我實在不放心……」

方瑾枝望向入茶，言詞切切地說：「入茶，倘若我僥倖生下孩子，卻遭到毒手，妳一定要想辦法幫我把孩子送回去給無硯……」

「您別說了！」入茶搖搖頭。「不要想得太悲觀，您和小主子都不會有事的。您想想，今兒荊國皇陵不是被掘了嗎？誰能幹出這種事？必是三少爺做的。現在小主子才三個月，距離他出生還好久好久，三少爺定能在那日之前趕來的。」

方瑾枝聞言，心裡明白，荊國皇陵的事，就算是陸無硯派人做的，他也必然還沒闖進皇城。如今荊國和大遼已是不死不休的局面，兩個國家皆非小國，想徹底併吞另一國，哪是一朝一夕能成？這場仗，打個十年、八年都有可能。

方瑾枝曉得入茶是為了寬慰她才這麼說，臉上便露出幾分笑容來。

「好了，不說這些。召世子應該不會再過來，天色不早，咱們先歇著吧。」

入茶應下，先扶方瑾枝躺好，再收拾滿地碎瓷，才抱著被子，在圍屏外的長榻上歇息。

夜色漸濃，方瑾枝躺在架子床裡，望著搭在床頂的天青色床幔，卻無法入睡。

她並不是悲觀的人，剛剛對入茶說的那些恍若交代後事的話，不過是做最壞的打算。她不能只等著陸無硯搭救，也得自己想想法子。

她想到了封陽鴻。

將今日封陽鴻的種種表現細細回憶一遍，方瑾枝仍不能判斷出封陽鴻到底站在哪一邊，但有件事可以確定——封陽鴻衝進來時，眼中一閃而過的擔憂，沒逃過她的眼睛。

方瑾枝琢磨著，不管封陽鴻叛國是真還是假，明天都該去向他留下的那些士兵套套話。

盤算好這些，方瑾枝還是睡不著。

她慢慢拉起被子，想轉移自己的思緒，但眼前總是不覺浮現那張疤痕遍布的臉龐。

自從知道身世後，方瑾枝一直努力不去想親生父母，把自己當成方家女兒。

她真的想不通，楚行仄為什麼要救她？

這人最是心思歹毒、手段狠辣，更是為皇權不擇手段的亂臣賊子，怎麼可能會有善念？若說他對自家人好，也講不通。方瑾枝不知楚行仄對待其他子女如何，可當年他不是命人拋棄她嗎？當年既然狠心拋棄她，如今又為何出手相救？

因為陸無硯的緣故，因為陸無硯口中的前世，方瑾枝早就下定決心，與拋棄她的父母割斷聯繫，不再和他們有牽連。

就算沒有陸無硯，方瑾枝也不願認那兩人為父母。人生來總有很多的不幸和不得已，但她不偉大，並不想大度地體諒人，只要求自己不虧欠他人恩情，各自安好。

一整夜，方瑾枝都在胡思亂想，想起當年在莊子見到楚行仄病弱的模樣；想起千佛寺裡，靜憶師太沿著千層石階，蹣跚而下的渺小身影；想起朝她伸出一雙小短胳膊要抱抱的陸鍾瑾；想起腹中還未出世的孩子；想起陸無硯離開那天的背影……

長夜漫漫，無法入眠。

第二天，方瑾枝和入茶走出屋子，院外有層層守衛看管，不許她們離開別院，卻不干涉方瑾枝在院子裡的走動。

方瑾枝讓入茶去向封陽鴻留下的侍衛套話，可那些侍衛全板著臉，一句話都不說，什麼都沒打探出來。

「這該如何是好？」入茶在方瑾枝耳邊小聲詢問。

方瑾枝想想，環顧四周，道：「我們去假山上的涼亭吧。」假山甚高，方瑾枝進了涼亭，更能看清整座別院的布置，還能瞧見圍牆外的地方。入茶一下就明白了方瑾枝的意思，認真記下要緊的位置。

方瑾枝踮腳，伸長脖子，望著另一座別院。楚行仄應該住在那裡。

這時，有個婆子抱著一籃衣服經過。

方瑾枝見狀，對入茶使個眼色，入茶立刻走下涼亭，把婆子請上來。

「夫人有什麼吩咐？」婆子顯然有些不耐煩，語氣十分敷衍，甚至帶著輕蔑。

方瑾枝並不在意，淺淺笑著，褪下手腕上的玉鐲，讓入茶賞給她。

果然天底下的下人都喜歡打賞，婆子捧著玉鐲，眼睛一亮。

方瑾枝緩緩道：「知道嬤嬤洗衣服辛苦，我也不耽誤妳，只是有件事不大理解，想要請教嬤嬤。」

「哦，那夫人問吧。」婆子和氣了些，不過仍舊帶著不耐煩。

方瑾枝頓一下，問道：「在大遼時聽說衛王和荊國皇室交好，但我瞧著，他住的那處院落實在簡陋，好像和傳聞中的不大一樣。」

婆子聞言，趾高氣揚地哼了聲。「那是因為，早些年他在大遼還有很多勢力支持，如今，支持他的人死的死、逃的逃，剩下的全歸順大遼新帝。咱們陛下能收留他、賞口飯吃，就不錯了。」

方瑾枝聽完，過了許久，才喔了一聲。

也是，所有聯盟都建立在利益之上。前些年荊國將衛王奉為座上賓，不過是因為大遼有很多人支持衛王，若有朝一日衛王登基，荊國會得到事先約定好的利益。

如今衛王大勢已去，荊國怎可能如早年那樣對他？說不定很快就會要了他的性命。

想通這一點，方瑾枝心裡變得有些空落落，說不清這種感覺是什麼，只覺不是滋味。

「哎，夫人可還有事？如果沒事，我要走了啊！」

洗衣婆子故意抖抖籃裡的髒衣服，臭味襲向方瑾枝。這些髒衣服都是府裡侍衛的，可不怎麼乾淨。

方瑾枝偏過臉，掩著嘴，輕咳了兩聲。

婆子輕蔑地瞥方瑾枝一眼，轉身離去，還小聲嘟囔：「嘖，什麼東西，簡直浪費我洗衣服的工夫……」

入茶聽見了，涼涼的眸中，閃過一抹異色……

當夜，這個婆子便「不小心」摔進蓮花池裡淹死了。

方瑾枝有些好笑地望著入茶。「妳做的？」

白日入茶眼中的異色，並沒有逃過她的觀察。

「順手而已。」入茶一邊掃地，一邊道。不過是個婆子，居然欺負到方瑾枝頭上。

方瑾枝轉過身，雙手搭在椅背上，看著她掃地。

「咱們這也是虎落平陽被犬欺啊。不過入茶，我現在越來越佩服妳了。」入茶的動作一頓。「三少奶奶，您可別拿入茶打趣。入茶就是個奴婢，奴婢會的事，入樓裡的姊妹們都會。」

方瑾枝忽然來了興致，問道：「欸，回去以後，我去入樓訓練個三、五年，也會有妳們那樣的武藝嗎？」

入茶抬眼看方瑾枝，見她雙睫低垂，投下兩道略彎的月影，梨渦輕現，掛著淺淺的笑。雙手隨意搭在椅背上，小腳輕輕晃著，在杏色褶裥裙下若隱若現，慵懶得恍若身在家中。

入茶有點不明白，如今這樣的處境，方瑾枝怎還能這麼自在？大抵這份自在是會傳染的，讓她沈悶的心情也生出幾許輕鬆，笑著說：「習武要從小開始，三少奶奶現在才學，恐怕遲了些。而且，您不喜歡舞刀弄槍，當初三少爺親自教過您射箭，也沒成呀。」

「對哦，好像是……」方瑾枝縮了肩。幾年前，她羨慕入樓女兒身手了得，拉著陸無硯教她武藝，可惜她天生不是那塊料，學沒幾下就放棄了。

「唉，書到用時方恨少，古人誠不欺我。如果從小苦心學武，練就一身本事，大殺四方，抬手倒一片，踢腿又倒一片！或者身擁絕世毒功，輕輕一吹，便把荊國人毒倒，那還有什麼人能抓住咱們？」

入茶聽了，噗哧笑出來。「三少奶奶，您說的這些，是在小雜書裡看的江湖故事吧？」

瞧見方瑾枝癟嘴，她又道：「昨兒您還說，沒有人是萬能的，奴婢負責聽令打打殺殺，您只要出主意就成。」

「可我現在沒什麼主意啊……」方瑾枝攤手，扮了個鬼臉。

入茶不由又擔心起來，可是瞧見方瑾枝的滑稽模樣，忍不住又笑了。

接下來的日子，荊召竟真的沒再來過；不僅是他，其他人也沒來別院找方瑾枝。

下人按三餐送吃食，雖然菜色極差，但對於吃了一年乾糧的方瑾枝來說，倒覺得不錯。

日子一天天過去，方瑾枝的肚子也一天天大起來，別院裡的丫鬟終於發現她懷孕，向宮中稟報。

荊帝得到消息，立刻派太醫去別院，看看丫鬟所言是否屬實？

方瑾枝提心吊膽，讓太醫診脈。太醫確定了她的喜脈，開出安胎方子。

「這藥可以用嗎？」入茶看著送進來的安胎藥，有些不放心。

方瑾枝道：「沒事。如今我懷了身孕，對於荊帝來說，會認為手裡又多了個籌碼，不會害死這個孩子。」

方瑾枝喝完安胎藥，有些愁煩地走進院子裡，登上涼亭，望著遠處的天際發呆。涼涼的風拂在她臉上，卻絲毫沒吹走她心裡的躁意。

若她所料不錯，荊帝很快就會用她的性命來要脅陸無硯。

方瑾枝不由望向別院後方，越過圍牆，目光落在後面那座別院的偏院角落。那是個小花園，不過裡面沒什麼花，連雜草都是枯萎的。

這不是方瑾枝第一次注意那裡，然而這回卻看見楚行仄的身影。雖然離得很遠，但她一眼就認出來了。

楚行仄行色匆匆，穿過小花園，不經意抬頭，看見遠處涼亭裡的方瑾枝，竟微微愣住。

方瑾枝也怔了，隨即偏過頭，扶著入茶的手，逃也似的下了假山。

方瑾枝剛回屋沒多久，梁一灃就帶著一隊侍衛闖入。

「夫人，我們該啟程了。」

「去哪裡？」方瑾枝立刻警惕起來。

「當然是去見妳的好夫君。」梁一灃不懷好意地笑了笑。

方瑾枝和入茶被塞進一輛馬車，朝未知的方向行去。

方瑾枝輕輕撫摸著已經七個月的肚子，心事重重。

之前，她被押到荊國時，就行了三個月，又被扣留在荊國裡近四個月，已有半年多沒見到陸無硯。

想起馬上就要見到陸無硯，方瑾枝心裡自然歡喜。可她也明白，荊國人抓她，自是為了要脅陸無硯，她不願成為他的把柄，擔憂不已。

入茶在一旁勸：「您寬寬心，或許不是那樣的。說不定三少爺已和荊國談好條件，現在只是要把您送回去而已。」

方瑾枝蹙眉，掀開車簾，望著窗外逐漸退去的景色，放下簾子，壓低了聲音道：「我瞧這路眼熟，似乎是當初的來路。等到夜裡，咱們想辦法逃吧！」

入茶猶豫。「您不等見著三少爺時再說？如果三少爺已經和荊國談好條件……」

方瑾枝搖搖頭。「談好條件才是糟糕，無硯必定妥協了。我不希望他因為我而向荊國低頭！

「不過，咱們不能貿然行動。我瞧著外面天色陰沈沈的，許是要下大雪。我記得咱們來時，曾在一處破廟裡避過雨，如果幸運的話，這些人應該還會去那座破廟避雪，咱們便乘機逃走。」

入茶聞言，明白了方瑾枝的用意，點頭應下。

之前方瑾枝被押送到荊國時，隨行的可是二十萬兵馬，而後被關在別院裡，又有重重守衛把守。

但眼下的情況就不同了。梁一灃分明是帶著方瑾枝去個很近的地方，押送她的人，不過四、五十個。

傍晚時，果然開始飄雪，起先還是小雪粒，隨著時間過去，竟越下越大，不到小半個時辰，就變成了鵝毛大雪。

本來就是寒冷的天氣，如今又飄雪，不僅侍衛們不願前行，連馬兒都開始偷懶。

又趕了一會兒路，梁一灃便下令在破廟裡暫歇一晚。

士兵三五成群圍坐在一起，烤火禦寒。

方瑾枝和入茶選個角落坐下，儘量離他們遠些。

梁一灃剛吃完一隻雞腿，瞇起眼睛看向方瑾枝，見她發呆，便走到她面前蹲下來。

「本將軍十分好奇，夫人現在在想什麼？害怕？還是高興馬上就能見到妳的好夫君？」

方瑾枝轉過頭，也瞇著眼睛笑了。「我在想，不知肚裡這胎是兒子還是女兒？取什麼名字好？最好是無論兒子或女兒都能叫的名字。將軍可有什麼好主意？算了，像你這樣的莽夫也取不出好名字來。」

梁一灃本是滿臉幸災樂禍，聽了方瑾枝的話，表情一僵，哼了聲，轉身走回火堆前，繼續吃他的雞腿。

入夜後，梁一灃吩咐士兵輪流把守，自己躲在佛像前，抱著胸，舒舒服服地睡大覺了。

第一百零五章

夜裡，呼嚕聲逐漸響起，一群漢子聚在一塊兒，鼾聲恍若打雷一樣。

方瑾枝和入茶靠在角落裡，合著眼睛裝睡，等到後半夜，才慢慢睜開眼睛。

方瑾枝看向守在門口的兩個兵士，對入茶使個眼色。

入茶了然，立刻悄無聲息地起身，避開躺了一地的男人，走過去。

「這樣的鬼天氣還要守夜，真倒楣！」一個小兵說。

另一個小兵忙道：「你小聲點，別把將軍吵醒了，不然又是一頓軍法伺候，大冷的天，可不好受。你要是睏了，就去瞇一會兒，我守著就行。」

他等了半天，沒等到同伴的回應，詫異地回頭，猛地看見一雙冰若寒潭的眸子，還沒來得及發出任何聲音，入茶手中的刀片已經割斷了他的喉嚨，另一隻手摀住他的口鼻，讓他一點聲音都發不出來。

接著，入茶握著刀片的手越發用力，完全沒入他的脖子，鮮血汩汩噴湧而出，直到他的目光逐漸渙散，徹底死了，才慢慢鬆手，將屍體放倒。

入茶回身，對方瑾枝點點頭。

早已悄悄站起來的方瑾枝心中一喜，提著裙角，小心翼翼地往前走。她不似入茶有武藝傍身，行動間可以掩藏氣息，只能努力屏氣，小心再小心。

這時，一個侍衛打著呼嚕翻身，手正好搭在方瑾枝的腳背上。

方瑾枝的心瞬間懸起，在原地站了一會兒，見侍衛仍舊鼾聲大作，完全沒醒，這才蹲下身，輕輕把他的手挪開。

侍衛的鼾聲停了下，緊接著在睡夢中嘟囔一句，朝另一個方向翻身，又開始打呼。

方瑾枝懸著的心這才放下來。

主僕倆終於走到破廟門口，同時鬆了口氣。

入茶拉著方瑾枝，繼續悄聲往前走，還不敢肆無忌憚地跑。

這時，梁一灃突然從睡夢中醒轉，看見方瑾枝和入茶的背影，跳起來大喝：「站住！」又喊士兵。「都是死人嗎？全給本將軍起來！快去追！抓住她們！」

在梁一灃出聲的瞬間，入茶便拉著方瑾枝，飛快地朝前跑去。

方瑾枝抓住入茶的手，又扶自己的肚子，咬咬牙，在心裡對孩子說：撐住，咱們一起逃出去！

但主僕倆踩著厚厚積雪的聲響和她的心跳聲，還有身後追兵的喊殺聲交織在一起，讓方瑾枝越來越緊張。

追兵的腳步聲越來越近。

方瑾枝望著身前的入茶，心裡忽然生出一個念頭——讓入茶自己逃命吧？若是沒有她拖累，入茶一定可以平安逃走！

方瑾枝還沒來得及開口，入茶就拉著方瑾枝鑽進一條僻靜小巷，迅速脫下自己與方瑾枝的斗篷，催促方瑾枝交換穿上。

「三少奶奶，咱們分開跑！」

入茶這是打算假冒方瑾枝，引開那些追兵。

「不行！」方瑾枝拒絕。

「您聽奴婢說，他們不一定能追上奴婢，就算落在他們手裡，奴婢也有脫身的法子。這是眼下最好的選擇了！」入茶說完，朝另一個方向跑去。

「入茶……」方瑾枝咬唇，紅了眼眶。

是，憑藉入茶的身手，未必會被他們抓住，就算落入那些人手中，或許也能安全逃走，但更有可能直接被殺死啊！她只是個奴婢，荊國人不會留她性命的！

看著那些人追著入茶而去，方瑾枝告訴自己，要相信入茶的身手，遂咬咬牙，悄聲朝另一個方向跑。

方瑾枝在黑暗夜中跑到雪地裡。這裡是敵人的國家，她身邊沒人，心中恐懼，可是眼下只能把這份恐懼壓下去，儘量尋找一線生機。

馬蹄聲越來越近，不是從後面追上，而是迎面趕過來的。

難不成還有別處的追兵？

方瑾枝大急，飛快朝另一條小徑跑去。這條小徑通往小山村，或許更能隱匿行蹤。

然而，就在這時，她的腹中開始使勁地疼，讓她心裡真的慌了。

「夫人！」

顧希騎馬，一路狂奔，終於追上方瑾枝。因為趕得太急，追上她時還大口喘著氣。

「顧希！」方瑾枝差點哭出來。

顧希身後那隊人馬很快趕來，為首的人從馬背上跳下，指著方瑾枝的鼻子就罵——

「妳是不是傻啊？瞎跑什麼？真是蠢死了，從小蠢到大！」

這下，方瑾枝真的哭了出來。

「二哥！」方瑾枝衝上去，抱住林今歌，埋首在他胸前，眼淚怎麼都止不住。

林今歌滿肚子責備的話一頓，整個人都僵了。

當初封陽鴻並非真的被擒，不過是亂敵的奸計而已，而林今歌為救封陽鴻戰死的消息，自然也是假的，只是讓敵人放鬆警戒，調兵至他處攻之的計謀罷了。

林今歌又罵幾句，隨即推開方瑾枝，怒道：「妳抱我幹麼？這事傳回去，陸無硯會剝了我的皮！妳想害我是不是？」

「你還活著，我高興……」方瑾枝又哭又笑，像個小傻子。

林今歌放緩聲音。「好了好了，別哭了。走。」

方瑾枝哭著，重重點頭。

林今歌又看她一眼，嘟囔一句。「都是當娘的人了，有什麼好哭的？也不嫌丟人……」

牽起方瑾枝，領著她往落在後面的馬車走去。

他扶著方瑾枝上車，道：「等會兒那些人就會追上，妳待在馬車裡，聽見打鬥聲也不要出來，別給我添亂！」

「我曉得！」

在林今歌關上車門的剎那，方瑾枝忍不住說：「二哥，你小心一點！」

林今歌的動作一頓。「少囉嗦，煩！」

車門被林今歌使勁關上，方瑾枝心裡卻變得踏實起來。

可不知是不是她多想了，總覺得趕車的人回頭看她一眼，給她略熟悉的感覺。夜色很黑，車夫頭上又戴著斗笠，她瞧不見他的臉。

沒多久，荊國的兵馬追上來。方瑾枝不禁為入茶擔憂，好想讓林今歌去找入茶，可是她知道這個要求太過分，現在林今歌也自身難保，只能在心裡祈禱，入茶沒被荊國人抓到。

方瑾枝靠在車窗邊，掀開擋在小窗戶前的竹簾，朝外望去。

林今歌帶的人馬不到二十人，但荊兵卻越來越多，不斷有人倒下，情形十分不妙……

等到黎明降臨時，林今歌帶著的人已經越來越少了。

打鬥的聲音就在近處，不知是哪一方的人撞到馬車上，鮮血染紅車壁，從半開的窗戶濺進來，濺了方瑾枝一手。

馬車忽然停下來。

「嘖，居然想逃跑，也太不把我荊國放在眼裡了！」

是荊召的聲音！

方瑾枝微微將車門推開，看見荊召身後是千餘人的兵馬，而林今歌這邊的人手已經所剩無幾。

車夫回過頭，喝道：「進去！」

他的聲音讓方瑾枝覺得十分熟悉，但因為太緊張的緣故，方瑾枝一時間完全想不起來。斗笠下的臉龐一晃而過，車夫很快轉過頭，方瑾枝只隱約看見他臉上有道豎著的刀疤。

方瑾枝隨即收起心神，沒再多想，而是擔心起眼前的情形。

怎麼辦？他們的人馬這麼少，根本不是荊召的對手！

方瑾枝望著前方馬背上的林今歌，心裡開始猶豫，她是不是應該主動出去？唯有這樣，才不會連累林今歌。

「二哥！」方瑾枝忍不住出聲去喊林今歌。

林今歌連頭都沒回。「別煩我！」

方瑾枝一怔，瞬間冷靜了下來。如今的情況，就算她主動站出去，荊召也絕不會放過林今歌、顧希這些人。

林今歌著實有些煩躁，回頭看方瑾枝一眼，嘟囔道：「真是倒了八輩子楣，居然得和妳一塊兒死。黃泉路上，妳別再纏著我，討債鬼……」

說著，他對車夫使個眼色，才慢慢抽出腰間的刀，朝荊召嗤道：「少廢話，看小爺的刀！」一打馬而上，向他衝過去。

顧希帶著其他人湧上，盡是不要命的架勢。

在林今歌衝上前的瞬間，車夫猛地抓住方瑾枝的胳膊，把她帶上馬，護在懷裡，朝林今歌殺出的路逃出去。

方瑾枝回頭望，林今歌的身影逐漸掩在密密麻麻的荊兵中。那麼多的荊兵，可是他毫無懼意，臉上甚至帶著縱歡的恣意大笑。

「二哥……」方瑾枝眼裡的淚一滴一滴落下。

「只要他能堅持半個時辰，援兵就到了。」車夫的聲音猛地竄進方瑾枝耳中。

方瑾枝怔了怔，才仰起頭看他。

天亮了，她能看清他的臉。他的左臉上有道豎著的刀疤，從眼角一直向下，直到嘴角。

方瑾枝閉眼，淚珠滾落。

「十一表哥……」

陸無磯緊緊抿唇，沈默地握緊馬韁，朝著前方馳去。

穿過樹林時，陸無磯按住方瑾枝的頭，彎下腰，把她護在身下，避過橫著伸出的枯枝，以免劃傷她。

穿過這片樹林，陸無磯直起身，風帶來方瑾枝低低的話語。「對不起……」

她欠他一個道歉，欠了很多年。

陸無磯握著馬韁的手僵住，回頭看看身後越來越近的追兵，終於開口。「翻過前面那座雪山，妳就能見到陸無硯了。

「該說對不起的人是我。」陸無磯自嘲地笑。「當年真幼稚。」

話落，他將馬轡硬塞進方瑾枝手裡，翻身下馬。

「抓緊了！」他在馬背上狠狠一拍。

馬兒吃痛，帶著方瑾枝朝前方狂奔而去。

「陸無磯！」風帶來方瑾枝充滿哭腔的呼喚。

陸無磯扯動嘴角，露出一抹釋然的笑。

方瑾枝不會騎馬，伏在馬背上，死死抓著馬轡，任由樹枝劃過她的衣袖，在她的胳膊上留下一道深深的傷口。

「一定可以沒事的，所有人都會沒事的……」方瑾枝緊緊咬唇，直到嘴裡一片腥甜。

馬兒逐漸慢下來，方瑾枝茫然抬頭，眼前是延綿不斷的雪山。

積雪太厚，馬兒帶著方瑾枝又走一段，十分疲憊，不肯再走了。

方瑾枝從馬背上下來，積雪很厚，有的地方沒過腳踝，有的地方甚至沒過了膝蓋。

方瑾枝牽著馬，朝山頂走去，記得陸無磯的話，只要翻過前面那座雪山，就能見到陸無硯了。

「無硯……」

無論是腹中疼痛，還是胳膊上的傷口，抑或全身上下的疲憊，都顯得沒那麼重要了。方瑾枝咬唇，深一腳、淺一腳地奮力往前走。

她走啊走，走到下午時，還沒登上山頂，反而聽到了馬蹄聲，以為是林今歌和陸無磯追上來，欣喜地回過頭，表情卻當場僵住。

是梁一澧。

不僅梁一澧，還有幾個荊國的將軍，以及楚行仄。他們身後有幾十個士兵，想來是雪路難行，還有很多人馬不及追來。

方瑾枝洩氣，頓時感到絕望……

第一百零六章

梁一灃身上有傷，顯然是經歷過一番激戰，臉色十分難看。

「夫人好大膽，竟敢聯繫救兵逃跑！掘皇陵的事，是不是也是妳指使林今歌做的?!」

方瑾枝懶得跟他解釋。

梁一灃跳下馬背，衝到方瑾枝面前，一巴掌打在她臉上。

方瑾枝躲避不及，跌倒在雪地裡，立即護住肚子，想保護腹中的孩子。

梁一灃真的氣瘋了，押送方瑾枝的路上鬧出這樣的事，荊帝已經降了他的職！

「妳想護住孩子？老子就讓妳為逃跑付出代價！」梁一灃紅了眼，抬腳朝方瑾枝的肚子踹去。

方瑾枝蜷縮起來，用力護住自己的肚子。

但梁一灃忽然停下來，憤怒地轉身瞪著楚行仄。「姓楚的，你想幹什麼！」

楚行仄深吸一口氣，一手抓著梁一灃的肩膀，另外一隻手垂在身側握成拳，然後鬆開，再握緊，再鬆開……

他猛地抬手，用盡全力，打了梁一灃一巴掌。

梁一灃呆住。

「夠了！老子忍你們這群荊國狗很久了！」

「楚行仄，你不想活了嗎?!」

梁一灃朝楚行仄揮拳，楚行仄被打翻在地，乾脆拉下梁一灃，兩人你一拳、我一腳，在雪地裡滾打。

「楚行仄，你瘋了?忘了要借助荊國之力奪位嗎？」梁一灃一拳砸在楚行仄的胸口上。

楚行仄翻身，把梁一灃壓在身下，罵了句娘，拳頭往梁一灃的臉上招呼。

「老子先打死你們這群荊國狗，再憑真本事造反！」

楚姓一族自小習武，楚行仄年輕時也是武藝高強，像梁一灃這種角色，幾拳就能收拾，只是年紀大了，又滿身傷，才會像個無賴一樣和他扭打在一起。

方瑾枝坐起來，顧不上臉頰火辣辣的疼，望著倒在雪地裡的楚行仄，覺得擔心。

方瑾枝原本以為，跟上來的士兵都是梁一灃的人，沒想到有一半是楚行仄的人。在他們打架時，兩方屬下也很快廝殺起來。

這時，兩人滾到方瑾枝腳邊，梁一灃掐著楚行仄的脖子，怒吼道：「老子殺了你這個大遼狗！」

楚行仄想掀翻他，卻沒能成功，被梁一灃掐得快喘不過氣來。

一道身影閃過，梁一灃尖聲大叫，立刻鬆開了掐著楚行仄脖子的手。

方瑾枝爬過去，握緊手中的髮簪，一下又一下地扎進他的後背。

楚行仄看方瑾枝一眼，罵道：「連殺人都不會，野孩子真蠢！」一灃的髮簪，朝梁一灃的咽喉猛地刺去。

鮮血噴出，濺了楚行仄一臉。
但楚行仄連擦都來不及，抓起方瑾枝，朝雪山頂一瘸一拐地跑去。
方瑾枝看看他腿腳的傷口，默默跟上。

萬里皚雪，一片蒼茫，吹到臉上的風也伴著雪粒。
不知道走了多久，方瑾枝再也聽不見後面的廝殺聲，好像整個白色的天地間，只有她和楚行仄。
兩人快走到雪山頂了，前方有棵枯死的樹，孤零零地立著。
「妳這野孩子走路慢吞吞的，老子不管妳了，自己走吧！」
楚行仄甩開方瑾枝的手，朝枯樹一瘸一拐地走去，倚著樹幹坐下，抱起胳膊合眼，打了個哈欠。
他走不動了。
方瑾枝瞥他一眼，繼續朝前方深一腳、淺一腳地走，越走越快，走了很久，突然停下。
她轉身望向遠處那棵孤零零的枯樹，楚行仄的身形顯得那麼小，身上已經覆了一層薄薄的白雪。
方瑾枝抬手，使勁擦去臉上的淚，折返回去。
楚行仄費力撩開沈重的眼皮，看著站在他身前氣喘吁吁的方瑾枝。
「老東西，你救我一次，那我也救你一次，從此兩不相欠！」

方瑾枝拉起楚行仄，把他的胳膊搭在自己瘦弱的肩膀上，扶著他走。

楚行仄瞪大了眼。「沒教養的野孩子！妳叫誰老東西？」

方瑾枝哼道：「我才不是野孩子！」

楚行仄比她更大聲地哼。「爹娘都不要的私生女，就是野孩子！」

方瑾枝氣了，把他扔到雪地上。「那還不都是因為你這個毫無良知的老東西！叫你一聲老東西，算客氣了！」

楚行仄不起來，躺在雪地上咆哮。「那時老子在逃命，身後全是黑壓壓的追兵，還滿門抄斬！妳哥、妳姊、妳嫡母全死了，妳剛出生，老子怎麼養？我又擠不出奶水餵！誰都想要老子的人頭換銀票、換官爵，能把妳交給誰？」

「全是藉口！如果是其他女兒，你才不會丟下不管！」方瑾枝也朝他吼回去。

楚行仄不吭聲了，看方瑾枝一眼，氣勢弱下去。若是楚月兮，他會丟著不管嗎？他權勢滔天時，不知有多少人給他塞女人，他向來不允許那些女人留下子嗣，偏偏沈文嫻是個意外，如果小產恐怕要死，但他又得留下她的性命。

「對，就是藉口，老子就不想要妳這個野孩子！」楚行仄大剌剌地躺在雪地上。「滾滾滾！給老子滾！」

方瑾枝站在旁邊看著楚行仄的無賴之舉，心裡恨得不行，狠狠踢楚行仄一腳。

「老東西，你給我起來！」

「別再這麼稱呼老子！妳這沒教養的野孩子！」

方瑾枝吸口氣，道：「楚行仄，你別給我得寸進尺！」

楚行仄氣壞了。「居然直呼其名，真是個野孩子！」

兩雙相似的大眼睛互相瞪了一會兒，楚行仄從地上爬起來，把手搭在方瑾枝肩上，低聲嘟囔：「野孩子！」

方瑾枝扶著他，朝前方走去，憤憤道：「老東西！」

大遼宮中，楚映司看著手中的軍情，立在原地僵了許久。

「陛下，如今正值危急存亡之秋，您可得拿個主意啊！」

「陛下，燕國發動諸小國進攻，但大遼兵馬有半數不在國中，這可如何是好？」

「荊國和燕國這是早有預謀，若不出兵支援，陸公子帶領的軍隊，恐怕無人能回！」

「可是，如果派兵去救陸公子，大遼正門不保啊！陸將軍已經艱難死守了兩個月！」

陸將軍是陸申機，陸無硯雖然帶兵出征，卻無軍職。大臣們為了分辨兩人，稱陸申機為陸將軍，陸無硯則是陸公子。

楚映司擺手，讓慌了陣腳的臣子安靜下來，再慢慢轉身，不想讓他們看見她臉上快要繃不住的表情。

陸無硯遇到埋伏，如果派兵營救，大遼正門恐要不保。依陸申機寸土不讓的性子，會死在駐守的地方。

燕國已連續攻打邊境兩個月，若支援陸申機，陸無硯生機渺茫。

這是讓楚映司在丈夫和兒子之間做選擇。

又有臣子稟道：「陛下，遼、荊的戰事可以日後再議，若陸將軍失守，大遼正門一開，燕軍長驅直入，後果不堪設想。依臣之見，應全力支持陸將軍……」

大殿內一片死寂，眾臣等著楚映司的定奪，知道這個選擇對楚映司來說有多艱難。

楚映司深吸一口氣，緩緩轉過身，臉上已沒了痛苦、脆弱，只剩帝者的威嚴。

「准奏。」

「陛下萬歲、萬歲、萬萬歲！」

楚映司抬頭，目光越過黑壓壓跪成一片的臣子，望著立在大殿門口的陸鍾瑾。

陸鍾瑾安安靜靜地站著，正用一雙黑亮的眸子凝視她。

「鍾瑾，到祖母這裡來。」

陸鍾瑾穿過伏地的臣子，走到前面，依禮跪地。「鍾瑾參見皇帝祖母。」

楚映司招招手，把他招到身前，朗聲道：「即刻起，封陸鍾瑾為太子。」說完，將陸鍾瑾抱上龍椅。

眾臣大驚，卻知此乃必須之舉，高呼：「參見太子殿下！」

陸鍾瑾愣愣地坐在龍椅上，聽見楚映司讓文武百官平身，然後退朝，才讓太監跟宮女送他回去。

下朝後，楚映司進了寢宮，脫下身上的龍袍，穿上多年未上身的戎裝。

大遼動盪不安，海上小島卻依然平靜如昔。

這日，陸佳蒲發動了，楚懷川親自為她接生。

陸佳蒲剛剛分娩，臉色十分蒼白，吃力地下床，需要扶著桌椅、牆壁才能走動。

「母妃！」楚雅和急忙小跑著過來。「父皇交代了，您不能下床的！」

陸佳蒲揉揉楚雅和的頭。「雅和聽話，扶著母妃到前面去。」

楚雅和猶豫一會兒，點點頭，扶她去了。

前天，秦錦峰來到海島，楚懷川和陸佳蒲才知道，外面已經發生天翻地覆的變化。

堂屋裡，秦錦峰看著愁眉不展的楚懷川，道：「國中兵力有限，傾盡全力支撐已是不易，陸無硯那邊，恐怕是……」

楚懷川抬起頭，悠悠道：「倒也不是沒有辦法。」

秦錦峰有些驚訝，忙問：「什麼辦法？」

「只要燕國撤兵，自然就有餘力支援陸無硯。」

「這種時候，燕國怎麼可能撤兵？」秦錦峰還是不解。

楚懷川抿起一抹似有似無的笑，玩世不恭地說：「引開不就成了。」

「你是說，引開燕國的兵馬？」

楚懷川還未說話，目光一掃，就看見陸佳蒲站在門口，立刻皺著眉迎上去，輕斥：「妳怎麼下床了？還顧不顧身體了？」

陸佳蒲呆呆望著楚懷川。「陛下，您想做什麼？」

楚懷川蹙眉看向陸佳蒲，覺得自己好像被她看透。

陸佳蒲從完全猜不透楚懷川的心思，到如今自他的一個眼神、一抹笑容裡，就能看出他的決定，這大概就是夫妻情吧。

陸佳蒲望著楚懷川，眼淚瞬間湧上來，與淚水相伴的，還有濃到徹骨的痛楚。

「您答應過，永遠不會丟下妾身的……」

「佳蒲……」楚懷川心疼地撫著她的臉頰，用指腹抹去她的淚，目光帶著此生全部的眷戀。「這是朕欠無硯的啊……」

第一百零七章

雪虐風饕，朔風凜凜，侵肌裂骨。

方瑾枝快走不動了，咬咬牙，又將楚行仄快滑下去的手臂往上提了提。

楚行仄撩開沈重眼皮看她，嘖了聲。「野孩子的力氣可真小。」

「老東西，你能不能安靜一會兒！」方瑾枝生氣地甩開他的手。

楚行仄受傷的腿沒了支撐，直接跌倒在地。

他也不起來，大剌剌地坐在地上，仰頭看著氣喘吁吁的方瑾枝，皺眉道：「野孩子，妳能不能不這麼稱呼本王？」頓了下，說：「像以前那樣，叫伯伯就成，或者喊王爺也行。」

方瑾枝白他一眼。「王爺？瞧瞧你現在這個樣子，哪裡像王爺？」

楚行仄臉上的表情一僵，重重哼了一聲。「等本王東山再起！」

「你居然還想造反？」方瑾枝睜大眼睛，不可思議地望著他。

「造反又如何？幾百年後，又是一場改朝換代，哪個開國帝王的尊榮不是從造反得來！這天下，能者得之！」

方瑾枝斜睥著他。「你有這能力？」

「妳……」

楚行仄語塞，氣得眼珠要從眼眶裡迸出，半張著嘴，大口喘氣，呼出一團一團的白霧。

方瑾枝見狀，擔心他直接吐血氣死，略微放緩了語氣，道：「沒那能力，就不能安生活著？安安分分當作威作福、榮華富貴、錦衣玉食、妻妾成群、子孫滿堂的王爺不好嗎？自己不惜命，還連累別人！」

許是想起被殺的父母、妻兒，楚行仄的喘息稍止，氣焰漸消，頓時染上一身老態。

方瑾枝又看他一眼，小聲嘟囔：「還連累我哥哥……」

想起方宗恪，她又開始發火，氣呼呼地說：「出了雪山，你是死是活我管不著，想再找死都隨你；但我哥哥如今四海為家，逍遙快活，你可不許再拖他下水！」

「妳哥哥？」楚行仄皺眉。

方瑾枝蹲在楚行仄面前，十分認真地說：「算我求你了，看在我哥哥為你賣命十五年的分上，放過他，別再拉著他為你犧牲。」

楚行仄瞇起眼，打量方瑾枝的神情，緩緩問：「宗恪真的四海為家、逍遙快活？」

「可不是！上回哥哥寫信給我，說他去了陳國，見識萬里河山的壯美，才明白以前打打殺殺的愚蠢。」方瑾枝說著，加重了語氣。「聽見沒有，打打殺殺是不對的！」

楚行仄有些複雜地看了方瑾枝好一會兒，才哈的笑了。「妳哥哥那麼沒用，本王才懶得拉他回來！等出了雪山，本王憑著真本事，自己去造反！」

「懶得跟你說了。」方瑾枝搓搓手，放在嘴邊呵口氣，站起來踢踢楚行仄的膝蓋。「老東西起來！趕路！」

聽著方瑾枝一口一個老東西，楚行仄心裡窩了一團火，想再訓她幾句，可一抬頭，看著她小小的身子站在雪地裡，縮著肩，不停搓手呵氣，還挺著大肚子，就把頂到嘴邊的話嚥了回去。

他撐著地站起來，解下身上髒兮兮的外袍，扔到方瑾枝身上，嘴裡抱怨道：「什麼鬼天子，老子要熱死了！」

方瑾枝扯下袍子，頓了頓，扔給他。「誰稀罕穿你的破衣服，也不看看上面有多髒！」

楚行仄氣瘋，不由分說地把外袍套在方瑾枝身上。「太重了，老子不穿！妳不替老子穿，老子就不走！」

方瑾枝想去扯衣服，楚行仄按住她的手。

兩雙神似的大眼睛互瞪了一會兒，楚行仄才慢慢鬆開手，把手臂搭在方瑾枝肩上。

「趕緊走！」

方瑾枝不再多說，扶著他往山下走去。

茫茫雪途，只有他們留下的一串腳印。

冬季的白天總是很短，很早便天黑了。

腳下逐漸由斜坡變成平路，方瑾枝這才後知後覺地反應過來，他們終於走出了雪山。

她抬起頭，望著遠處小村裡的燈火，心裡激動。

「我們終於下山了……」方瑾枝吸吸鼻子，她還記得陸無磯的話，只要翻過這座雪山，就能看見陸無硯，陸無硯肯定在前方的小村落裡。

「那邊有巡邏的士兵。」楚行仄壓低了聲音。
方瑾枝收起情緒，扶楚行仄躲在不遠處的枯樹後面。到了平地，樹木便多起來，可如今是冬日，樹木都是枯的，幸好天黑了，才能藏住他們的身影。
看著巡邏的士兵走過，方瑾枝臉上的笑僵住。是荊軍。
因為知道雪山的另一邊有陸無硯等著，所以方瑾枝才能堅持這麼久，可如今等到的不是陸無硯，而是大批荊兵，心裡湧出的所有熱情像被當頭澆了盆涼水。
方瑾枝扶著身前的樹幹，才勉強讓自己站住。
楚行仄看她一眼，也皺了眉。過了這麼久，他的傷腿稍微恢復知覺，伸手去捏，想讓它快點好起來，至少能自己走路。
方瑾枝的肚子又開始疼，捂著肚子，彎下腰。在這樣寒冷的天氣裡，額頭竟泌出了一層細密汗珠。
「不管怎麼說，先進村子，妳的身子受不住了！」楚行仄道。
後背突然響起一道陌生的聲音——
「哎呀，這是要生了？」
楚行仄警戒回頭，見是個砍柴回來的農夫，應當是小村莊裡的住戶。
楚行仄立刻瞇起眼，裝出溫和的笑容。「這位小兄弟，你可是前面村子裡的人？」
「是啊，剛砍完柴回來。」農夫好奇地打量方瑾枝。

楚行仄道：「請問你們村子裡可有產婆？是否能讓外人借住一晚？你也瞧見我女兒的樣子，人命關天啊。」

「嘿，真巧，我家婆娘就是產婆！你女兒還沒到產期吧？哎喲喂，這可危險了。快快快，跟我走！」

此時，方瑾枝腹中的疼痛稍微緩和了些，抬頭望著農夫，虛弱地問：「請問這位大哥，村子裡為何有這麼多士兵？」

「現在不是和大遼打仗嗎，大遼帶兵的陸公子為救他的妻子闖入皇宮，被亂箭射殺啦！怕剩下的遼兵作亂，才派人四處巡邏——」

方瑾枝沒聽完他的話，眼前一黑，立刻癱坐在地，鮮血自身下蔓延而出，滲進雪裡。

農夫大驚。「天啊，這是要小產，可不能坐在雪地上！」

然而方瑾枝渾然不覺冰冷，連腹中一陣又一陣的疼痛都沒那麼折磨人了，目光呆滯地望著前方，腦中一片空白。

「妳起來！」楚行仄去拉方瑾枝。

方瑾枝毫無反應。

楚行仄甩開她的手，四處看看，從農夫揹著的木柴裡抽出兩根夾在傷腿上，又撕下衣服，死死勒緊。

「你家在哪兒？」楚行仄忍著痛，直接抱起方瑾枝，朝前面的小村子趕去。

「跟我來！」農夫被嚇著了，跑著帶路。

血染紅方瑾枝的裙子，沾上楚行仄的胳膊，那濕熱讓他覺得有點灼人，抱著方瑾枝的手在發抖。

他低下頭，看見方瑾枝緩緩閉上了眼睛。

楚行仄大驚。「瑾枝，妳醒醒！老子就剩妳一個親人，不能死！妳趕緊醒來，老子再也不罵妳是野孩子了！」

楚行仄的話，方瑾枝都聽見了，但她真的太累，連睜開眼睛的力氣都沒了。

前面的小村子叫做雪隱村，一共只有二、三十戶人家，地處偏僻，村民靠著打獵、耕田自給自足，只在每月的初一、十五離開，去很遠的集市採買。因值冬季，便連初一、十五也不出去了。

守在村子裡巡邏的士兵看見楚行仄和方瑾枝，急忙派人回去稟報。

方瑾枝和楚行仄遇見的農夫叫張勇，他的婆娘是村裡唯一的產婆，瞧見方瑾枝的模樣，就道一聲「壞了」，趕緊讓楚行仄把人抱進房裡。

方瑾枝懷孕七個多月，這看起來要早產啊！而且顛了一路，還受涼，更危險的是，她已經昏過去，沒了知覺。

「求求妳，一定要救救她……」楚行仄反覆地說。

「我儘量！你先出去！」張勇的婆娘把楚行仄趕出去，讓大女兒幫著燒水、遞東西，忙碌起來。

她握著方瑾枝的手，在她耳邊道：「夫人，勇敢點！妳可得醒過來啊，不為自己，也得為肚裡的孩子想想！」

「她的眼皮動了！」張家大女兒忙道。

眼皮是動了，卻完全沒甦醒的跡象。

張勇的婆娘嘆口氣，交代女兒。「妳在她耳邊一直說話，按我平常教妳的那樣說！」

可是她心裡明白，方瑾枝的情況實在不妙。遇上小產、大出血，都可能救活，但她能感覺到，方瑾枝好像不想活了，放棄生機。能保住孩子，就算幸運了……

房外，楚行仄急得走來走去。

張勇將身上揹著的乾柴放下，交代小兒子去端些溫湯、粗粥來。

「這位大哥，你別急，先喝點熱粥。你瞧瞧你的腿，腫得老高，坐下來歇歇吧。」

楚行仄低頭瞧，這才覺得整條左腿疼得很，扶著桌子在長凳上坐下，看看小男孩端過來的熱粥，卻是完全吃不下。

他望著偏屋緊閉的門，皺眉道：「怎麼一點聲音都沒有？」

其實，張勇的婆娘和她女兒一直在絮絮說著話，只是方瑾枝未曾清醒，毫無反應。

砰——

楚行仄正焦急，大門忽然被踹開，一隊官兵直接衝進院子裡。

楚行仄暗道不好，轉過頭，卻在看見為首之人時愣住。

「幾位官爺，你們這是做什麼？」張勇急忙迎上去，小兒子嚇得躲到角落。
陸無硯推開他，闖進屋子。
楚行仄愕然起身。「陸無硯，你不是死了嗎？」
陸無硯看楚行仄一眼，大步經過他身邊，直接衝進偏屋裡。

「哎喲，這裡正生產呢！官爺進來做什麼？」
張勇的婆娘看見男人闖進來，大吃一驚，連忙站起來，擋在床前。
「瑾枝……」
瞧見方瑾枝時，陸無硯腦子裡轟的一聲，整個人僵在那裡。
她瘦了，瘦了一大圈。
陸無硯無法想像方瑾枝這一路吃了多少苦，是他來遲了……
「我是她夫君，求求妳救她。」
陸無硯走到床邊坐下，將方瑾枝冰涼的手捧在掌心裡，俯下身，吻她緊緊合著的眼睛。
方瑾枝的額頭、眼睛，和雙手一樣，都是冰涼的。
屋裡的血腥味越來越濃，張勇的大女兒不停地打溫水進來，再把髒水拿出去倒。
張勇的婆娘看陸無硯一眼，本想開口，但還是把話嚥回去，繼續忙碌起來。

黎明前，最是黑暗。

在天幕黑成墨色時，偏房裡終於響起一道微弱哭聲。

張勇的婆娘長長舒了口氣，還以為這個孩子救不活了。

她用大女兒遞來的棉布，把虛弱的嬰兒包好，捧到陸無硯面前，欣喜地說：「恭喜這位軍爺，是位千金！」

陸無硯木訥地轉頭，望著襁褓裡的女嬰。因為早產的緣故，孩子看起來很小很小，頭臉還沾著血痕。

這時，方瑾枝的手從陸無硯掌中慢慢滑落。

「瑾枝！」

方瑾枝安安靜靜地躺在床上，臉色蒼白如紙，再也聽不見他的呼喊。

陸無硯將方瑾枝冰涼的身子摟在懷裡，哭了。

「瑾枝，別走……我求妳了，不要讓我再經歷一次失去妳的痛……」

他的淚落下來，滴在方瑾枝的嘴角。

「鍾瑾還在家裡等著我們回去……妳別扔下我們……我沒辦法再承受一次……」

這時，入醫和入毒忽然闖進來，拉開陸無硯。

「三少爺，先讓奴婢們看看三少奶奶的情況！」

她們倆跟著楚映司出征荊國，得到方瑾枝出事的消息，楚映司便讓她們快馬趕來救人。

陸無硯跪在地上，淚水滾落。

「如果注定要失去妳，那這重生的一世有多可笑？不要這麼殘忍，我已經歷一次妳的死，不要再這樣對我，不要再扔下我……」

入醫和入毒起身，對視一眼，面露不忍，稟道：「三少爺，三少奶奶已沒了氣息……」

陸無硯慢慢彎下腰，以額觸地，熱淚滴在冰涼的地面上。

絕望，大抵便是如此。

第一百零八章

大遼宮中，楚映司一身戎裝，準備親征。

「皇帝祖母，您要去哪兒？」陸鍾瑾小跑著追上她，身後跟了一大群官員。

楚映司蹲下來，抱抱陸鍾瑾，低聲說：「鍾瑾，如果祖母沒有回來，答應祖母，做個好皇帝，保護好這個國家，聽見了嗎？」

陸鍾瑾歪著頭想一會兒，才道：「好，鍾瑾聽祖母的話。」

楚映司釋然地笑了，揉揉陸鍾瑾的頭，隨即翻身上馬，帶著兩萬兵馬出城。

她是大遼的帝王，所以不能不顧國之安危，派兵支持陸無硯。

但她是陸無硯的母親，千里相救，萬死不辭。

楚映司趕到荊國時，望著入醫來信的消息，震驚不已。

「瑾枝死了？」

入酒在她身邊艱難地點頭。「今天早上去的。聽說三少爺不大好……」

不用親眼瞧，楚映司也能想像陸無硯現在的模樣。

楚映司沈默片刻，道：「走！立刻出發去雪隱村！」

雪隱村雖是荊國國土，但地處雪山另一側幾乎是不毛之地，荊國不會派兵把守。

之前方瑾枝見到的荊軍，其實是陸無硯手下的遼兵。因不想無故殺害村民，又要避免打草驚蛇，陸無硯才令兵士換上荊軍的衣服。

陸無硯依計，只帶一千兵馬喬裝成荊兵，駐紮在雪隱村裡，而剩餘的三十七萬兵馬，則安頓在後方的永臨谷。

如今因燕國加入戰局，與荊軍聯手包圍遼兵，駐紮在永臨谷的兵馬便時刻等著陸無硯的消息，準備伺機進攻。

然而，自從昨天夜裡開始，他們再也接不到消息了。

楚映司原本打算與陸無硯裡應外合，殺出重圍，但思及方瑾枝死後，陸無硯恐不能冷靜下來，斟酌再三，遂帶著兵馬，直奔荊軍防衛最薄弱的地方。

當她衝破荊兵的包圍時，身邊的兩萬兵馬，只剩下七、八千人。

她闖進遼兵的大營，那些副將看見她，好像看見了希望。

楚映司安撫軍心後，片刻不耽擱，前往雪隱村。

當她看見陸無硯時，心裡像是被刀子剜去一塊肉，再撒一把鹽，又疼又酸。

她這兒子最是高傲不可一世，如今跪在那裡，整個人像失了魂一樣。

陸無硯渾身髒兮兮，塵土、血跡，還有斑駁淚痕，再也不是那個一塵不染的天之驕子。

「無硯……」楚映司蹲在他身邊，心疼地把兒子摟進懷裡。

陸無硯抬起如死水的眸光看她一眼，又轉過頭，望向木板床上的方瑾枝。

楚映司也看過去，嘆口氣。「無硯，別這樣……讓瑾枝安心地走吧。」

入醫抱著孩子進來，她有點發燒，總是不安地亂動。

楚映司接過女嬰，心疼地紅了眼睛，抱到陸無硯面前，哽咽著說：「無硯，你不能這樣，看看你們的女兒，瑾枝也會希望你照顧好孩子。」

陸無硯喉結動了動，嗓音沙啞。「這是對我的懲罰……當年我就應該陪她一起死，便不用再經歷一遍……」

「無硯，你在說什麼？」

「上蒼才不會那麼慈悲，誰都不能得到救贖……」陸無硯繼續說著大家聽不懂的話。

楚映司終於心疼得忍不住落淚。

「陛下！」入酒從外面急匆匆進來。「荊國和燕國開始進攻了，足足有八十萬兵馬，我軍死傷無數……」

楚映司憤怒地站起身。「大不了魚死網破！傳朕旨意，誓死迎戰！」

陸申機立在城牆高處，望著荊國的方向，握緊垂在身側的拳頭。

他得到楚映司去救陸無硯的消息，母子倆卻被荊、燕兩國的兵馬團團圍住。

下了死戰軍令，楚映司是打算用被困的不到四十萬兵馬浴血奮戰，就算不能得勝，也要殺得荊、燕大傷元氣。

陸申機緩緩握住腰間的刀柄。他真的很想不管不顧，帶著兵馬殺過去。

隨後，他目光落在遠處燕國駐紮的軍隊。

如今燕國派了大將，帶二十萬兵馬前去荊國支援，而剩下的五十萬大軍，就杵在大遼正門口，虎視眈眈。

陸申機的心一痛。

他身後是大遼的國土，他不能走。

燕國的軍營裡，燕帝和幾位大將軍飲酒作樂，顯然對三國交戰的局面滿懷信心。

「陛下，楚映司親自奔赴荊國，不信陸申機坐視不理，待他領兵前去支援時，正是燕國攻遼的大好時機！」

另一個大將軍聽了，卻搖搖頭。「陸申機不是莽撞之人，依末將之見，他不會拋下大遼正門不顧，帶兵去救人。」

燕帝撫鬚大笑。「無妨，就算陸申機不去支援，此役必讓荊、遼傷及根本，不怕兩國不割地求饒！」

眾人正得意間，一員小將忽然跑進大帳內。

「啟稟陛下，有來自昌口城的緊急軍報！」

「昌口城?!」

燕帝站起來，大帳內的將領們齊齊變了臉色。若說眼前之地是大遼正門，那昌口城就是燕國的前院，甚至因為地勢的緣故，昌口城還不算易守之地。

「難道是宿國乘虛而入？」立刻有人猜測。

燕帝一把抓過軍報，細細看去，臉色越發難看。

「遼帝帶著兵馬沿小路攻下風廬城，已距離昌口城不遠。」

「遼帝不是在荊國的雪隱村嗎？」一位大將軍不解地問。

燕帝搖頭。「不是楚映司，是楚懷川。」

大帳內一片譁然。

「楚懷川不是死了，怎麼起死回生？難不成從一開始就是一場計謀？」

這些人哪裡知道，無論是當初斷藥讓舊疾復發，還是利用大火焚毀禹仙宮詐死，都不過是計謀，且在劉明恕的醫治下，楚懷川的舊疾早已痊癒。

「陛下！」謀士站出來。「依臣之見，此事非同一般。當年傳言楚懷川死於宮中大火，本就有蹊蹺，莫非大遼從多年前就開始謀劃今日之局？」

「愛卿此言何意？」燕帝皺眉，仍舊是一頭霧水。

「臣以為，大遼真正想算計的，會不會是我們？或者，大遼是與荊國聯合，意在吞併燕國！」

此話一出，大帳內的氣氛又凝重許多，竊竊私語聲不斷。

燕帝大驚。「愛卿的意思是，荊、燕結盟是假，是想調離我們的兵馬，使國中無兵？」

想到這裡，燕帝臉上一片慘白，擦擦額上的汗水，跌坐回椅子裡。

他帶著五十萬的兵馬駐紮在這裡壓制陸申機，又令國中大將領二十萬兵馬赴荊國幫襯。

此時，燕國境內兵馬不過十萬，倘若敵軍攻來，後果簡直不堪設想！

另一個大將軍站出來道：「臣以為，事情不至於此。大遼的三十萬大軍留在這裡，還有三十萬在荊國，又能調動多少兵馬攻燕？再者，我們與荊國結盟，荊國已投入八十萬大軍，如何再生出別的兵馬？依臣之見，不管楚懷川為何復活，聲東擊西、要我們撤兵才是真！」

「愛卿此言有理。」燕帝點點頭。「現在荊、遼兩國根本不可能再生出兵馬。」

謀士皺眉，又開口道：「陛下，不怕一萬，只怕萬一。倘若真是荊國與大遼聯手，該當如何？再者，按兵不動的宿國也是威脅啊！」

其他謀士上前。「陛下，臣以為，大軍離境已近三個月，國中不能一直無兵。不說宿國，就說那些虎視眈眈的小國，若乘機作亂，亦有損傷。」

「更何況，楚映司登基本就名不正、言不順，楚懷川才是大遼真正的皇帝，若能斬殺或生擒，對燕國更有利。」

「陛下，荊國並非良善之國，背信棄義之事沒少做，如今兩國結盟，待滅遼後，說不定荊國會過河拆橋，我們不必為之冒險；再者，這次無論荊國或大遼得勝，燕國都是漁翁！」

這話倒是說到燕帝心坎裡去了，點點頭。「立刻傳朕旨意，收兵回燕！」

燕國得到消息時，陸申機也收到楚懷川占領風爐城的軍報，有些錯愕。

這怎麼可能？楚懷川手裡根本沒有兵馬！風爐城其實很小，但過了風爐城，就是昌口城，燕國不得不忌憚。

陸申機還沒想清其中關節，又有士兵來稟，燕國撤兵。

他急忙登上城樓，望著五十萬兵馬浩浩蕩蕩離開，沈吟道：「再探！」

傍晚，五十萬燕兵真的撤走了，完全不似狡詐之計。

陸申機沈思許久，猜出燕國擔心國中有難，才會撤兵。以燕國之狡猾，本就想坐收漁翁之利，這段時日多是震懾，並未真正出手，真刀實槍與遼兵廝殺的都是荊軍。

天光大亮前，陸申機終於下定決心，令心腹大將堅守，親自帶二十萬兵馬去救陸無硯和楚映司；另外，他又派人帶三萬兵馬趕赴燕國，支援楚懷川。

只能撥三萬了。

燕國撤兵的消息傳到荊國，著實讓荊國方寸大亂。

圍剿遼兵的八十萬兵馬中，就有二十萬燕軍，這二十萬兵馬得到消息，立刻撤退，氣得荊軍大罵燕國不守信用。

以利結盟最是脆弱，燕國撤兵，使得荊國不得不多想，甚至揣測，燕國是不是站到大遼那邊了？

但事已至此，再無收手可能，荊帝只能下令繼續死戰，勢必殺了楚映司！

另一邊，楚映司看過軍報後，隨手扔給屬下，轉身回屋，去看望陸無硯的女兒。

這女嬰出生時，差點活不了，虛弱得厲害，偶爾還會發燒，幸好有入醫和入毒日夜守著她，餵藥調養。

「孩子怎麼樣了？」楚映司彎著腰，望著入醫懷裡的孫女。

「燒已經退了，只是一直吃羊奶也不是辦法，而且，母羊的奶也不多了。」

雪隱村本來人就少，一時間找不到給孩子餵奶的婦人，只能牽羊擠奶來餵。但正值寒冬，羊奶也不多，本就虛弱的孩子竟是時常餓肚子。

眼下這情況，楚映司也沒辦法，出了屋，去後院瞧陸無硯。

陸無硯立在院子裡，目光虛無地望著遠處。

楚映司走過去，勸道：「無硯，已經過了幾天，讓瑾枝入土為安吧。」

陸無硯的眸光終於起了一絲漣漪，沒說話，轉身進房。

楚映司看著他的背影，嘆口氣，沒跟進去。

第二次經歷方瑾枝的死，並未消減陸無硯的痛楚，反而成倍擴大，心被撕扯得更疼。

陸無硯坐在床邊，低聲說：「瑾枝，這次我不會再讓妳一個人走了……」

陸無硯伸手，撫過方瑾枝臉頰，手指忽然一僵。

熱的？

陸無硯的手開始發抖，小心翼翼地再去碰她的臉。

「瑾枝？瑾枝！」

陸無硯震驚至極，嘶吼般地喊著她的名字，直到方瑾枝的眉心漸漸蹙起。

陸無硯閉眼，讓淚珠滾落，使目光變得更清楚些。

他跪坐在床邊，一息不動地望著方瑾枝。

他聽見自己的心跳，每一下都是企盼。

「發生什麼事了？」聽見陸無硯的嘶吼，楚映司帶著入醫、入毒衝進來。

陸無硯說不出話，示意兩個侍女去瞧方瑾枝。

「天吶！」入醫和入毒探過方瑾枝的鼻息和脈搏，不可思議道：「詐……詐屍了？還是迴光返照？」

方瑾枝……活過來了！

但幾天前的早上，她明明已經嚥氣了啊！

兩個侍女沒遇過這種事，完全一頭霧水。

楚映司見狀，鬆了口氣，帶入醫和入毒悄悄退出去。

等楚映司她們離開後，陸無硯把方瑾枝的手捧到唇邊，低低呢喃：「妳回來了是不是？是不是……」

方瑾枝的喉嚨裡發出低弱痛苦的呻吟。

「三哥哥……」

方瑾枝抽出被陸無硯握在掌心裡的手，雙手捂著頭，緊緊皺眉，痛不欲生。

「三哥哥，不要恨我……我不是故意的，我沒想害人……」

陸無硯聽見，從方瑾枝甦醒過來的狂喜裡微微清醒，忙去抓她的手，心疼地追問：「瑾枝，妳在胡說什麼？誰恨妳？我怎麼可能恨妳？」

「不要……不要恨我，我錯了……」淚水從方瑾枝眼裡湧出來，開始畏懼地發抖。

「瑾枝！」陸無硯上前，把方瑾枝抱進懷裡。「別怕、別怕，都過去了，沒人能再傷害妳，也沒有人恨妳。三哥哥在這裡……」

「三哥哥，你不要恨我，我不是故意的，我不知道他們騙我，我不是故意要害死長公主的……」

方瑾枝呆呆靠在陸無硯懷裡，落淚不止。

陸無硯陪著她一併掉淚，輕輕拍著她的背脊。

過了好久，方瑾枝才慢慢平靜下來，往陸無硯懷裡鑽了鑽，小聲說：「三哥哥，我作了好多好多夢，夢裡有苦有甜，可大多都是美好的。我……我居然夢見我嫁給你了……」

陸無硯輕輕拍著她的手一頓，忽然想到，方瑾枝已經很久很久沒喊他「三哥哥」了。

他的聲音有點發顫，問道：「瑾枝，妳記得鍾瑾嗎？」

方瑾枝抬起頭，睜大了眼睛望著他。「三哥哥，你怎麼會知道我的夢？在我的夢裡，我們的孩子就叫鍾瑾……」

陸無硯哽咽地說：「那不是夢，都不是夢……」

「不是？」方瑾枝盈著淚水的眸中浮現濃濃的困惑，忽然捂著頭，疼得呻吟不斷。

「痛……我的頭好痛啊……」

陸無硯明白發生什麼事了。

此時，兩世記憶在方瑾枝的腦中橫衝直撞，攪得她頭痛欲裂、大汗淋漓。

陸無硯更用力地抱緊她。「不要急，慢慢想。我從來沒有恨過妳，都過去了，無論前世還是今生，所有苦難都過去了……」

大約過了一個時辰，方瑾枝的頭痛才慢慢減緩。

她抬頭望著陸無硯，眼中仍有一絲困惑。「到底什麼是真，什麼是夢呀？」

陸無硯捧起她憔悴的臉頰，心疼地說：「不管前世還是今生，那些苦難都是夢，所有的幸福歡愉，才是真。」

方瑾枝有些懵懂，伏在陸無硯懷裡，沈默許久後，忽然坐起來，驚呼：「我的孩子！」

「鍾瑾還在家裡，等我們回去，就能看見他了。」陸無硯柔聲道。

「不是鍾瑾。」方瑾枝搖頭，垂首撫上自己平坦的肚子，失魂落魄。

陸無硯這才反應過來。

這幾日，他以為方瑾枝就此離開，悲痛欲絕，根本沒注意剛出生的女兒。

他笑著吻吻方瑾枝的額頭。「別擔心，孩子好好的，我把她抱來。」

陸無硯下床，剛要走，方瑾枝卻用盡全力抓住他的袖子。

陸無硯回過頭，對上方瑾枝那雙哭紅的眼睛，她的眸光裡是一片濃濃的不安。

「你、你……真的不恨我嗎？」淚珠又從方瑾枝眼中滾落。

以前陸無硯跟方瑾枝說過，他是重生一世的人，經過兩世記憶的衝擊，方瑾枝已經把前因後果全想明白了。

陸無硯心如刀絞。前世方瑾枝為他赴死時，竟一直以為他因楚映司的死而恨她嗎？

原來，她至死，心裡都是苦的。

前世時她跳下馬回望他的笑顏浮現在眼前，那一日的笑，就是此後十餘年致命的毒藥。

陸無硯折回床邊，用指腹輕輕抹去方瑾枝的淚。

「恨啊，怎能不恨？恨妳自作主張的死別。自妳走後，十餘年來，我再無喜怒哀樂，不過一具行屍走肉。」

方瑾枝聞言，大哭出聲，眼淚不斷湧出來，流進嘴裡，是亦苦亦甜的滋味。

陸無硯用力抱住她。「方瑾枝，今生妳只能與我一同赴死，若敢再先走一步，我變成厲鬼也絕不放過妳！」

方瑾枝哭著重重點頭。

安撫好方瑾枝，陪她瞧過孩子後，陸無硯看著她們睡下，便去見楚映司。

楚映司正和幾位副將軍議事，見他進來，軍帳內的人全望向他。

楚映司知道方瑾枝醒轉了，不再多言，直接說了燕國退兵的事，又告訴陸無硯，她準備與陸申機裡應外合，一舉殲滅六十萬荊軍。

「倒也未必只有這條路。」

陸無硯一開口，就讓眾人驚訝。

楚映司欣慰地望著陸無硯，知道他終於恢復如常。想到自己兒子因為一個女人而了無生趣，又因那個女人的起死回生跟著復活，心裡頓時生出幾分複雜滋味。

陸無硯有些歉疚，之前因為方瑾枝的事，完全顧不上軍務了。

他在楚映司身邊坐下，道：「之前我命人假扮成我，闖進荊國皇宮行刺，雖然最後失敗，但仍有不少人以為我死了。接下來，我會繼續派人刺殺荊帝，他必定不敢露面，加緊防範，這個時候，我們就可以散布荊帝已死的謠言。」

一名副將皺眉。「可是如何讓荊軍相信？」

陸無硯道：「封陽鴻雖然歸順荊帝，但荊帝卻不敢在這緊要關頭讓他領軍出征，反倒把他派到城中巡邏。」

眾將士聽見陸無硯的話，臉上俱是一片喜色。

「封將軍果然是假意投降！」

「既如此，讓封將軍送出謠言再好不過！到時荊軍都以為自己的皇帝死了，荊帝不氣壞才怪！哈哈哈哈……」

陸無硯聞言，嘴角勾起略冷的笑意。「也未必是謠言，我有六分把握殺了他。」

此言一出，眾人更是驚訝，連楚映司都流露出幾分不解的神色。一國之君豈是那般容易刺殺的？

陸無硯挑眉看她。「母親是不是忘了，兒子手裡還有十萬兵馬。自三年前起，兒子命這些人陸續潛入荊國，成了荊國百姓。」話外之意不言而喻。

楚映司怔住。好些年前，她曾擔心將來楚懷川或下一任帝王忌憚她的權勢，謀害陸無硯，曾偷偷為他囤了兵馬，不想卻用在這個時候。

想到楚懷川，楚映司心裡揪了下。她十分清楚，楚懷川平日裡裝糊塗，但每次出手時，偏要攪個天翻地覆，如今這個孩子去了風爐城，又要幹什麼？

無論楚懷川的目的為何，楚映司都知道，此時他必定十分危險，但她自顧不暇，只能盼著他一切平安……

第一百零九章

陸無硯在帳中與楚映司及諸位將軍議事，直到暮色四合才回去。

他剛走進院子裡，忽然想起一件事，停下腳步，問跟在身後的入毒。「妳們可有看見楚行仄？」

入毒搖搖頭。「沒有。我和入醫趕來時，就沒看見這個人。」

陸無硯不由皺眉。方瑾枝生產時，情況十分危險，他只顧著衝進偏屋陪她，竟完全顧不上楚行仄，後來方瑾枝問他，才想起來，但楚行仄早已不知去向。

他已經聽說，當日是楚行仄抱著方瑾枝一路跑進雪隱村。那個人畢竟是她的父親，並沒有見死不救。

如今，楚行仄大勢已去，眼前更重要的是與荊國的交戰，便暫且把他的事放下。

陸無硯不再多想，他掀開絳色的簾子，踏進屋中。

方瑾枝側身躺在床上，正在給女兒餵奶。

陸無硯看見床上的母女倆，滿身疲憊霎時一掃而空，放輕步子走到床邊坐下，溫柔地望著方瑾枝。

方瑾枝有意無意地遮了遮胸口的衣服。

這個細小動作自然沒逃過陸無硯的眼睛，不由蹙眉。

「這是做什麼？我又不是沒見過。」

方瑾枝怔了一瞬，有些無奈地抿唇輕笑，

「不知怎的，我的腦子裡亂得很。一會兒是前生，一會兒是今生；一會兒覺得我們是夫妻，一會兒又感覺我們好像還沒成親……」

「我們怎麼會沒成親……」

陸無硯的話說了一半，忽然頓住，猛地想起，不管前世還是今生，他都沒跟方瑾枝拜過堂，喝過交杯酒。

他抬手輕輕撫摸方瑾枝披在背上的墨髮，柔聲道：「瑾枝，待到事情結束，我重新娶妳一次如何？」

方瑾枝微愣後，面上泛起幾分欣喜，垂下眼睛，掩不住笑意。

若說前世今生有無遺憾，那便是她沒能穿上大紅嫁衣嫁給陸無硯。

陸無硯見狀，這才把目光移向床上的女兒，笑著說：「村子裡沒有奶娘，母羊也沒多少奶水，妳再不醒來，這孩子就要餓死了。」

方瑾枝卻古怪地說了句。「幸好是女兒。」

陸無硯想了想，才明白方瑾枝話中深意。當年，他可不准陸鍾瑾吃她的奶呢。

陸無硯沈默一會兒，道：「眼下乃形勢所迫，回家後，還是讓奶娘餵養。」

女兒也不行。

方瑾枝望著他，無奈地笑了。

遼、荊的戰事如火如荼地進行著。

起初，兩方氣勢旗鼓相當，但荊軍幾次聽聞荊帝被刺殺的消息後，人心惶惶，軍心便散了，氣勢立頽，敗象已現。

兩個月後，封陽鴻提著荊帝人頭帶兵而來時，剩餘荊軍棄甲投降。

楚映司鬆口氣。「投降好啊。再這麼打下去，不知又要堆積多少白骨？」

陸申機則是大笑。「這個封陽鴻不錯！」

陸無硯也難得露出幾分輕鬆表情。

「啟稟陛下，有來自風廬城的軍報！」

陸無硯、楚映司和陸申機臉上的笑意俱是一僵。

楚映司急急看過軍報，信紙緩緩落在地上。

「懷川……」

楚映司閉眼，忍住氤氳之氣，垂在身側的手逐漸握成拳。待她重新睜開眼睛時，眸光中已然一片澄澈，朗聲道：「整頓兵馬，攻打燕國！」

一如軍報所言，楚懷川手中的確沒有兵馬。

他出了海島後，尋到舊時支持他的親王，借了八百精兵，憑藉巧計偷襲了風廬城，又送消息給燕國。

一路下來，他身邊的士卒已不足百人。

至於陸申機撥的三萬兵馬，因路途遙遙，尚未趕來。

楚懷川坐在城樓上，蹺起二郎腿，嘴裡哼著小曲兒，望著遠處的風景。

侍衛走上城樓，恭敬稟道：「陛下，都已經布置好了。」

「燕兵何時會到？」

「啟稟陛下，再過一個半時辰就到。」

楚懷川應了一聲，繼續哼著小曲兒。

另一個侍衛猶豫半天，走上前，跪在地上。「陛下，您再不走，就來不及了！」

「走？往哪兒走？」楚懷川笑著虛扶一把，讓他起來。

身後就是昌口城，如今燕國境內雖然兵馬甚少，但昌口城裡必有重兵把守，憑著他手下不過百人的隊伍，如何逃開？前面又是燕帝帶回來的幾十萬大軍。

再言，如果他逃了，燕軍必不會輕易入城。

楚懷川嘖了一聲。「害你們陪朕送命了。」

城樓上所有侍衛聞言，跪下齊聲道：「能陪同陛下為國捐軀，義不容辭！」

燕軍兵臨城下。

楚懷川抬手，感受風的方向，心想當真是老天相助。

燕軍開始攻城，楚懷川令剩下的士兵在城牆上發射連弩。

不久後，遼兵露出敗跡，楚懷川帶著剩餘兵馬，倉皇逃竄。

燕帝大手一揮，帶著兵馬衝進風廬城。

「追！若擒殺遼帝，賞千金，官升三級！」

黑壓壓的兵馬殺向城門，楚懷川的嘴角露出一抹奸計得逞的邪笑。

此時，遼兵的火弩射進城中，瞬間引燃早已埋著火藥、濃油的地面。

滾滾濃煙裡，楚懷川望著被大火染紅的天空，輕嘆一聲。「皇姊，剩下的事情，就交給您了。」

不一會兒，他被濃煙嗆得咳嗽，待稍微喘過氣後，咧起嘴角哈哈大笑。

「哼，這下看誰還敢再說朕是昏君！」

這場大火，使燕國損失二十萬精兵以及諸多將領，連燕帝也因此失了一隻眼睛。

燕帝大怒，然而還來不及喘息，陸申機和封陽鴻帶領的兵馬便殺了過來。

另一邊，楚映司已經回到大遼，穩固朝堂。

陸無硯則暫時留在荊國，收拾殘局。

而方瑾枝此番生產，著實傷了元氣，好生養了小半年；她和陸無硯的女兒也因為早產的緣故，身子一直不大好，調養半年後，才慢慢好起來。

這日，方瑾枝抱著女兒走到院子裡，在長凳上坐下，曬曬太陽。

她低頭瞧著孩子，發現女兒的膚色起了變化，白嫩嫩的。

小傢伙顯然比她哥哥乖巧多了，窩在方瑾枝懷裡甜甜睡著，方瑾枝用指尖輕點她的鼻尖，都沒能把她吵醒。

陸無硯走進院子，看見母女倆，臉上就浮現一層暖融融的笑意。

「回來啦？」方瑾枝抬眸望向陸無硯，淺淺笑著。

「嗯，荊國的事已經處理得差不多，再過十來日，我們就可以回家了。」陸無硯笑著說。

聽說很快便能回去，方瑾枝的眼睛立刻彎起來，投下兩道彎彎的月影。

雖然有陸無硯的地方就是家，可是她想陸鍾瑾了，她已經快兩年沒見到兒子。

陸無硯何嘗不知道方瑾枝的心思？不僅是她，他也想著那個調皮搗蛋的小傢伙。

方瑾枝望著懷中熟睡的女兒，忽然想起陸鍾瑾曾經說過的話——

「不要妹妹！爹娘是我一個人的！」

「不管！要是有妹妹，我就欺負她，像欺負舔舔那樣！」

方瑾枝有些擔心地問陸無硯。「鍾瑾會不會不喜歡妹妹？咱們離開這麼久，一回去，就給他帶了一個妹妹……」眉頭快要擰起來了。

陸無硯蹙眉。這事，他也說不準。低下頭，凝視著如小團子一樣的女兒，道：「咱們女兒這麼乖、這麼好看，鍾瑾多看看就能喜歡了吧……」語氣猶豫。

陸鍾瑾雖然人小，脾氣卻是真不小。

聽見陸無硯的語氣，方瑾枝心裡更沒底了。

陸無硯忙笑著安慰她。「當年他或許是隨口說的，而且那時他還小，不懂事，咱們不要胡亂猜測。對了，女兒還沒取名字呢。」

方瑾枝笑著問他：「鍾瑾的名字是你取的，女兒的名字就沒主意了？」

陸無硯無奈道：「這孩子來得突然，一時之間我真沒什麼主意。既然鍾瑾的名字是我取的，那女兒的名字，便由妳取吧。」頓了下，道：「取個好聽點的。」

方瑾枝果真歪著頭，認真思索起來，苦想許久也沒想出適合名字。正苦惱時，她不經意間抬頭，望見天上綿白的雲。

方瑾枝笑了。「咱們女兒白淨得恍若一朵雲，又總是這樣貪睡，就叫眠雲好不好？」

「妳取的名字，自然是好的。」

陸無硯微笑，忽然又道：「對了，有人要見妳。」

「誰呀？」方瑾枝詫異地問。

陸無硯抬了抬下巴，望著院門的方向。

方瑾枝疑惑地轉頭望去，看見林今歌站在那裡。

「二哥！」方瑾枝一下子站起來。

方瑾枝懷裡的陸眠雲皺著眉，哼唧兩聲，好像被吵醒了。

但方瑾枝顧不得哄她，直接把她塞進陸無硯懷裡，提起裙子，小跑著衝到門口。

「欸，妳慢點，別毛毛躁躁的，我又不是不進來。」林今歌大步跨進院子。

方瑾枝激動地拉著他的胳膊，紅著眼睛說：「你沒事！真是太好了！」

林今歌抬頭看遠處正低著頭哄小女兒的陸無硯，急忙甩開方瑾枝的手，對她無聲地說：「麻煩鬼，不許再抱我了！」

方瑾枝笑出來，原本已經湧上的眼淚被這句話噎回去。

陸無硯哄好女兒，抬頭去瞧方瑾枝，被她看見林今歌又激動又笑的反應惹得有點不高興了。

「二哥，當初你是怎麼逃掉的？」方瑾枝帶著林今歌往屋裡走。

「妳二哥本事大。」林今歌隨意地說。

說話間，兩人已走到陸無硯身邊。

林今歌伸長了脖子，瞅著陸無硯懷裡的陸眠雲。

陸眠雲又睡著了，小嘴巴還吐了個泡泡。

林今歌睜大眼睛細瞧，喜歡得不得了。

「嘖，我有點眼紅了。」他十分認真地問：「能借我玩玩嗎？」

陸無硯涼涼瞄他一眼，抱起女兒，轉身往屋裡走去。

林今歌的目光追著他們，待陸無硯與陸眠雲進了屋，把房門關上才收回目光，小聲念叨一句。「忒小氣！」

方瑾枝哭笑不得。「回了大遼皇城，二哥可以和佳萱生自己的孩子呀！」

林今歌想想也對，點點頭，又樂了。

方瑾枝卻略收起臉上的笑，有些不安地小聲問：「二哥，陸無磯怎麼樣了？」心裡有點緊張。

「好著呢。」

「真的？」方瑾枝不相信。「那他現在在哪兒？怎麼沒跟你一起來？他要回陸家嗎？」

面對方瑾枝一連串的發問，林今歌愣了下，才道：「真的。當日他受了點傷，不過如今已經養好了。荊國戰敗後，他就走了，說是不想回陸家，想到處走走看看。」

方瑾枝吶吶點頭，心裡鬆了口氣。

林今歌看她一眼，急忙笑著把話題引到陸眠雲身上。他不捨得告訴方瑾枝，陸無磯已經不在了。

當日他和顧希身邊仍有侍衛，還能堅守等著援兵，但陸無磯卻隻身一人，還把馬留給方瑾枝。他拚死拖延工夫，等林今歌找到他時，屍體已經涼透。

另外，方瑾枝有讓陸無硯打探入茶的消息，但一無所獲。今日見了林今歌，方瑾枝又問，然而他也搖頭，根本沒見到入茶。

方瑾枝無奈，心裡有些悶悶的，暗自禱告，希望入茶平安。

終於要離開荊國了。

啟程那日，方瑾枝坐在馬車裡，掀開車簾，望著向後退去的荊國景色，心中唏噓。

「就這麼離開荊國了……」

陸無硯懶洋洋地倚著兩個軟軟的靠枕，糾正她。「如今已經沒有荊國了，這裡已是我大遼的國土。」

「是是是，我說錯了。」方瑾枝笑著放下簾子，那一剎那，好像看見一個熟悉的身影。

方瑾枝瞬間變了臉色，重新掀簾，望著遠處騎馬而來的人。

「是入茶！」方瑾枝拉陸無硯的手。「快，快讓車隊停住，她追來了！」

入茶氣喘吁吁地追上，方瑾枝已經跳下馬車等著了。

「入茶！妳沒事，真是太好了！」

入茶從馬背上一躍而下，淺淺笑著。「奴婢說過，憑奴婢的身手，不會有事的。」

方瑾枝忙不迭地點頭，又問：「這半年妳去了哪兒呀？怎麼一點消息都沒有？」

入茶頓了下，道：「當初奴婢受了點傷，在城裡藏了一個月，後來準備去尋您時，恰巧遇見了靜憶師太。」

方瑾枝臉上的笑意僵住，微怔片刻，才問：「那……後來呢？」

「那時靜憶師太遇見麻煩，奴婢幫她的忙，所以拖到今日才追來。」入茶道。

「麻煩？」方瑾枝心裡揪了一下。「什麼麻煩？她現在怎麼樣了？」

瞧出方瑾枝的擔憂，入茶忙解釋：「當時她病了，急需幾種比較少見的藥材，奴婢去幫忙找。如今靜憶師太已經大好，住在一個很不錯的小村子裡，日子過得還可以。」

方瑾枝點點頭。因大軍不能長久耽擱，便拉著入茶啟程。

上車以後，方瑾枝又望窗外的景色一眼，在心裡替靜憶師太禱告，選擇遙遙祝福，不願再相見了。

大軍越走越遠，躲在樹下的靜憶嘆口氣，祈求方瑾枝餘生安康，才回了暫居的小村子。

路上，靜憶經過小集市。戰後的集市人不多，一眼便看見一道有些熟悉的身影。

雖然楚行仄已自毀容貌，但靜憶還是認出了他。

她深吸一口氣，讓自己冷靜下來，跟上去。

如今，楚行仄身無分文，又瘸了一條腿，一瘸一拐地走進破破爛爛的小廟。最近，他都住在這裡。

天氣有點冷，他縮了縮肩，蜷縮著躺在角落裡的乾草堆上睡著了。

他作了一個夢，夢見自己終於奪得天下，成為一代帝王，萬人朝拜。

真是個美夢。

靜憶悄無聲息地接近他，握緊手中的匕首，狠狠刺入他的胸口。

一刀、兩刀、三刀……鮮血濺出來，噴了她一身一臉。

楚行仄至死都沒有醒過來，沈醉在自己稱帝的美夢裡。

許久後，靜憶終於確定楚行仄死了，跌坐在地，嚎啕大哭，哭盡這些年的所有委屈。

這時，一雙靴子出現在她眼前。

靜憶抬起頭，對上葉蕭心疼的眼神。

葉蕭蹲下，把她抱在懷裡，輕輕拍著她的後背，低聲說：「文嫻，都過去了……」

許是因為手刃楚行仄，靜憶的心終於靜了下來。半個月後，在一個晴朗的日子，她剃度出家，真正入了佛門。

葉蕭在門外看著她青絲盡斷，無聲遠走……

第一百一十章

大遼宮中。

陸鍾瑾的眉頭皺成了「川」字，盯著方瑾枝懷中的陸眠雲，小胸脯起起伏伏。

方瑾枝和陸無硯臉上的表情有點尷尬。

陸無硯求助似的看向楚映司，楚映司卻大笑轉身，丟下一句要處理政務，便出去了。

方瑾枝見狀，忙將懷裡的女兒交給陸無硯，走到陸鍾瑾面前，把他摟在懷裡。

「鍾瑾，娘親總是夢見你長高了、變漂亮了，見了你才知道，夢裡都是假的，一千個夢，也抵不過親手抱著你……」說著，眼眶就紅了。

陸鍾瑾聞言，臉色這才好看了些，像模像樣地伸出小胳膊，拍拍方瑾枝的後背。

「這麼大的人，可不許哭哭啼啼，太不像話了！」

方瑾枝被他逗笑，敲敲他的小額頭。「還教訓起我來了！」

陸無硯抱著陸眠雲，居高臨下地看著長高一大截的兒子。「真不看看你妹妹？」

陸鍾瑾眼中浮現一抹掙扎，猶豫好一會兒，才說：「如果她比享福好看，我就接受；如果沒有享福好看，我就不要這個妹妹！」

「享福？」方瑾枝有些困惑，不知道他說的是誰。

陸無硯聽了，眼中的喜色逐漸淡去，對方瑾枝解釋。「是懷川和佳蒲的小女兒，比眠雲早出生幾日。」

提到楚懷川，方瑾枝臉上的笑意也凝住了。

「你們怎麼了？」陸鍾瑾納悶望著自己的爹娘。

「沒事。」方瑾枝牽起他的手。「走，咱們回家去。」

方瑾枝牽著陸鍾瑾，陸無硯抱著陸眠雲，一家四口往前走去。

陸鍾瑾卻仰起頭來，瞧瞧方瑾枝，又看看陸無硯，內心掙扎了好一會兒，才說：

「我……有件事情想說……」

陸無硯和方瑾枝停步，在他面前蹲下。

陸鍾瑾脹紅了臉，低著頭，愧疚地說：「鍾瑾調皮了，從樹上摔下來，然後……享樂那個愛多管閒事的傢伙非要跑來救我，我……我壓壞了他的手……」

陸無硯和方瑾枝一聽，頓時驚愕了。

陸無硯回頭去看跟在身後的入醫。

入醫急忙上前稟報：「已經醫好了，日後不會影響正常生活，只是……不能再提重物，也不能習武。」

「這叫醫好了？」陸無硯的眼中浮現三分惱意。

但他知道，對入醫發火有些沒道理，讓楚享樂變成這樣的，正是他兒子。

陸無硯瞪向陸鍾瑾，目光裡藏了濃濃的責備。

陸鍾瑾吧嗒吧嗒地掉眼淚。

入醫看得不忍心，幫著說情。「小少爺也不是故意的，這段日子一直愧疚著，先前還喊著要砍斷自己的手，陪他一起……」

入醫的話在其次，看著陸鍾瑾低頭不停哭泣的樣子，陸無硯的心慢慢軟下來。近兩年沒見到兒子，哪裡捨得一回來就訓他。

不管陸鍾瑾闖了再大的禍，他都會一笑置之，偏偏兒子傷的是楚享樂，偏偏是楚懷川的兒子。

楚懷川為什麼葬身火窟？還不是為了引開燕兵，給他解圍。

「好了，不要哭了。你要記得享樂的手是怎麼傷的，若日後他有難，就算死，你也要償還這份恩情。」

陸鍾瑾哭著抬頭，斷斷續續地說：「朝、朝臣說，皇帝是最大的官，還說太子之位本、本來是享樂的。我不要當太子了，把太子之位還給他好不好？嗚嗚嗚……」

方瑾枝瞧他哭得這麼傷心，心快被揉碎了，忙將兒子小小的身子抱在懷裡，輕聲哄著，心疼得不得了。

另一邊，陸佳蒲正向楚映司辭行。

因為楚懷川出島的緣故，楚映司循線索找到了海島上的陸佳蒲和三個孩子，哪裡捨得讓他們再吃苦，忙把人接到宮中。

陸佳蒲一身重孝喪服，跪在地上，切切求道：「民女懇請陛下成全，民女會照顧好幾個孩子，這……也是他的遺願。」
想到楚懷川，陸佳蒲的眼角便濕了，偏過頭，努力忍住眼中的淚。
這些日子，她已經落了太多眼淚。以後都不能再哭了，再哭，也沒人幫她擦眼淚，沒人抱著她、哄著她；以後沒人陪著她了，她要一個人照顧好幾個孩子。
楚雅和揹著楚享福，拉著楚享樂一起跪下。「求陛下成全。」
楚映司閉眼，還是難掩眼中酸澀。他們是楚懷川的妻兒，她怎能不照顧好？但楚懷川是真的厭倦了宮中生活，她如何再勉強他們？
「罷了……」楚映司頹然揮手。
陸佳蒲謝恩，抱過楚享福，讓楚雅和牽著楚享樂，離開了皇宮。
楚映司賜下府邸給陸佳蒲，不過陸佳蒲拒絕了，只想帶著兒女回到海島上。
「母妃，以後咱們都不回來了嗎？」楚享樂仰頭望著陸佳蒲。
陸佳蒲揉揉他的頭髮，溫柔地說：「享樂又忘了，以後要改稱呼。」
「娘親……」楚享樂似懂非懂地點點頭。
「妳這是要去哪兒？」背後忽然響起一道熟悉的輕鬆聲音。
陸佳蒲僵住，慢慢轉身，看見楚懷川時，忍了好多天的眼淚立時湧出，止也止不住。
「父皇！」楚雅和與楚享樂飛奔過去，抱著楚懷川的大腿哭泣。
「哎呀呀，別哭、別哭，一個個都哭了，讓朕先哄誰啊？」

楚享樂用手背擦去臉上的淚，忍著哭腔說：「我是男子漢大丈夫，不用哄。父皇先去哄娘親和姊姊！」

楚雅和也擦了眼淚。「雅和長大了，不要父皇哄，父皇去哄娘親就好。」

楚懷川摸摸他們的頭，這才朝陸佳蒲走去，伸開雙臂，把他的傻姑娘擁在懷裡。

「傻姑娘，朕答應過妳，不管生死，都不會丟下妳啊……」

陸佳蒲伏在他懷裡，哭得肝腸寸斷。「騙子！你連我都騙！」

「朕想給妳驚喜嘛……」

楚懷川抬起頭，眨眨眼，忍住眼中的淚。

他不是想騙她，只是他也不確定自己真能活著回來。

楚懷川嬉皮笑臉地把陸佳蒲拉開些，指著自己的臉給她看。「妳瞧，朕這如花似玉的臉落了疤，妳可不能嫌棄吶！」

他臉上的確有一塊小指甲大的燒傷。

陸佳蒲被他的話逗得笑出來，但當她看見楚懷川脖子上，一直蔓延到衣襟裡的燒傷時，頓時笑不出來，又開始哭。

「哎呀呀，別哭，別哭，乖喔……」楚懷川像哄小孩一樣哄著陸佳蒲。

待把陸佳蒲哄得止住眼淚，一家五口才朝回海島的方向走去。

然而，他們還沒走多久，就被匆忙趕到的陸無硯攔下。

楚懷川耷拉著臉。「嘿，看在朕幹出這件轟轟烈烈的大事分上，能不能別抓朕回去當皇帝啊？」

陸無硯接到消息就騎馬趕來，此時還有些喘，盯著楚懷川，一時沒吭聲。

楚懷川嘖了聲。「朕……呸，要改口！無硯，我知道你不想當皇帝，可我也不想，我家的豬好久沒餵了，再不回去，要餓死了！己所不欲，勿施於人，你別逼我！」

陸無硯望著楚懷川的眼裡，逐漸染上幾分笑意。

真的是楚懷川。

陸無硯笑著說：「你可以走，但你兒子得留下。」

楚懷川錯愕地回頭看向楚享樂。

又一年，遼滅燕。

自此，曾經的荊國和燕國全歸入大遼版圖，大遼也與宿國訂下永世不交戰的和平盟書。

大軍凱旋，天下同慶。

楚映司退位，將皇位傳給楚享樂。

同時，陸申機辭去軍職，兩人離開朝堂，仗劍江湖。

陸申機的一品上將軍之職交給封陽鴻；空缺許久的左相相位，由楚懷川決定，讓年紀輕輕的秦錦峰出任。

之後，楚享樂登基，武有封陽鴻，文有秦錦峰，傾力扶持。陸無硯又把雲遊在外的雲希林請回來，成了教導楚享樂的太傅。

楚享樂登基後的第一道聖旨，不顧規制，直接封陸無硯為廣陽王，陸鍾瑾為南建王，各賜封地。

當然，他還太小，並不懂這些，全是楚懷川交代他的。

陸家與林家為官的男子，還有顧希，論功加封或行賞。

思及以後種種，秦錦峰再三考慮，又與陸家聯姻，和陸佳藝訂親。

楚享樂坐在龍椅上，看著黑壓壓的文武百官，心裡有點委屈。

當皇帝不好玩，他好想回家喔……

但父皇讓他做好皇帝，那他應該聽話才對。

他悄悄清了清嗓子，像模像樣地抬手，脆生生地說：「眾愛卿平身！」

陸無硯和方瑾枝離開皇城，前往封地前，還有一件事要做——喝方瑾平和顧希的喜酒。

至於陸鍾瑾，他還太小，暫時不會去自己的封地，會跟著爹娘去廣陽州。

如今顧希軍功無數，已經是三品大將軍，而方瑾平則徹底接管方家所有財產。雖然之前因戰事差不多散光家底，但她有信心能重新建起方家商號。

喜宴當日，方瑾安看著方瑾平得到幸福，由衷替她感到高興。

晚上，她沒跟去鬧洞房，因為如心齋裡有病人等著她回去醫治。

方瑾安匆匆趕回如心齋，驚訝地發現，那病人竟然痊癒了。

米寶兒指著街角的方向，回道：「劉先生來過，剛走呢。」

方瑾安呆立了一會兒，急忙去尋。

她跑了很久很久，終於在一條僻靜小巷裡追上劉明恕。

劉明恕停下腳步，側耳聽了聽，詫異地問：「瑾安？」

「是……是我。」方瑾安眼中浮現濃濃的喜意。

劉明恕想到她已成為可以獨當一面的大夫，讚賞地點頭頭。

方瑾安問：「劉先生，您怎麼來大遼了？」

「我生無所掛，向來住無定所，雲遊四方。離開宿國後，準備去鸞國，沿途經過大遼，碰巧知曉妳開了醫館，順道過來看看。聽聞妳醫術精湛，著實為妳高興。」

方瑾安的右手攥著衣角，抬頭望著劉明恕，小心翼翼地說：「我……我會的只是皮毛而已。劉先生，您可有想過收徒？」

劉明恕有些訝然。

方瑾安攥著衣角的手更緊了幾分。「本想跟著劉先生學醫，若是劉先生雲遊不便，也無妨……」說著，有些失落地垂下眼。

劉明恕沈默一會兒，才說：「不是不能收妳為徒，只是我習慣四處飄泊，不會留在這裡，要真想拜我為師，只能跟著我四處走，然而……」

「我願意！」

方瑾安直接打斷劉明恕的話，聽見自己的心跳個不停。

劉明恕蹙起眉心，側著耳朵，想聽出方瑾安真正的心意。

許久的沈默後，他才道：「可。」

他並沒有聽懂方瑾安的心，可是他懂了那種期待、渴望的感覺。學醫艱難，但他覺得方瑾安在這麼短的時日內學了這麼多，已經很不容易，願意嘗試收徒。若她日後受不了他的嚴苛，放棄便是。

劉明恕心裡想著醫術，方瑾安心裡想的卻是他。

方瑾安仰望著他，慢慢勾起嘴角。她知道他心裡始終有個人，並不奢望他把她放在心上，只要能這樣跟在他身邊學醫，天長地久地陪伴他，就很滿足了。

餘生那麼長，慢慢來。

另一邊，方瑾枝一直陪著方瑾平，直到把她送進洞房，才與陸無硯一同回去。

兩人出了顧府，方瑾枝輕聲哼了下，對身邊的陸無硯說：「某人可不要忘記自己答應過的事情。」

陸無硯笑著緊握她的手。「當然不會忘。」

後來，陸無硯和方瑾枝的婚宴，還是選在當初成親的同一日。

直到掀開紅蓋頭，陸無硯才鬆了口氣。

「還好，這次妳沒被人劫走。」

方瑾枝抬起頭，望著陸無硯，眼中盈了一層濕潤。

兩世的記憶流水而過，陸無硯的兩種模樣在她眼前慢慢重疊。
前世，能嫁給他，是她癡想的夢。
今生，喜宴上的缺席，是她的遺憾。
此時，此刻，終於圓滿了……

——全書完

番外一　浪跡天涯

廣陽州是個四季如春的好地方。

和煦的微風吹過，撩起方瑾枝鬢間的一綹烏髮。

她坐在簷下，托著腮，望著燕兒築巢。胭脂紅襦裙包裹她玲瓏的身軀，裙襬曳覆於地，清風掠過，漾出一層淺淺紋路。

明明是兩個孩子的母親了，偏偏還像個十五、六歲的嬌麗少女。

不知想到了什麼，她垂下濃密眼睫，一雙大眼彎成一對月牙，勾人的驚豔輕輕浮上眼角眉梢。

「在想什麼？」陸無硯走過來，坐在她身邊。

方瑾枝抿唇，沒看陸無硯，而是自然而然地把腦袋歪向一旁，靠在他肩上，笑意盈盈。

「想起上輩子的事了。」

陸無硯忽然來了興致，問道：「想到妳上輩子是如此傾心於我，想方設法嫁給我嗎？」

「想起你讓我滾……」

「咳。」陸無硯愣住，輕咳一聲。「妳記錯了吧……」

方瑾枝笑著說：「怎麼辦呀，我回想這輩子小時候你對我的好，總覺得怪，我把你當哥哥時，你腦子裡在想些什麼呢？」

「當然是想，為何妳還不長大啊？」陸無硯故意裝出十分惆悵的樣子。

「這話原本聽著挺真的，可你的表情和語氣，怎麼顯得這麼假呢？」方瑾枝托著腮，若有所思地凝視陸無硯。

陸無硯收起眉目中的懶散笑意，將方瑾枝攬在懷裡，輕聲說：「想著該怎麼補償上輩子對妳的不好。」

方瑾枝靠在他胸口，想了好一會兒，才道：「無硯，我覺得有點不公平。憑什麼我要一無所知再被你養大一回呢？也該讓我回到小時候，重新逗你一生。」

陸無硯大笑。「成啊，那就下輩子吧！下輩子，妳先想起來。」

方瑾枝也俏皮地笑。「那得有個神仙親戚才成！」

她笑夠了，發現陸無硯沒出聲，仰頭看他，發現他的目光凝在簷下的燕子窩上。

方瑾枝抬手，在他眼前晃了晃。

陸無硯拉住她的手，放在掌心裡，認真地說：「瑾枝，妳有沒有想去的地方？」

「沒什麼特別想去的地方，但想四處走走。每年哥哥寄來的信裡，說的地方都好美，我想去看看……」

方瑾枝說著說著，聲音漸漸低了下去。

「也好，那就走吧。」

「啊？」方瑾枝回過神，有些驚訝地望著陸無硯。「你說真的？」

陸無硯頷首。

方瑾枝卻揪起好看的眉眼，擔憂地喃喃自語。「可是鍾瑾和眠雲還小，這樣跑來跑去，會吃苦的。」

「無妨。」陸無硯淡笑。「享樂一個人在宮裡肯定寂寞，剛好讓鍾瑾和眠雲進宮作伴，咱們再時常去看望他們，不就成了。」

方瑾枝聞言，瀲灩明眸裡染了一層小雀躍。

之後，她試探著去問兩個孩子，沒想到兩個小傢伙毫無懼怕與不滿，反而十分高興，期待著進宮陪楚享樂。

方瑾枝放下心，擇日與陸無硯回皇城，把一雙兒女送進宮去，

夫妻倆回來的第二日，正好趕上方瑾枝的生辰。

這天，方瑾枝醒得很遲，迷迷糊糊地坐起身，懶洋洋地伸個懶腰，愜意舒暢。

小丫鬟推門進來，道：「啟稟三少奶奶，有人送信給您。」

方瑾枝望著小丫鬟送來的信，一時怔怔，才拿著信去了後山的梅林。

方瑾枝站在梅枝下，將方宗恪寄來的信讀了一遍又一遍，抬頭望著花滿枝椏的梅樹，眼前浮現那年他離開的背影。

手中的信，所用紙箋幾年未曾變過，摺好的地方，已略微發脆。

方瑾枝低頭，眼淚滴在方宗恪蒼勁的字跡上，暈開墨跡。

「哥哥，其實你早就不在了吧……」

方瑾枝抹去眼淚，笑了起來。「沒關係，既然你想讓我以為你還活著，那我就這麼認為……」

她把信箋仔細摺好，小心翼翼地放進信封裡。

「信裡說的地方，都是你想去而沒能去的吧？沒關係，瑾枝代你去看一看……」

瞧見陸無硯自遠處走來，方瑾枝收起思緒，歡喜地迎上去，挽住他的胳膊。

「今日有集市，我們去轉轉？」陸無硯問。

「好哇！」方瑾枝笑得很甜很甜。

方瑾枝跟著陸無硯來到集市，想起當年賣紅豆糖的小豆芽，不由隨著記憶去尋她的攤子，卻找不著。

原來，小豆芽的小攤早就成了大商號，醜醜的小姑娘也變成大老闆。

幾日後，陸無硯和方瑾枝離開皇城，恰巧遇見小豆芽準備帶著夥計去臨城做生意，便結伴同行。

經過姜平時，小豆芽跳下馬車，說要去祭拜兄長。

方瑾枝無事，遂跟著下車走走。

她望見墓碑上歪歪扭扭的「大哥哥之墓」幾個字，心裡頓時沈沈的。

小豆芽撓撓頭，不好意思地說：「大姊姊，我的字不好看，妳能幫我重寫嗎？」

方瑾枝鬼使神差地點了頭。

方瑾枝從小豆芽口中得知，這裡葬的人是她認的哥哥，並不知道姓名，想了想，便在墓碑上寫下「兄長之墓」四字。

正值寒冬臘月時，這日竟陽光普照。方瑾枝望著孤零零的墓碑，也誠心拜祭了一番。

「我們該走了。」陸無硯牽起方瑾枝的手。

方瑾枝笑著點頭，與他一起上車。

夫妻倆去的第一個地方，是楚懷川與陸佳蒲住的海島。

陸無硯帶著方瑾枝下船，望著在海邊晾衣服的楚懷川，一時無言。

楚懷川晾好最後一件衣服，才發現陸無硯和方瑾枝，嚇了一跳，睜大眼睛，頓覺不妙，心裡直打鼓。

「你們來幹麼？」

陸無硯笑了。「安心囉你的衣服。你兒子好好的，我們不是要抓你回去當皇帝，只是路過這裡罷了。」

方瑾枝笑著問：「佳蒲在哪裡呢？我好久沒見她啦！」

楚懷川瞧他們的神色不像是裝出來的，這才嬉皮笑臉地問：「你們要去哪兒？」

「浪跡天涯。」

楚懷川眼睛一亮，立刻站起來，手在衣服上蹭了蹭，隨即往後就跑，大喊：「佳蒲！收拾東西，咱們跟著浪跡天涯去！」

陸無硯和方瑾枝對視一眼，都笑了。

陸無硯頗無奈地說：「你跟著湊什麼熱鬧？想去自己去！」

楚懷川停下來，耍無賴地喊：「不！我就要蹭船！還要蹭吃、蹭喝、蹭衣裳！」

陸佳蒲聞聲而來，見到方瑾枝，立刻欣喜地迎上去。

楚懷川急忙擠過去，對陸佳蒲說：「快收拾東西！昨兒咱們不還說要四處走走嗎？沒想到無硯和瑾枝也這麼打算。咱們趕緊跟上他們的船，一路能省下不少銀錢呢！」

陸無硯哭笑不得地拍他的肩。「懷川，你可是當了好多年皇帝，如今的皇帝還是你兒子，何必裝出窮困潦倒的樣子來。」

「嘿嘿。」楚懷川嘻嘻笑。「一個銅板也是錢，哪抵不要錢來得舒心！」又湊到陸無硯身前，道：「你們無聊，我和佳蒲把三個孩子扔進宮裡之後，也無聊得很，咱們四個一起浪跡天涯，多好！」

楚懷川和陸佳蒲的東西並不多，兩人很快就收拾好，同陸無硯和方瑾枝上了船。

楚懷川的心情很好，望著汪洋大海，感慨道：「無硯，閒著也是閒著，咱們去看看哪裡的皇帝不稱職，搶兩個皇帝來做做吧？」

「可。」陸無硯認真點頭。

坐在旁邊吃糕點的方瑾枝和陸佳蒲相視一笑，覺得這兩人忒不正常。好好的皇位送給他們，竟是誰都不要，如今倒是打起搶別國皇位的主意。

陸無硯攤開地圖，問道：「瑾枝，妳說咱們先去哪兒比較好？」

「唔……」方瑾枝認真看著上面的國家。「都行呀。不然，先去宿國？可我瞧著，盛國也不錯……」

其實，她真正想說的是——

去哪裡都好，去做什麼都好，只要能與他相伴，哪裡都是九天仙境，快活自在。

——本篇完

番外二　上下不可亂？

江湖上最近突然出現了一對大盜。

這對大盜是一男一女，身手極為不錯，專打劫財主家的錢財，散給百姓。江湖上已經很久沒有這樣劫富濟貧的俠義大盜了。

那些被盜的財主家，哪裡願意這般平白無故地被搶？怒氣沖沖地報官，要官府將這對江洋大盜捉拿歸案！

官府點頭哈腰地答應下來，然而過了很久，也沒抓到人。

獨步鎮裡的小捕快好奇地問身邊的前輩。「真的抓不著？上次大哥他們明明看到那兩個大盜了，卻假裝沒瞧見，這不是故意放他們走嗎？為什麼呀？難道是因他們的俠義心腸？」

老捕快聞言，對小捕外作個噤聲的手勢，招招手，把他招到旁邊，壓低了聲音說：「這兩個大盜的身分，可不一般。」

「怎麼不一般了？」小捕快皺著眉，顯然是不明白。

老捕快拉住小捕快的衣襟，把他扯得更近些，用更低的聲音細細解釋。

待他說完，小捕快雙腿發軟，跌坐在一旁的臺階上，愣愣念叨：「長公主和……和陸大將軍？」

老捕快急忙摀住他的嘴，叮囑道：「管好你的嘴巴，不能胡說！」

沒錯，這對大盜正是楚映司和陸申機。

此時，兩人正穿著尋常衣服，在獨步鎮的集市裡閒逛。

楚映司瞧著兩旁的攤位，笑著說：「這個小鎮還挺不錯的，沿街乞討的人，竟比別處少了許多。」

陸申機買了包果子遞給她。「這裡的官員清廉，百姓日子自然好過。」

楚映司點點頭，吃了一顆果子。「看來百姓疾苦真是與地方官息息相關，該派大臣好好尋訪各地的地方官了。」

陸申機聞言，挑起眉，戲謔地看她。「喲，楚女俠好大的本事，還能派官員呢？什麼官員聽妳的？」

楚映司愣了下，她抓起袋裡的果子，直接塞進陸申機嘴裡。

「話太多，堵上！」

陸申機哈哈一笑，大口吃著果子，追上往前走的楚映司。

「這大盜做夠了沒有？有沒有打算再幹點別的事？」

「你覺得，咱們開間鏢局怎麼樣？押送奇珍異寶，還能賺銀子。」

楚映司說得極為認真。如今既然已經離宮，總不能一直吃老本，得想法子賺點錢。

「哈哈哈……」陸申機又笑。「我就猜到妳準備賺銀子了，不過我還以為，妳打算上街賣藝呢！原來是開鏢局，可比我料想的好太多。」

楚映司白他一眼，嫌棄道：「我看是你這笨腦子只能想到賣藝，想不到別的法子。」

陸申機早已不是當年臭脾氣的陸家嫡長孫，聽楚映司這麼說，也不惱，只問：「那妳打算什麼時候開鏢局？」

「不急。」

楚映司停下腳步，若有所思地望著前面的賭坊。

陸申機也看了一眼。「幹麼？妳該不會想把賭坊掀了吧？」

楚映司舔唇，轉身望著陸申機，十分認真地說：「陸大傻子，我現在覺得當俠女挺累的，偶爾放鬆一下也好。」

陸申機愣住，看看前面的賭坊，又看看楚映司，震驚地瞪大了眼睛。

楚映司把胳膊搭在陸申機肩上。「會賭錢嗎？」

陸申機搖頭。之前鬧和離時，說他跑去賭坊，都是騙人的。

「連賭錢都不會，你還是不是個男人！」楚映司嫌棄地白他一眼。

陸申機聞言，立刻變了臉，甩開楚映司的胳膊，大步流星地朝賭坊走去。

楚映司大笑著跟上。

陸申機不會賭錢，楚映司也不會。

兩人進了賭坊，左看看、右看看，一時有些摸不著頭緒。

賭坊裡的玩法很多，兩人瞧了一會兒，竟是看花了眼。

「兩位客官裡面請！」夥計急忙過來，拉著陸申機和楚映司去桌邊坐下。

陸申機看楚映司一眼。

楚映司白他一眼。「這有什麼難的？」看著骰子，隨即拍桌，大聲道：「我押大！」

扣著的碗掀起來，一二三，小！

楚映司皺眉扔出銀子。「這一局還押大！」

「五五六，大！」

「哈哈哈哈哈……」楚映司爽快大笑，把贏來的銀子塞給陸申機，給他一個得意洋洋的眼色。

陸申機也笑，把身上的銀子押上去，陪她一起賭。

兩個人都是爽朗性子，且不在意錢財，賭坊裡竟不時聽見他們的大笑聲。楚映司又是個女人，女人來賭坊賭錢更是稀奇事，惹得別人頻頻回頭。

又是一把結束，輸了。

楚映司和陸申機去掏腰包，這才發現，荷包不見了。

兩個人對視，暗道一聲不好。

然而，賭坊裡的人哪會管你是不是丟了錢財？只管收銀子。

「喂，你們兩個是怎麼回事？懂不懂願賭服輸啊？把錢拿出來！」

「快給錢！」

「咱們賭坊可沒有賒帳這一套！」

楚映司氣了，拍桌怒道：「依老娘看，這就是一家黑店！」

「哈，口氣可不小。妳一個女人跑來賭坊，難道還是什麼好東西了？」

賭坊老闆說著，色迷迷地上下打量楚映司。

這時，楚映司盡數收起的氣勢蹭蹭蹭地歸來了，指著賭坊老闆，趾高氣揚地訓斥。

「你算是什麼東西，膽敢這麼跟我說話？誰訂下規矩，說女人不可以進賭坊？老娘就進來了，怎麼樣！」

「不怎麼樣，爺也沒不讓妳玩，只是願賭服輸，現在輸了，就得給錢啊！」賭坊老闆打量楚映司的目光更加肆無忌憚。「沒錢的話，用身子償也行！」

「哈哈哈哈……」賭坊老闆的話引得圍觀的男人們一陣哄笑。

陸申機大怒，直接踢翻桌子，舉起長凳，朝賭坊老闆的腦門砸去。

「老子的女人你也敢亂想?!老子砸你的腦子、挖了你的眼！」

「哎喲，我的頭啊！」賭坊老闆被打得頭破血流，氣沖沖地吼夥計。「你們還看什麼？給我上！快去報官！」

賭坊裡的打手一窩蜂衝上來，來賭錢的男人也因為惹事的是個女人，衝上去湊熱鬧。

陸申機擼起袖子，準備開打。

楚映司也不懼怕，抓起桌上的茶壺，朝來人腦門上砸。

哐哐噹噹、噼哩啪啦，整間賭坊頓時亂成一團。

有人高喊：「官府的人來了！」

正打得起勁的楚映司怔了一下，突然收手。她可不想把自己跟人打架的消息傳回皇城。

她拍拍還沈浸在打鬥中的陸申機，幾個晃動鑽出人群，朝大門溜出去。

「走了！」

「算你們走運！」陸申機哼一聲，又敲了兩個打手的頭，才去追楚映司。

兩人在獨步鎮的小巷裡狂奔，將那些追來的人遙遙扔在後面。

楚映司迎風大笑。「我楚映司竟有被一群嘍囉追得逃命的一日，哈哈哈……」

「走，咱們換個地方逃。」

陸申機拉住她的手，帶著她拐了個彎，往山上方向跑去。

兩人跑上了山。

楚映司皺眉，瞪了陸申機一眼。「你出的什麼鬼主意，這座小破山能藏住人？」

「能啊，妳別忘了，我最擅長的就是行軍打仗。」

陸申機眼中是成竹在胸的笑意，乾脆抱起楚映司，幾個掠步，把她帶到山頂草木葳蕤的地方。

楚映司很認真地看陸申機一眼，才問：「剛剛你為什麼不用輕功？」

陸申機沒答話，四處張望，抱著楚映司躍上一棵參天古樹，坐在枝椏間。

楚映司不解地看著他。

陸申機舒舒服服地倚在樹幹上。「嘿嘿，老子早就想換個地方，來點刺激的了。」

楚映司愣了好半天，一巴掌掄在他腦門上，怒道：「地方可以換，上下不可變！」

陸申機大笑著，將楚映司抱在懷裡。

有她在就好，他才不在意「上下」呢！

——本篇完

2018年1月出版

鎮家之寶

文創風 602～605

歷經追殺禍、土匪難，雲水瑤好不容易與親人再聚首，
可前方卻是危難重重，她不得不殺出一條血路……

有勇有謀成事，相知相惜成雙／皓月

雲水瑤身為堂堂名門閨秀，被人用一碗毒藥作踐，
如今重生歸來，又淪為被追殺的目標，還被迫與家人分離！
前世，一樣的慘案，一樣的結局，她至死都尋不回自己的親人，
今生，她誓不再重蹈覆轍，那些未果的恩怨，她都要一一討回。
可一個落難千金淪落農家，就算有才有謀也難以施展，
加上養母雖待她好，可養母的家人卻是一肚子壞水，
她一面要解決家裡的糟心事，一面要想法子賺錢，
好在她運氣不錯，地主家的兒子自己撞上門來，
還有個衣著普通、相貌與氣質卻不凡的少年出面幫襯，
怪的是，這位名為江子俊的少年好神秘，莫非是個不簡單的人物？

2018年1月出版

獵獲美人心

文創風 600～601

「胎穿」為王府女兒，該是上輩子燒了好香吧？
看來老天爺對她的作弄還真是沒完沒了呢！

愛情是身子與心靈都化不開的蜜／十七月

侯遠山，高大健碩的俊朗男兒，身懷絕世武功卻隱身山村為獵戶；
沈葭，粉妝玉琢的絕世佳人，身世不凡卻險些命喪雪地狼爪下。
原以為，剋親剋妻的傳聞，會讓他此生注定孤身一人，
沒想到，雪地中救回的傾城美人，卻主動開口願委身於他！
拋開他無法坦白的過去，成親後的生活是美滿且饒富情趣的，
婚前一見她就結巴的夫君，婚後竟成了「撩妻」高手，
總是三言兩語就逗弄得她臉蛋羞紅、身子發熱、暈頭轉向，
在甜甜蜜蜜的小日子背後，他力守的一方幸福，真能固若金湯嗎？
一紙縣城的公告，昭示他們平靜的生活將起波瀾，
他為報救命之恩，冒死入京尋找失蹤師姊的下落，
她則因棲身之處曝了光，再次陷入王室紛擾，險些丟了性命。
經過一番波折，曾經渴望的生活伸手可及，但如今她竟毫不戀棧，
只求回歸平淡，與摯愛的夫君和孩子離開這是非之地，
然而，那始終惦念著她的人，真能就此放手嗎？

為流浪貓狗加油 和貓寶貝 狗寶貝 廝守終生（一定要終生喔！）的幸福機會

對人來說，貓寶貝狗寶貝只是生活的一部分，但妳（你）對牠們來說，卻是生活的全部，領養前請一定要考慮清楚——

▲ 想當狗界網帥的男孩　Butter

性　　別：男生
品　　種：米克斯
年　　紀：11個月大
個　　性：溫和安靜，喜歡與人互動，非常會拍照。
健康狀況：2017年底已接種疫苗。
目前住所：台中市霧峰區

第289期推薦寵物情人

『Butter』的故事：

Butter的麻麻是中途原本在餵食的浪浪之一，曾幾度試圖想要誘捕結紮，沒想到牠卻伶俐得次次躲過，結果在2017年的春天，牠生下了五隻小幼犬，Butter便是其中一隻。山郊野嶺的環境並不適合幼犬們生存，因此中途就將這些狗寶寶帶回狗園照顧。

在五隻幼犬中，Butter是最嬌小的，性格也和牠的兄弟們大相逕庭。Butter總是喜歡獨自趴在樹下，較少與其他幼犬奔跑玩鬧，但只要一看到有人接近，牠就會親暱地搖著尾巴上來撒嬌，中途說，那模樣真是可愛到不要不要的！中途還特別提到，Butter在拍照時很懂得看鏡頭，每次一眨眼、一笑開嘴，他們就好像看到了一隻有企圖當小網帥的狗兒（笑）。

Butter的個性屬於乖巧文靜型，也相當親人且懂事，是個不可多得的乖寶寶。若您覺得可愛的小Butter有眼緣，歡迎來信leader1998@gmail.com（陳小姐），或傳Line：leader1998，或是私訊臉書專頁：狗狗山-Gougoushan。

認養資格：

1. 認養者須年滿20歲，有穩定經濟能力，並獲得全家人的同意。
2. 須同意簽認養寵物切結書，並讓中途瞭解Butter以後的生活環境。
3. 同意送養人日後之追蹤探訪，對待Butter不離不棄。
4. 同意讓Butter絕育，且不可長期關、綁著Butter，亦不可隨意放養。
5. 為讓中途對您有更深入的瞭解，中途會先有份線上問卷請您填寫。

來信請說明：

a. 個人基本資料：姓名、性別、年齡、家庭狀況、職業與經濟來源等。
b. 想認養Butter的理由。
c. 過去養寵物的經驗，及簡介一下您的飼養環境。
d. 若未來有結婚、懷孕、出國或搬家等計劃，將如何安置Butter？

文創風
614

瑾有獨鍾 4 完

國家圖書館出版品預行編目資料

瑾有獨鍾 / 半卷青箋著. --
初版. -- 臺北市 : 狗屋, 2018.02-
冊 ; 公分. --（文創風）
ISBN 978-986-328-839-8（第4冊 : 平裝）. --

857.7 106023734

著作者 半卷青箋
編輯 安愉
校對 黃亭蓁 簡郁珊
發行所 狗屋出版社有限公司
地址 台北市104中山區龍江路71巷15號1樓
電話 02-2776-5889～0
發行字號 局版台業字845號
法律顧問 蕭雄淋律師
總經銷 知遠文化事業有限公司
電話 02-2664-8800
初版 2018年3月
國際書碼 ISBN-13 978-986-328-839-8

本著作物由北京晉江原創網絡科技有限公司授權出版

定價250元
狗屋劃撥帳號：19001626
網址：love.doghouse.com.tw E-mail：love@doghouse.com.tw